Marianne Wintersteiner wurde in Mährisch-Schönberg geboren, der engeren Heimat der Dichterin Marie von Ebner-Eschenbach. Bereits sehr früh schrieb sie – unter ihrem Mädchennamen Portisch – Erzählungen und Geschichten. Zu denen, die ihr Erzähltalent erkannten und förderten, gehörte Hans Fallada.
Marianne Wintersteiner ist Autorin mehrerer Romane und Kurzgeschichten, auch von Kinder- und Jugendbüchern. 1979 erhielt sie den Kulturpreis für Literatur und Schrifttum der Sudetendeutschen Landsmannschaft durch das Bayerische Kultusministerium.

Von Marianne Wintersteiner sind außerdem
als Knaur-Taschenbücher erhältlich:

»Das Tal der Hexen« (Band 1188)
»Katzengold« (Band 1223)
»Maries Seidenschuh« (Band 1336)

Vollständige Taschenbuchausgabe 1988
Droemersche Verlagsanstalt Th. Knaur Nachf., München
Mit freundlicher Genehmigung des Langen-Müller/Herbig Verlags

Umschlaggestaltung Adolf Bachmann
Umschlagfoto Jochen Remmer/Artothek
Druck und Bindung Elsnerdruck, Berlin
Printed in Germany 5 4 3 2 1
ISBN 3-426-01594-3

Marianne Wintersteiner:
Vierhändig zu dritt

Eine Liebesgeschichte
aus dem alten Österreich

Knaur

INHALT

Man verliert nichts aus seinem Herzen,
was man nicht selbst daraus stößt.

Karl Benno von Mechow

1. Kapitel

Das Jahr 1913 – Eine Heimkehr

Die ersten Maiwochen des Jahres 1913 waren heiß und staubig gewesen. Auch in der Umgebung der kleinen mährischen Stadt Schönberg hatte man das Heu trokken in die Scheunen gebracht – den Heuduft spürte man, wenn der Wind günstig wehte, sogar im Stadtkern. Doch jetzt hatte der Regen die Hitze abgelöst und die Straßen staubfrei gemacht. Die Bäume mit ihren saftgrünen Blättern standen wie frisch lackiert am Rand der Bahnhofstraße. Aus den Büschen der Villengärten tropfte es, und als nun die Sonne herauskam, glänzten die Tropfen wie Geschmeide.

Doch Reinhard Weiguny, der diese Straße nun entlang schritt, sah dies alles nicht. Jetzt kam das Gymnasium, das er absolviert hatte, denn die kleine Stadt war sein Heimatort.

Die ganze Zeit über, seit er auf dem Bahnhof Schönberg ausgestiegen war, bemühte er sich, dem Vergangenen etwas Positives abzugewinnen. Es war nicht viel, was er seinem Erinnern abrang – nein, er war hier wenig glücklich gewesen. Aber war er in Prag glücklicher? Er lebte dort seit fünf Jahren als Werkstudent. In diesem Semester ging sein Medizinstudium zu Ende, Gott sei Dank. Seine Studienzeit war kein Honiglecken gewesen: vormittags Vorlesungen, nachmittags Unterricht als Hauslehrer – vorher hatte er Hausbursche spielen müssen im

Gasthof »Na Orlice« – nachts Studium. Ein Glück, daß er von robuster Gesundheit war. Die zumindest hatte er dem Vater zu verdanken, an dessen Sterbebett er jetzt eilte.
Ob Lorenz schon hier war? Sicher hatte ihn Wawra, der Buchhalter, auch verständigt. Dann würde er Lorenz, dem Bruder, nach langen feindlichen Jahren zum ersten Mal wieder gegenüberstehen. Vielleicht auch Lieselott, seiner Schwägerin.
Der Gedanke an Lieselott bereitete ihm das größte Unbehagen. Schließlich hatte er sie einmal geliebt. Dann war er nach Prag gegangen und wenig später hatte sie sein vier Jahre älterer Bruder geheiratet. Das war schon fünf Jahre her, doch nicht lang genug, darüber hinwegzukommen. Lorenz und Lieselott – das war ein Zweiklang, der ihm auch heute noch in den Ohren schrillte. Jezt mündete die Schillerstraße in den Eichelbrennerplatz. Nur noch ein paar hundert Schritte und er stand seinem Elternhaus gegenüber. Hastig drückte er die hohe, schwere, unverschlossene Haustür auf. Die ausgetretene, breite, flachstufige Marmortreppe war nicht sauber. In den Winkeln der Stufen lag alter Schmutz, bräunlich verkrustet. Das große Stiegenfenster war fast blind. Der letzte Regenguß hatte den dicken Straßenstaub der belebten Straße in graue Streifen verwandelt. »Warum bemerke ich das?« fragte er sich. »In einem Augenblick, wo ich zum sterbenden Vater unterwegs bin?« Der hatte ihn immer einen unleidlichen Pedanten genannt, wenn ihn, Reinhard, Unkorrektheiten störten – zum Beispiel die Eiflecken auf der Krawatte des Vaters. Er hatte dann so lange schweigend auf diese Frühstücksspuren gestarrt, bis der Vater sie bemerkte.

Und ungehalten reagierte. Wann hatte er einmal nicht ungehalten reagiert im Zusammenhang mit seinem Sohn? Es gab viel Ungutes zwischen Vater und Sohn – vielleicht nicht mehr als in anderen Familien, doch Reinhard war wohl empfindlicher als andere Söhne ...

Der alte Wawra öffnete ihm die Flurtür. Eigentlich hieß der ehemalige Buchhalter Wawratil, doch der Vater hatte ihn Wawra genannt und so nannte ihn bald alle Welt. Jetzt stand er Reinhard mit rotgeränderten Augen gegenüber.

»Es is gut, daß S' da sind, junger Herr, dem alten gnä' Herrn geht's gar nicht gut. Möchten S', bittschön, gleich hereinkommen.« Er sprach das harte Sprachinseldeutsch, vermischt mit Wienerisch, wie man es im Landesinnern und auch in Prag oft spricht.

Reinhard betrat das Schlafzimmer. Der Vater lag im linken Ehebett. Obgleich seine Frau Stefanie schon viele Jahre tot war, wurde ihr Bett immer frisch bezogen und stand mit der zurückgeschlagenen Bettdecke so da, als müsse Stefanie Weiguny jeden Augenblick aus dem Badezimmer kommen, um sich, am Bettrand sitzend, die Pantoffeln von den Füßen zu streifen. Jetzt war ihr Bett mit einer alten Veloursdecke zugedeckt, an deren Enden Fransen fehlten und die schäbig wirkte. Kein Wunder. Mit diesen Fransen hatte Reinhard als Kleinkind schon gespielt. Er konnte nicht ewig die Bettdecke anstarren. Er mußte in das Gesicht des Vaters sehen.

Er hatte Verfall in den Zügen erwartet, doch ein schneller, scheuer Blick zeigte ihm, daß das bekannte Gesicht fast unverändert war. Die Schläfen vielleicht etwas eingesunken, die Nase markanter, die dunklen Augen

größer. Die Gesichtshaut war rasiert, der kleine gepflegte Schnurrbart gestutzt.
»Da bist du ja, mein Sohn. Ich danke dir, daß du meinem Ruf gefolgt bist«, sagte der alte Weiguny mit matter Stimme. Der gleiche salbungsvolle Ton wie immer – von dem man nie wußte, ob er falsch oder ehrlich gemeint war. Der Alte lag nun mit halb geschlossenen Augen. Seine kräftigen behaarten Hände lagen still gefaltet auf der Bettdecke. Das sah rührend aus, demütig und ergeben.
Reinhard stand immer noch am Fußende des Bettes. Es war sehr still im Zimmer – man glaubte das Ticken der Uhr zu hören. Feiner Tabakduft hing im Raum. Aber das war wohl eine Täuschung – schließlich raucht ein Sterbender nicht, und Wawra war Nichtraucher. Reinhard zog sich einen Stuhl ans Bett. Es war einer der schweren, mit Leder bezogenen Stühle, auf denen er als Kind gehockt hatte.
»Nun müssen wir nur noch auf deinen Bruder warten. Ich möchte, daß ihr euch an meinem – meinem Sterbebett versöhnt. Ich will Frieden haben. Und Frieden hinterlassen.«
Die Stimme hatte sich beim Sprechen geändert. Sie näselte nicht mehr, war ohne Mattigkeit. Vergeblich versuchte Reinhard, Trauer zu empfinden. Er war so weit von ihr entfernt, daß er über sich selbst erschrak. »Großer Gott, ich bin ja ein Monster! Hier stirbt der Vater und ich empfinde nichts, nichts.« Doch, etwas empfand er, dumpfe Niedergeschlagenheit, aber die hatte nichts mit Zuneigung, Mitleid und Trauer zu tun. Auch nichts mit Haß, denn gehaßt hatte er den Vater nie. Nicht einmal zu dem Zeitpunkt, als er ihm erklärt

hatte, daß er mit keinerlei Unterstützung zu rechnen habe, wenn er die Firma nicht übernehme. Er könne hingehen, wohin er wolle, aber ohne einen Heller von seiner Seite. Reinhard war gegangen, er hatte sein Medizinstudium angefangen und es durch eigene Kraft zu Ende gebracht. Der Mann hier im Bett hatte sich nie mehr darum gekümmert. Er hatte den Betrieb sofort nach Reinhards Abreise verkauft und Wawra, den Buchhalter, zu sich genommen. Wawra war es, der die Verbindung nicht ganz abreißen ließ, und Wawra hatte auch das Telegramm geschickt: »Vater liegt im Sterben, erbitte sofortigen Besuch.«

»Dein Bruder wird mit dem Nachmittagszug ankommen.« Weigunys Stimme war wieder matt, kaum hörbar. »Bleibe noch eine Weile bei mir.«

Reinhard hatte nichts gegessen. Er unterdrückte aus Anstand das Hungergefühl und blieb auf dem steifen, alten Stuhl sitzen. Eine Uhr schlug. Sie ging falsch, es war erst zwei Uhr und nicht drei. Das Zimmer war düster, es lag der Straßenseite zu, nordöstlich. In die Veranda schien jetzt sicher die Sonne. Sie war früher sein Lieblingsplatz gewesen und die Mutter sorgte dafür, daß ihn sein Bruder Lorenz dort nicht störte. Lorenz nannte ihn nie anders als »Muttersöhnchen«, »Stubenhocker« und manchmal auch »Streber«. Wahrscheinlich war er das alles wirklich. Er hatte die Mutter geliebt. Er saß lieber in der sonnendurchwärmten Veranda mit dem Blick in den Garten, als sich, wie Lorenz, in Gesellschaft von wilden Spielkameraden draußen herumzutreiben. Lorenz besuchte dann die Kadettenschule und war nur während der Ferien zu Hause. Aber die genügten, die gegenseitige Abneigung immer wieder aufzufrischen.

Sie bestand anfangs in ständigen Sticheleien, die mehr als einmal in harte Balgereien ausarteten. Später schwieg man sich an, hatte sich außer rüpelhaften Äußerungen nichts mehr zu sagen. Jetzt aber haßten die Brüder einander.

Der Kranke schien Reinhards Gedanken zu erraten. »Warum seid ihr euch nur so spinnefeind?« klagte er matt. »Ihr seid doch vom gleichen Fleisch und Blut.«

Reinhard schätzte solche Pathetik nicht. Dieser Bruder war für ihn einfach ein Fremder, der zufällig im gleichen Haus, in der gleichen Wohnung am gleichen Tisch mit ihm zusammenlebte. Er konnte nichts dafür, daß es so war. Hätte er die Wahl gehabt, hätte er sich diesen Bruder nicht ausgesucht.

»Ein bißchen schuld war die Mama«, sagte der Alte. »Sie hat dich zu sehr verwöhnt und dich dem Lorenz vorgezogen.«

»Warum wohl«, dachte Reinhard verbittert. »Weil sie ja Augenzeugin war, wie mich Lorenz schikanierte.«

»Und du«, setzte der Alte fort, »du hast es deinem älteren Bruder ständig unter die Nase gerieben, wie sehr dich Mama liebt. Das hat Lorenz natürlich nicht gepaßt. Aber das ist schon so lange her. Nun will ich endlich Frieden zwischen euch.«

Für einen Sterbenden redete er reichlich viel, fand Reinhard. »Rege dich nicht auf, Papa«, sagte er deshalb schnell und faßte nach dem Puls des Kranken. Er ging merkwürdig kräftig und ruhig. Schweigend legte er die Hand auf die Bettdecke zurück.

Wawra kam. Auf einem Tablett brachte er Wurstbrote und ein Glas Wein. Er schob den Beistelltisch ans Bett

und sagte: »Sie müssen eine Kleinigkeit essen, junger Herr.«
Wenn er doch nicht immer »junger Herr« sagte! Ein Attribut, das er aus der Firma übernommen hatte. Dort hatte man ihn, den halbwüchsigen Lausejungen, so tituliert, wenn er im Flachs- und Garnlager herumstreunte. Aber das war längst vorbei. Doch es hatte keinen Sinn, Wawra darauf aufmerksam zu machen. In wenigen Tagen war er sowieso nicht mehr hier. Er aß ohne Appetit, dabei waren seine Gedanken in Prag. Er hatte einige Unterrichtsstunden ausfallen lassen müssen – die kleine Wondraschek würde traurig sein …
»Du kannst nun gehen«, sagte jetzt der Alte. »Du könntest Lorenz vom Bahnhof abholen.«
Natürlich dachte Reinhard nicht daran. Er durchquerte die Küche – sie war unverändert, doch nicht mehr so sauber wie zu Mutter Zeiten –, und betrat die Veranda. Er saß – und sah in den Garten, der sich schmal und tief bis zum Parallelgärtchen hinzog, in dem Lieselott als Tochter eines Webers in einem kleinen Haus gewohnt hatte. Sie war seine einzige Spielgefährtin gewesen und das hatte ihm von Lorenz ein verächtliches »Weiberknecht« eingetragen. Und dann, als er einen Sommer lang auf »Austausch« ins Tschechische gekommen war, da hatte sich Lorenz an sie herangemacht. Natürlich nur, um ihn zu ärgern. Und damit begann das Gerangel um Lieselott – sie stritten um sie, wie sie um alles bisher gestritten hatten. Lieselotts Vater war früh gestorben, an Tuberkulose, der Weberkrankheit. Er war ein Hausweber in Vaters Faktorei gewesen, einem Betrieb, der an die Hausweber Flachsgarn verteilen ließ und der die fertige Leinwand zurücknahm und sie weiterverkaufte. Diese

Faktoreien waren die Konkurrenz der großen Leinenwarenfabriken. Sie verhalfen den armen Hauswebern zu einem regelmäßigen Verdienst. Er war nicht höher als ein Fabrikarbeiterlohn, aber er bewahrte die Weber vor der größten Not. Lieselott Tichys Vater war so ein Hausweber, der schon wegen seiner Krankheit in keine Fabrik hätte gehen können. Daheim halfen ihm seine Frau und sein Schwiegervater bei der Arbeit, wenn er selbst nicht dazu imstande war. Wie wäre das in einer Fabrik möglich gewesen? Als er starb, nahm sich Stefanie Weiguny seiner Witwe und der gescheiten, bildhübschen Lieselott an. Übrigens nannten alle Anrainer des Gäßleins sie die Tichylotte, so sehr sich das kleine muntere Ding auch dagegen wehrte ...
»Warum denke ich nur unentwegt an Lieselott?« fragte sich Reinhard. Seit seiner Abreise von Prag war Lieselott in jedem seiner Gedanken.
Sie würde ihm zum ersten Mal an der Seite von Lorenz gegenüberstehen. Was sollte er ihr sagen? Es würde peinlich werden, sehr peinlich.

Und dann wurde alles noch viel peinlicher, als er angenommen hatte. Denn Lieselott kam allein, ohne Lorenz.
»Er konnte nicht kommen, es war unmöglich, er steht mitten im Manöver. Das wird Papa verstehen«, hörte Reinhard die Schwägerin zu Wawra sagen. Schwägerin, was für ein Wort für seine frühere Geliebte!
Reinhard saß immer noch in der Veranda, konnte aber jedes Wort verstehen, das in der Diele gesprochen wurde. Es standen wie üblich alle Türen in der Wohnung offen.

Jetzt sagte Wawra: »Da wird der gnä' Herr sehr enttäuscht sein, gnä' Frau, wo doch auch der Herr Reinhard da ist und wo der gnä' Herr die Versöhnung hat arrangiert. Am Sterbebett, sozusagen.«
Auf Wawras Bemerkung kam keine Antwort. Jetzt hat es ihr die Rede verschlagen, dachte Reinhard in grimmiger Genugtuung. Aber unangenehm war die Angelegenheit, sehr unangenehm. Das sah Lorenz ähnlich. Er kam nicht einmal an das Sterbebett des Vater. Und überließ es ihm, mit Lieselott fertig zu werden. Das war doch eine ganz neue Situation. Bisher hatte er Lieselott nur als Begleiterin ihres Mannes in seine Überlegungen einbezogen. Er hätte ihr kühl die Hand gegeben und ein paar belanglose Worte gesagt, dem Ereignis entsprechend. Er hätte ihr zum Tod der Mutter kondoliert, die vor drei Jahren gestorben war, und die er gern gehabt hatte. Frau Tichy war früher Dienstmädchen in einer Herrschaftsfamilie gewesen, hatte sich dort »feine Manieren« angewöhnt und sie ihrer kleinen Tochter beigebracht. Sie war eine kluge, vernünftige und fleißige Frau, war Lieselott eine ebenso gute Mutter gewesen wie Stefanie Weiguny, ihm, Reinhard, eine war. Beide Frauen hatten sich, trotz des sozialen Unterschieds, gut verstanden. An den Feiertagen half Frau Tichy bei Weigunys aus, und Lieselott wurde von Frau Weiguny herausgeputzt wie eine eigene kleine Tochter. Es hatte ihr Spaß gemacht, sich mit dem niedlichen Kind an der Hand in der Öffentlichkeit zu zeigen. So wunderte sich auch niemand in der Gesellschaft, daß einer der Weigunysöhne die schöne Lieselott heiratete. Allerdings nicht Reinhard, der drei Jahre mit ihr »gegangen« war, sondern der Bruder, der sich doch früher nie etwas aus ihr gemacht hatte, im Gegen-

teil, der hatte sie gehänselt und geärgert, wo immer sich ihm die Gelegenheit bot. Und sie, Lieselott? Sie war wütend auf Lorenz gewesen, mit ihm, Reinhard, einig in der Abneigung dem Bruder gegenüber. Lange Zeit hindurch. Bis er eben ins Tschechische mußte, nur einige Ferienwochen lang ...

Lieselott hatte es nicht eilig, mit dem Schwager zusammenzutreffen. Sie war die nächste halbe Stunde nach der Ankunft nicht zu sehen. Dann trat sie in die Küche, und Reinhard erhob sich. In der Tür zur Veranda standen sie sich gegenüber.

»Aber sie hat sich ja überhaupt nicht verändert«, dachte Reinhard hilflos. Sie stand in ihrem schwarzen Kleid da, wie die Konfirmandin, als die er sie noch lebhaft in Erinnerung hatte. »Fehlt nur noch das Gebetbuch«, dachte er. Ihr volles dunkles Haar bauschte sich an den Schläfen wie früher. Wenn ein Sonnenstrahl darauf fiel, bekam es einen kastanienfarbenen Schimmer.

Mein Gott, sie war immer noch so schön wie früher. Die Kehle wurde ihm eng. Er machte sie durch Räuspern frei: »Grüß Gott, Lieselott«, sagte er. Und erst als diese Worte, mit denen er sie früher immer begrüßt hatte, in der Luft hingen, waren sie ihm unangenehm.

Sie faßte sie natürlich auch sofort falsch auf und lächelte ihn vertraulich an. »Bist du mir noch böse, Reinhard?« fragte sie kindlich. Aber sie war kein Kind mehr. Sie war Lorenz' Frau. Er gab keine Antwort. Und sie plapperte unbefangen weiter: »Es kommt mir wie gestern vor, Reini, daß wir hier in der Veranda Rommé gespielt haben. Weißt du noch? Du hast mich beim Schwindeln immer erwischt und dann warst du wütend und Papa kam und sagte: ›Reinhard ist eben ein Pedant, Lieselott, bei ihm gibt's keine Schwindelei.‹ Ach, Reini, es war doch schön damals!«

»Wollen wir jetzt zu Papa gehen?« fragte er kühl. »Deshalb sind wir ja hergekommen, nicht wahr.«

Lieselott kicherte: »Hast du auch Wawras Telegramm bekommen: ›Vater liegt im Sterben‹? Wir haben sofort Doktor Bodansky angerufen und der sagte uns, daß es Papa durchaus nicht schlechter gehe als bisher. Natürlich mache ihm die Angina pectoris zu schaffen, aber nicht mehr als sonst. Unser alter Herr wollte einfach dich und Lorenz zwingen, Versöhnung zu feiern. Nett, daß du gekommen bist. Wir rechneten nicht damit.«

Reinhard fühlte sich wie vor den Kopf geschlagen. Das sah dem Vater, diesem Fuchs, ähnlich. Daß er darauf nicht gekommen war! Er war der Blamierte. Und Lieselott kicherte vor sich hin. Na, er würde dem Alten Bescheid sagen!

Aber dann fühlte er sich entwaffnet, als ihnen der »Sterbende« mit einer Flasche Champagner entgegentrat und verlegen lächelte: »Anders hätte ich dich doch nicht aus deinem Bau locken können, Reinhard. Es ist nur schade, daß Lorenz den Braten gerochen hat. Aber er kennt mich auch besser als du.«

2. Kapitel

Der Jasminzweig

Man saß am runden Tisch mit der Marmorplatte. Auch das Wohnzimmer, der »Salon«, war unverändert – bis auf die Spuren der Abnützung und Unsauberkeit. Aber schließlich war Wawra kein Stubenmädchen. Vielleicht konnte der Vater sich keines leisten. Reinhard hatte sich nie um finanzielle Dinge in der Familie gekümmert. Offenbar lebte der Vater vom Verkauf des Betriebes. Was dieser Verkauf eingetragen hatte, wußte Reinhard nicht. Vielleicht hatte er nur knapp die Hypotheken gedeckt. Da sagte Clemens Weiguny: »Wenn ich einmal wirklich ins Gras beiße, verbitte ich mir schon jetzt, daß ihr beide euch streitet. Du mußt nachher meine Bedingungen unterschreiben, wenn du etwas erben willst.«
»Ich muß nicht, Papa, aber ich werde es vielleicht tun. Es ist mir egal, was und wieviel ich von dir einmal erbe.«
»Du bist wirklich immer noch der arrogante Bengel von ehedem«, meinte der Alte und hob sein Glas: »Auf deine Arroganz, mein Sohn.«
Lieselott protestierte: »Darauf trinke ich nicht. Reini ist gar nicht arrogant, Papa. Ich kenne ihn besser als du.«
Weiguny lächelte mit schiefem Mundwinkel. »Laß das nicht Lorenz hören, mein Kind.«
»Warum nicht? Er weiß, daß ich Reini mag. Und er ist großzügig. Glaubst du, er hätte mich sonst allein hierher fahren lassen?«

»Er könnte Gründe haben ...«
Reinhard schien, als verschatte sich Lieselotts Gesicht. Sie spielte mit dem Stiel des Sektglases und antwortete nicht. »Es ist schrecklich«, dachte sie, »was Papa alles zu wissen scheint. Aber er kann es doch nicht wissen, es ist unmöglich. Lorenz hat eine Freundin. Er ist zwei- bis viermal im Monat mit ihr zusammen.« Und sie, Lieselott, weiß es. Es ist eine kleine, magere Tänzerin im Ballett und Lorenz' Freunde hatten ihn mit ihr zusammengebracht. Und von einem dieser Freunde erfuhr Lieselott dann die peinliche Geschichte. Was sollte sie tun? Lorenz zur Rede stellen, ihm das Verwerfliche seines Tuns unter die Nase reiben? Was nützte das? Er würde vielleicht mit der Tänzerin, diesem harmlosen Tschaperl, aufhören und mit einer anderen etwas anfangen. Es war gescheiter, sie ließ die Dinge laufen.
Jetzt saß sie ihrer Jugendliebe gegenüber. Reinhard hatte sich nicht zu seinem Vorteil verändert, nicht nur äußerlich. Er wirkte irgendwie verkniffen, verbittert, immer auf dem Sprung, sich zu ärgern, sich aufzuregen. Anlagen dazu hatte er freilich schon als Spielkamerad gezeigt. Sie war die einzige, mit der er sich verstanden hatte. Und mit Stefanie Weiguny, seiner Mutter natürlich. Wenn Lieselott bei den Weigunys war, hatte sie immer das Gefühl gehabt, es knisterte zwischen den Familienmitgliedern – ein unangenehmes Gefühl: Da waren Reinhard und die Mutter, deren Einverständnis man spürte, und da waren Lorenz und der Vater, die sich nicht sonderlich mochten, und die doch in einer Art aufgezwungener Solidarität zusammenhielten – gegen die Mutter und Reinhard. Angelpunkt zahlloser Streitereien war Stefanie Weigunys Klavierspiel gewesen. Die

Mutter spielte nicht besonders gut, aber leidenschaftlich gern und oft. Die Proteste der andern nahm sie tief gekränkt zur Kenntnis, ließ sich aber dadurch nicht abhalten, weiterhin zu musizieren.
Jetzt stand das Klavier verstaubt in der Ecke und Lieselott sagte: »Willst du nicht ein bißchen spielen, Reini? Weißt du noch?«
Natürlich wußte er es. Er hatte Lieselott Klavierstunden gegeben, unterbrochen durch zärtliche Liebeständeleien. Sie war damals nicht viel älter als fünfzehn, doch schon empfänglich für die Süße der Liebe. Was wollte Lieselott mit dieser Bemerkung? Ein Spiel mit dem Feuer?
»Komm, wir spielen vierhändig, Reini, die F-moll-Fantasie.«
»Ich hab' Jahre nicht mehr gespielt«, erwiderte er zögernd. Aber da war sie schon an seiner Seite und zog ihn hoch. Dann lagen beider Hände auf den Tasten. Die ihren waren gepflegt, polierte, perlmutthafte, halbrunde Nägel an den glatten, schlanken Fingern. Sie hatten keine Ähnlichkeit mehr mit den zerkratzten Jungmädchenfingern, die einmal auf diesen Tasten unbeholfen geklimpert hatten. Sie spielte gut. Wahrscheinlich hatte sie viel Zeit zum Üben.
Der alte zerknitterte Wawra, Witwer wie sein Herr, sagte mit der kräftigen Stimme des Schwerhörigen: »A schenes Paar, gnä' Herr, wirklich a schenes Paar.«
»Zu schwarz, Wawra, ein trauriges schwarzes Paar«, erwiderte Clemens Weiguny. »Daran bin ich schuld.« Er meckerte. »Aber es tut mir nicht leid, wirklich nicht.«
Und Reinhard am Klavier dachte: »Mir auch nicht. Mir tut es auf einmal auch nicht mehr leid.«

Nach dem Abendbrot ging jeder seiner Wege, Reinhard tief in den Garten hinein. Da stand noch die Schaukel aus dauerhaftem Rohreisen und sie war frisch grün gestrichen, auch das alte Sitzbrett. Er ging weiter, hinüber zu den Büschen, die süß dufteten. Es war Jasmin- und Rosenzeit. Aber der Jasmingeruch überlagerte jeden andern. Er war versucht, einen Zweig an die Nase zu ziehen, aber er genierte sich, trat nur ganz nahe an den alten Strauch und sog den Geruch ein, den Geruch von Süße, Melancholie, Einsamkeit, Kindheit.

Die Mutter kannte seine heimliche Sehnsucht nach wohlriechenden Düften und steckte, wenn der Jasmin blühte, ein paar Zweige in die blaue Vase nahe an sein Bett. Lorenz störte der »Gestank« und er warf die Zweige zum Fenster hinaus. Das war damals der Grund gewesen, daß Reinhard ein eigenes kleines Zimmer bekam, gleich neben der Dienstbotenkammer. Die Stube war frei geworden, weil der Vater den Kutscher entlassen hatte. Und Reinhard hatte in des Kutschers Nachlaß, verklemmt in einer Schublade, ein Bild gefunden – ein Bild – ach, seine roten Ohren brannten ihn drei Tage lang, so sehr hatte der Vater sie malträtiert, als er die nackte Dame auf dem Schreibpult in Reinhards Zimmer entdeckte.

Diese Zeit, es war bevor er sich mit Lieselott näher anfreundete, diese Zeit war die schlimmste seines Lebens. So schien es ihm damals. Wie deutlich sie ihm heute noch gegenwärtig war: Der ewige Streit mit Lorenz, Mutters fieberhafte Hast, ihn, Reinhard, vor den hinterhältigen Angriffen des Bruders zu schützen, die Streitereien deswegen mit dem Vater, der Lorenz' Partei ergriff, und sein Ausspruch: »Die zwei sind einander einfach zu ähnlich, deshalb der ewige Krach.« Er und Lorenz ähnlich! Er verabscheute den Bruder, seine Ausgelassenheit, seinen Hang zu wilden Streichen, seine Selbstsicherheit und seine Art, sie den Jüngeren spüren zu lassen. Wenn er an diese Zeit zurückdachte, sah er sie immer nur in Dunkelheit getaucht, aus der blaß das sanfte Gesicht der Mutter leuchtete. Und das Lieselotts, die er allmählich anfing mit anderen Augen zu sehen. Aber noch war die Dunkelheit zu groß, die ihn ringsum umgab ...

Er ging langsam zum Haus zurück. Die Sonne war inzwischen völlig hinter den blaugrünen Kappen der Altvaterberge verschwunden, doch die Tageswärme hatte sie nicht mit sich genommen. Sie lag über dem Garten und strahlte von den Steinplatten zurück, über die Reinhard nun schritt.

»Reinhard?« Eine Stimme, eine wohlbekannte Stimme, kommt von der Schaukel her. »Stoß mich an, Reini, bitte.«

Lieselott sitzt auf der Schaukel, ein dunkler Fleck in der Dämmerung des Gartens. »Geh, komm schon. Ich hab Lust zu schaukeln.«

Er tritt hinter sie, faßt nach dem Schaukelbrett, hebt es an und läßt es entgleiten. Es schwingt mit seiner Last zurück in seine Hände, schnellt wieder nach vorn, schwingt zurück – ein erregendes Spiel, denn seine Hände fassen nun nach ihrem Rücken, eine Viertelsekunde lang, dann ist sie ihm wieder entglitten.

»Es ist genug«, sagt sie plötzlich und ihre Stimme ist dunkel. »Mir ist schon schwindlig.« Er hält das Sitzbrett fest, läuft drei Schritte, bis die Schaukel steht. Sie springt auf

die Füße und lacht: »Reini, Reini, es ist alles wie früher. Ach, war früher alles schön, alles!«
Was mag sie bisher erlebt haben, daß sie diese alte Zeit so besonders schön findet? Sie war zwar das einzige Kind ihrer Eltern, aber Kargheit und Beschränktheit in allem war ihre Kindheit. Warum sehnt sie sich danach so zurück? Plötzlich hört er sich zu seiner eigenen Verwunderung fragen: »Bist du eigentlich glücklich mit Lorenz?« Er spürt, wie sie erschrickt.
»O ja«, sagt sie schnell. »Natürlich bin ich glücklich, Reinhard. Was für eine Frage!«
»Hätte ich sie nicht stellen sollen?«
Sie antwortet nicht. Statt dessen fragt sie zurück: »Und du? Bist du glücklich?«
»Nein. Wozu auch?«
»Wozu? Mein Gott, das ist eine Antwort! Das ist wieder echt Reinhard. Du hast dich nicht verändert.«
»Wie kommst du darauf? Du hast mich doch kaum gekannt.«
»Habe ich nicht?« Ihre Stimme klingt hell und kampflustig. »Ich hab' dich besser gekannt als jeder andere.«
»Und warum hast du dann – warum hast du meinen Bruder geheiratet?«
Sie legt die Hand auf seinen Arm. Ihr Gesicht ist nahe dem seinen. »Warum? Weil ich dich so gut gekannt hab', Reini. Du brauchtest mich nicht. Du brauchst vielleicht überhaupt keine Frau.«
»Und Lorenz, der hat dich gebraucht, nicht wahr? Von dem wußtest du, daß er dich braucht? Deshalb bist du mit fliegenden Fahnen zu ihm übergelaufen?«
»Ja, Lorenz hat mich gebraucht. Er hat mich immer geliebt, aber er hat es mir nicht zeigen können, weil ja du

da warst und wir immer zusammensteckten. Erst als du weg warst, hat er es mir gesagt. So ist das, Reini. Aber wir wollen Freunde bleiben, bitte.«

In der Nacht fanden weder Lieselott noch Reinhard Schlaf. War nicht doch etwas Wahres an dem, was sie gesagt hatte? Wenn er seine damaligen Gefühle erforschte, stieß er dann nicht auf eine eigentümliche Gleichgültigkeit, die auch verhinderte, daß er damals auf schnellstem Weg von Prag nach Schönberg fuhr, um diese ganze Angelegenheit zu klären? Er hatte die Nachricht von Lieselotts Verlobung mit dem Bruder dumpf und beinahe gefühllos zur Kenntnis genommen. Er fühlte sich wie ausgebrannt, lange Zeit. Dann kam der Zorn und die Verachtung ihr gegenüber. Sie hatten einander geliebt – nicht bis zur letzten Konsequenz, doch so wie sich junge Menschen lieben, voll romantischer Sehnsucht, wehem, heimlichem Glück. Sie hatten zwar nicht von Heirat gesprochen, wohl aber von ihren Kindern. Lieselott wollte Kinder. Warum hatte sie eigentlich keine? Sie war geradezu kindernärrisch gewesen, vielleicht weil sie selbst ohne Geschwister aufgewachsen war. Diese Zeit ihrer ersten Liebe war für beide eine seltsam berauschende und doch kummervolle Wonne – kummervoll, weil trotz ihrer Liebe alles andere geblieben war: der Zwist mit Lorenz, die Gefühlskälte des Vaters und auch eine gewisse Entfremdung zwischen der Mutter und ihm. Wahrscheinlich war sie auf Lieselott eifersüchtig gewesen.
Zur gleichen Zeit dachte auch Lieselott zurück. Zurück an eine Zeit, die noch nicht gar so weit zurücklag. Und doch schien es ihr eine Ewigkeit her, seit sie damals mit

Reinhard vierhändig gespielt hatte – nicht immer zu seiner Zufriedenheit. Und sie dachte an ihr heutiges Spiel, an seine schlanken huschenden Hände auf den Tasten, ihr kopfnickendes Einverständnis im Takt, seinen freundlichen Blick, wenn ihr ein Lauf fehlerlos geglückt war. Sie wußte, sie spielte jetzt gut – sie wurde auch mit Chopin spielend fertig – sie war Reinhard jetzt ebenbürtig.
Leises Bedauern stieg in ihr auf. Bedauern worüber? Daß sie Lorenz und nicht Reinhards Frau war? Aber sie liebte Lorenz doch, sie liebte ihn immer noch. Das spürte sie besonders, wenn ein Mädchen wie die kleine Ballettratte im Spiel war.
Lorenz war dann voll ungewohnter Schwermut, voll scheuer Zärtlichkeit, die sie halb sehnsüchtig, halb widerwillig genoß. Warum ging er zu einer andern Frau? Was trieb ihn dazu? Jemand hatte einmal brutal erklärt, wenn ein Ehemann fremd ging, sei die Frau daran schuld. War sie es? Aber wodurch?
Sie grübelte die halbe Nacht. Dann war sie wohl eingeschlafen.
Sie wachte durch Musik auf. Jemand drehte unter ihrem Fenster die Drehorgel, drehte sie schwungvoll im Rhythmus einer Melodie »Drei Lilien, drei Lilien, die pflanzt ich auf mein Grab –«
Das erinnerte Lieselott an Papas makabre Einladung. Wie gut mußte Lorenz den Vater kennen, daß er ihn durchschaut, zumindest mißtrauisch den Hausarzt angerufen hatte, bevor er eine Offiziersbesprechung abblies. Er hatte versprochen nachzukommen und ihr geraten, ein paar Tage in Schönberg zu bleiben. Sie hatte auch die Absicht gehabt. Aber nun war Reinhard da.

Würde es Lorenz recht sein, wenn sie blieb? »Ich rufe ihn an«, dachte sie, »gleich heute morgen.«
Am Frühstückstisch, den Wawra in der Veranda gedeckt hatte, begegnete sie Reinhard. Er war offensichtlich bereits bei den letzten Bissen.
»Man hat dir ja heute morgen schon ein Ständchen gebracht«, sagte er, »ein sehr sinniges sogar. Oder hast du es verschlafen?«
Sie verneinte einsilbig. Am frühen Morgen war sie nicht zur Unterhaltung aufgelegt.
»Wann geht dein Zug?« fragte er und schob den Kipferlrest in den Mund.
Hatte er es so eilig, sie loszuwerden?
»Ich bleibe noch diese Woche«, sagte sie schnell. »Es war mit Lorenz ausgemacht.«
Wawra meldete sich vom Küchentisch her: »No, wird sich gnä' Herr frein, gnä' Frau. Grad hat der junge Herr gesagt, daß er auch noch parr Tag' bei uns bleibt. Haben wir wieder Leben im Haus – so ane Freide!«
Lieselott hob den Kopf: »Ach, du bleibst auch noch? Das wußte ich nicht.«
»Wenn du gestattest. Aber ich kann auch mit dem Mittagszug fahren. Ich –«
»Unsinn, Reini. Warum fauchen wir uns denn so an? Es ist doch schön, daß wir ein paar Tage beisammen sein können. Es wird ein bisserl wie früher sein.« Sie sah ihn an, während er geflissentlich in den Garten schaute. Er sagte: »Wawra, haben Sie eine Beschäftigung für mich? Holzhacken, Erdbeerjäten oder so?«
Wawra lachte. »Wenn wollen, der junge Herr. Wir zersägen die Laube, war sie schon morsch. Bitteschen, die Säge hängt im Heizungskeller.«

Reinhard holte wirklich die Säge und begann die Latten zu Kleinholz zu verarbeiten. Er tat das ruhig und gewissenhaft. Die Arbeit, die körperliche Arbeit, tat ihm wohl, und Wawra lobte ihn: »Geht sich ja wie der Blitz, gnä' Herr. Wo haben S' denn das gelernt?«
Reinhard sagte es ihm nicht, weil er es kaum verstanden hätte, daß der Sohn von Clemens Weiguny in Prag im Gasthof »Na Orlice« Holz gehackt hatte für sechs Abendessen.
Gegen Mittag erschien Lieselott. Sie hatte ihr schwarzes Kleid mit einem buntblumigen vertauscht, da ja inzwischen einwandfrei feststand, daß der Papa keineswegs gesonnen war, das Zeitliche zu segnen. Er kam vielmehr an ihrer Seite munter zum Sägeplatz geschritten und sagte: »Wenn du nur früher auch so willfährig und fleißig gewesen wärst, mein Sohn. Wir hätten uns manchen Ärger erspart.« Er konnte seine Kommentare nicht lassen, der alte Herr. Trotzdem sah Reinhard die Welt heute in einem helleren Licht. Und daran war nicht nur Lieselotts Blumenkleid schuld.
»Wollen wir wieder ein bißchen vierhändig spielen?« fragte sie. »Das fehlt mir daheim, weißt du. Vielleicht die Schubert-Fantasie?«
Er hatte keine große Lust, die Hände schmerzten ihn von der Arbeit. Trotzdem erschien er zehn Minuten später beim Klavier, auf dem Lieselott schon sacht klimperte.
So saßen sie wie gestern in Eintracht am Instrument und die Töne hüpften leicht und harmonisch von den Tasten. Durchs Fenster strömte Fliederduft und die Mittagswärme des Sonnentages. Die Schubert-Melodien verzauberten beide.

Am Musizieren hatte Lorenz leider kein Teil. Er verwehrte Lieselott das Spielen nicht, aber er hatte ihr nie auch nur eine Viertelstunde zugehört. Trotzig dachte Reinhard: »Wenn sie ihn nicht genommen hätte, könnten wir jeden Tag Mozart spielen oder Schubert.« Und er intonierte: »... mein Liebchen ist entschwunden, das dort gewohnet hat ...«
Clemens Weiguny räusperte sich im Hintergrund. Und der Spieler und die Spielerin wachten wie aus einem Traum auf. Sie fühlten die eigenen Wärmeströme des Blutes durch die Körper pulsen, voll sehnsüchtiger Süße. Reinhard legte mit einer schnellen, überraschenden Bewegung seine Hand auf ihre, die noch auf den Tasten ruhte. »Es ist genug«, sagte er. Sie zog die Hand zurück. »Ja, es ist genug.«

Wawra überbot sich mit seiner Kochkunst. Die Krautrouladen waren vorzüglich, die Nachspeise, Buchteln mit Vanillesoße, ebenso. Reinhard aß mit sichtlichem Appetit. Das war auch etwas anders als die ewige Leberwurst mit Kraut, und die Blutwurst mit Kohl in der Prager Mensa! Lieselott sah ihm belustigt zu, sagte aber nichts.
Nach dem schwarzen Kaffee, den Clemens Weiguny aus Gesundheitsgründen nicht nahm, sagte er: »Reinhard, komm mit mir ins Kontor – du weißt ja – die Unterschrift.«
Gesättigt und gutgelaunt wie seit Jahren nicht mehr, schritt der Sohn neben dem Vater ins untere Stockwerk. Im Kontor roch es dumpf nach Staub, schlechter Lüftung und dem undefinierbaren Gemisch von Fußbodenöl und altem Papier. So hatte es auch in der Schul-

klasse gerochen, und Reinhard hatte sich immer überwinden müssen, sie zu betreten. Etwas von diesem Widerwillen keimte nun wieder auf. Er ging zum Fenster, um es zu öffnen. Es klemmte – so ließ er es zu. Inzwischen war der Vater zum Schreibtisch getreten. Auf der vergilbten Filzplatte lag ein Brief.
»Hier«, sagte er, »lies. Es ist nichts Unmögliches, was ich von euch verlange.«
Reinhard las. Es handelte sich um die Verteilung des Weigunyschen Vermögens. Es war mehr, als Reinhard gedacht hatte. Sein Anteil sollte hier das Haus sein und einige Grundstücke in der Umgebung der Stadt. Das Bargeld sollte Lorenz zufallen. Reinhard war jede Regelung recht. Und diese hier schien ihm wohlüberlegt, im Hinblick auf die Feindschaft der Brüder. Er unterschrieb ohne Zögern.
»Nein«, rief Lieselott, als sie von der Regelung erfuhr, »aber nein, Papa! Ich war immer so gern in diesem Haus. Dann darf ich es doch nicht mehr besuchen, den Garten, die Schaukel, die Jasminsträucher ...«
»Wenn du dich mit dem künftigen Eigentümer gut stellst«, grinste der Vater, »darfst du sicher schaukeln, und unter dem Jasminbusch träumen.«
»Und wenn nicht? Papa, das ist unfair! Lorenz ist doch der Ältere. Er wird damit nicht einverstanden sein, gewiß nicht.« Sie sahen beide auf den Vater. Er saß da, mit dem blassen, bläulichen Gesicht des Herzkranken, die Hautpartie unter den Augen war leicht gedunsen, die Augen ohne Leuchtkraft. Er schien müde zu sein.
»Laß nur, Lieselott«, sagte er friedfertig. »Wie ich Lorenz kenne, ist ihm das Geld lieber als der alte Besitz. Außerdem ist das letzte Wort noch nicht gesprochen. Nichts

wäre mir lieber, als wenn sich die beiden Streithähne selbst einig würden.«
Reinhard war Lieselotts Einwand peinlich. Es schien ihm ungehörig, über das Erbe zu sprechen, solange der Erblasser noch lebte. Außerdem war Lieselotts Einspruch kindisch. Sie konnte doch selbstverständlich jederzeit hierherkommen.
»Papa«, sagte sie hartnäckig, »dann möchte ich wenigstens den Flügel.«
Als sie das sagte, stand sie vor dem Klavier. Ihre Hand glitt über das polierte Holz, verweilte einen Augenblick an der gerundeten Kante und blieb dann liegen. Es war ein bittendes Besitzergreifen, das Reinhard trotz seines Ärgers rührte.
»Natürlich kannst du den Flügel haben, aber laß uns jetzt nicht mehr darüber sprechen«, sagte er steif.
Herr Wawra meldete sich von der Küche her.
»Wenn S' helfen wollen, junger Herr? Müssen wir heute Marillen vom Spalier abnehmen, sind schon die Ohrwürmer dran. Dann sind sie reif.« Erleichtert sprang Reinhard auf. Lieselott ging zum Klavier, schloß den Deckel und das Notenheft.

Die gefüllten Marillenkörbe dufteten. Lieselott nahm sie Reinhard ab und sagte: »Wir wollen sie zusammen entkernen, Reini. Zu zweit geht das ganz schnell. Und dann koche ich Marmelade. Ich kann das, du wirst sehen.«
Und Reinhard sah, wie geschickt sie mit einem Griff ihrer linken Hand die goldgelbe weiche Frucht öffnete, den Kern hinausschnellte und die Hälften in das Reindl warf. Inzwischen schürte Wawra das Feuer und bald dar-

auf durchzog süßer, schwerer Marmeladenduft das Haus. Reinhard stand mit umgebundener Schürze neben Wawra, und Lieselott wusch Gläser.
Clemens Weiguny aber saß in seinem Kontor und rang nach Atem. Es geschieht mir recht, stöhnte er, warum hab ich den Tod versucht, oh, es geschieht mir recht. Und sie sind alle oben in der Küche, lärmen und hören mich nicht. Jetzt – einen Augenblick war es droben still.
»Hilfe«, keuchte Clemens, »Wawra, hilf mir!«
»Der gnä' Herr!« rief Wawra. »Das war der gnä' Herr. Ein Anfall.« Schon war er an der Kredenz, holte eine kleine bräunliche Flasche heraus und stürzte aus der Küche.
»Gott sei Dank«, röchelte der Vater. »Mach schnell!«
In der Kontortür standen Reinhard und Lieselott und starrten auf den nach Luft Ringenden. Doch schon war Reinhard bei ihm, riß den Hemdkragen auf, massierte die Herzgegend und sagte: »Hab keine Angst, Papa, atme ruhig und tief und hab keine Angst. Es geht gleich vorbei.«
Es ging vorbei. Nach einiger Zeit entspannte sich Weigunys Gesichtsmuskulatur, das Keuchen hörte auf, nur Schmerzen schienen noch da zu sein. Reinhard hatte den Vater auf das Ledersofa im Nebenraum gebettet.
»Bleib hier liegen, Papa, bis es dir besser geht.«
Lieselott lehnte, immer noch bleich, am Türpfosten.
»Ich hätte nicht gedacht«, murmelte sie, »daß es so schlimm um ihn steht, Reini, muß er wirklich bald sterben?«
Reinhard führte sie die Treppe hoch. »Nein«, sagte er. »Die Anfälle sind schmerzhaft und angsterregend, aber meist nicht lebensgefährlich. Natürlich kann so ein Anfall auch zum Tod führen ...«

Sie begann unvermittelt zu weinen. »Und wir dachten immer, er spielt Theater.«
»Aber hat euch nicht Dr. Bodansky gesagt, daß es eine ernste Sache sei?«
»Ja, ja, aber er sagte auch, daß die Nerven dabei eine große Rolle spielen. Und da dachten wir – wir dachten einfach, daß Papa mehr aus der Sache macht als dahintersteckt. Aber es war schrecklich, Reini, wie er nach Luft rang. Einfach schrecklich.«
»Denk nicht mehr daran. Es geht ihm jetzt wieder gut. Wahrscheinlich war das alles, ich meine auch die Komödie, zu viel für ihn. Komm, ich bring dich noch ein bißchen an die frische Luft.«
»Nein, nein, ich muß doch weiter einkochen.«
»Das müssen S' nicht, gnä' Frau. Das macht schon der Wawra, bitte schen. Gehen S' bissel Luft schnappen, das wird Ihnen guttun.«
Wawras rundes, gutmütiges Gesicht mit dem eisgrauen Haarschopf darüber, den Kummerfalten um Nase und Mund, lächelte jetzt.

Der Mond stand als runde, mattleuchtende Scheibe über den Jasminbüschen. Reinhard bot Lieselott den Arm. Sie gingen schweigend den Kiesweg entlang zum hinteren Türchen. Es war unversperrt, die Gasse menschenleer.
Wenn jemand Reinhard vor einer Woche gesagt hätte, daß er heute mit Lieselott am Arm durch die Sommernacht spazieren würde – er hätte ihn für verrückt erklärt. Ihm kam dies alles selbst verrückt, zumindest *ent*rückt vor – wie ein Traum, ein verworrener Traum, aus dem es schließlich ein Erwachen geben mußte.

Aber im Augenblick war alles fern – die Studentenbude in Prag, die kleine Wondraschek, die er noch vor drei Tagen mit französischen Vokabeln traktiert hatte, die Kommilitonen, die Examensängste. Er ging mit seiner Jugendliebe Arm in Arm jene Gasse entlang, die sie auch früher so oft gegangen waren und es war beinahe wie einst. Ob Lieselott das auch so empfand? Da in dieser Nische hatten sie sich früher immer geküßt, weil es dort dunkel war, auch wenn der Mond so hell wie heute schien. Er lenkte seine Schritte zur Nische – doch da spürte er ihren sanften Widerstand.

»Mir ist schon viel besser, laß uns umkehren, Reini«, sagte sie leise.

Der Zauber war gebrochen. Rauh sagte er: »Natürlich. Es wird auch Zeit, daß wir zu Bett kommen.«

Der Mond verschwand hinter einer Wolkenbank – plötzlich war die Nacht finster. Doch eine Laterne verbreitete den milden Schein ihres Gaslichtes. Da begegnete ihnen eine Gestalt – vielleicht ein verspäteter Zecher. Er blieb plötzlich stehen und rief: »Ah, servus Lorenz, küß die Hand, Lieselott. Wieder im Land, ihr zwei?«

»Ja der Erwin Suchy«, erwiderte Lieselott schnell. »Kennst ihn, Reini? Er ist mit Lorenz in derselben Klasse gewesen.«

»Ja, aber nur bis zum nächsten Sitzenbleiben. No, so was, ist das nicht der Reinhard? Hab' dich mit Lorenz verwechselt. Daß man dich einmal sieht, altes Haus.«

Reinhard gab Suchy reserviert die Hand. Natürlich kannte er ihn – Lorenz' wildesten Spielkumpel.

»Freut mich, dich zu sehen«, sagte er, »wie geht es dir?«

Das hätte er nicht fragen sollen. Suchy redete wie ein

Buch, wohl eine Viertelstunde lang. Bis schließlich Lieselott lebhaft zu gähnen begann und erklärte, daß sie hier unter der Laterne sofort einschlafen werde, wenn sie nicht schnellstens ins Bett käme. Suchy begleitete Reinhard und Lieselott noch bis zum Hintertürchen, er wäre sicher auch gern ins Haus gekommen, wenn sich ihm dazu nur ein Zipfelchen Gelegenheit geboten hätte. Aber Lieselott streckte ihm hastig die Hand hin.

»Mach's gut, Erwin, bis zum nächsten Mal.«

»Ph«, stöhnte sie, als Suchys Schatten verschwunden war, »der hat uns gerade gefehlt.«

Reinhard schwieg. Sie gingen nun an den Jasminbüschen vorbei. Da brach er einen Zweig und reichte ihn ihr.

Der Zweig duftete auf ihrem Kissen. Am Morgen war er welk, duftete aber immer noch ...

3. Kapitel

Im Separee – Heuduft

Wiens Donauauen strahlten die Hitze des Tages zurück. Lorenz Weiguny stand neben Isabella, seinem Pferd. Die Stute schob ihre weiche Nase gegen seine Hand, Zucker heischend, und Lorenz griff in die Tasche des Uniformrockes, bot Isabella, der Fürstin mit dem ellenlangen Stammbaum, die Würfel dar. Sie hob weich die Lippen und schien dabei zu lachen. Natürlich erwartete sie ein Lob, ein Streicheln, aber der Reiter vergaß es. Isabella scharrte mit dem Vorderhuf ungeduldig auf dem verkrusteten Boden des Reitplatzes. Die Donau schlich träg an seinem Rand entlang, Schilf raschelte in der Mittagsstille.

An lockerem Zügel folgte Isabella ihrem Herrn hinüber zu seinen Kameraden. Sie waren alle Reiter aus Leidenschaft. Waren sie wohlhabend, so hatten sie ein eigenes Pferd. Wohlhabend waren die meisten, auch Lorenz, der neben dem Sold eine solide Apanage vom Vater bezog. Er hatte also auch sein eigenes Pferd. Und bedauerte nur, daß Lieselott keinerlei Verlangen nach dem edlen Reitvergnügen verspürte. Sie saß lieber am Klavier und klimperte. Lieselott! Sie rief heute morgen an und erstattete Bericht. Papa hatte sich tatsächlich nicht wohl gefühlt und einen Herzanfall gehabt. Und Reinhard – ja, also Reinhard war wirklich nach Schönberg gekommen. Wer hätte das gedacht? Ob er schon wieder nach Prag abgefahren war? Er wollte Lieselott nicht danach fragen – schließlich hätte sie es als Eifersucht auslegen können. Aber war er nicht wirklich eifersüchtig? Natürlich nicht. Das zwischen Lieselott und Reinhard, das war doch nichts Ernsthaftes gewesen. Er wußte es doch. Lieselott war noch unberührt, als sie seine Geliebte wurde. Mein Gott, wenn er an diese Nacht im Gebirge dachte. Sie waren in der Schäferei eingekehrt, spät am Abend, und wollten getrennte Zimmer, aber es gab nur noch ein freies Doppelzimmer. Lieselott hatte lachend gesagt: »Aber natürlich, Lorenz, wir nehmen es. Wir legen einfach ein Bügelbrett zwischen die Betten. Besorgst du eines bei der Wirtin?«

Rätselhafte Lieselott – sie war ihm heute noch rätselhaft, schwer begreiflich, sprunghaft in ihren Gefühlen, oder war sie es nicht? Er wußte es nicht. Er war jetzt fünf Jahre mit ihr verheiratet, aber kannte er sie wirklich?

»No, Lorenz, was bummelst denn so? Isabell hängt schon die Zunge heraus«, kam ein Zuruf seiner Kameraden. Sie standen als Trüppchen an der seichten Furt, die Pferde zwischen sich. Auch Isabella drängt zum Wasser.

»Weißt was es Neues gibt, Lorenz? Der Franz Ferdinand hat sich schon wieder mit dem Conrad gestritten«, rief einer.

Franz Ferdinand, der österreichische Thronfolger und sein von ihm selbst berufener Generalstabschef Conrad von Hötzendorf, liegen sich seit einiger Zeit ständig in den Haaren. Immer wieder sickern Gerüchte ins Offizierscorps. Franz Ferdinands Traum ist ein politisches Bündnis mit Rußland. Conrad hingegen erkennt die russische Gefahr, die Österreich droht, wenn es im eigenen Reich Ordnung halten will – wenn es die Serben

Österreichs und die Tschechen in die Schranken weist. Rußland steht hinter dem Königreich Serbien, dessen Hoheitsrechte von Österreich-Ungarn durchaus respektiert wurden. Franz Ferdinand hatte aber auch häufig Streit mit den andern höchsten Militärs, selbst mit dem Kriegsminister.
»Weißt du, was der Franz Ferdinand gesagt hat? Paß auf, er sagte wörtlich: ›Wenn ich Armeeoberkommandierender werde, dann mache ich was ich will. Wehe, wenn jemand etwas anderes tut. Die lasse ich alle füsilieren!‹«
Lorenz schwieg. Die Freunde wußten, daß er mit Franz Ferdinand sympathisierte. Es war eine schwierige Situation in Wien. Es gab eine Art Doppelregierung, Belvedere, das Domizil des Thronfolgers, und Schönbrunn. Jedermann wußte von den Differenzen zwischen Kaiser Franz Josef und Franz Ferdinand. So soll der greise Kaiser einmal gesagt haben: »Ich fühle mich müde, ich würde gern abdanken, wenn ich einen Sohn hätte, der mir Vertrauen einflößte – aber zugunsten dieses gefährlichen Narren niemals.«
Der »gefährliche Narr«, des Kaisers Neffe Franz Ferdinand, war der älteste Sohn des ältesten Bruders des Kaisers. Er trat automatisch in die Thronfolge, nachdem Erzherzog Rudolf Selbstmord verübt hatte. Die kaiserliche Abneigung dem Nachfolger gegenüber gründete auch im privaten Bereich: Der Thronfolger hatte in morganatischer Ehe eine kleine Hofdame geheiratet, die Tschechin Sophie von Chotek. Lorenz hatte sie bei einem Wohltätigkeitsbazar kennengelernt. Sie gefiel ihm, wenn sie auch nicht gerade schön war. Klug war sie, klug und selbstbewußt, die jetzige Fürstin Hohenberg ...

Sie rangierte bei festlichen Anlässen zwar immer noch hinter der jüngsten verheirateten Erzherzogin, aber es schien ihr wenig auszumachen. Franz Ferdinands Zähigkeit hatte erreicht, daß die kleine böhmische Gräfin eine Fürstin wurde. Welche Kämpfe mit dem alten Kaiser dem vorausgegangen waren, wußte die Chotek nicht. Vielleicht hätte sie sonst dem alten Herrn weniger ehrerbietige Loyalität entgegengebracht. Sie glättete manche Sturmwoge, die zwischen Oheim und Neffen aufzurauschen drohte. Und sie bewunderte ihren Mann. So wenig beliebt Franz Ferdinand in Hofkreisen auch war, man bescheinigte ihm, eine mustergültige Ehe zu führen, sehr im Gegensatz zu seinem Vorgänger Rudolf.
Die Pferde waren getränkt, das Corps saß wieder auf, und über verwachsene Wege ging es dahin. Isabella legte die Ohren zurück, schnaubte zufrieden und griff noch munterer aus. Lorenz dachte immer noch an den Thronfolger und seine Frau Sophie. An Sophie, die auf irgendeine Weise – nur wußte er nicht auf welche – seiner Lieselott ähnlich war ...

Am Abend traf er sich mit Mitzi, der Ballettänzerin. Sie erwartete ihn im Separee des »Goldenen Löwen«.
»Ah, Lorenzel, da bist du ja«, sagte sie im wienerischen Tonfall. Anfangs hatte ihn ihr »ah, Lorenzel«, amüsiert – jetzt ärgerte er sich. Sie aber hatte ein Gespür für Stimmungen – so jung sie noch war. Sie versorgte ihn stumm und betulich mit dem starken Kaffee und jenem Linzergebäck, das sie im »Löwen« vorzüglich zu backen verstanden. Während er aß, verflog die Verstimmung.
Das Mitzerl war ein herziges Ding und erinnerte ihn an die Lieselott vor sieben Jahren. Allerdings gehörte Liese-

lott damals noch dem Bruder – der hatte den süßen Rahm ihrer Mädchenhaftigkeit abgeschöpft. So wie er es jetzt bei Mitzi versuchte. Vielleicht stimmte sogar, was sie behauptete, daß er ihre erste Eroberung sei. Nun, wie dem auch sei, sie war anschmiegsam und zurückhaltend, zärtlich und herb, freigebig und verschlossen – meist gerade so, wie er es nötig hatte.

Sie wußte schon, daß seine Frau Lieselott verreist war. Wahrscheinlich trauerte er deshalb ein wenig. Er hatte nie ein Hehl daraus gemacht, daß er Lieselott liebe. Warum er sich dann mit ihr, der kleinen Mitzi, abgab, war ihr eigentlich ein Rätsel. Aber ihr konnte es recht sein. Er war nett, wirklich nett. Kein Wunder, er war ja auch ein Herr. Ein Herr Hauptmann, und das in seinem Alter, als knapp Dreißigjähriger. Er hatte aber wohl Freunde an höherer Stelle. Sie mußte erfahren, daß es ohne Protektion kein Vorwärtskommen gab. Protektion aber konnte ein Mädel wie sie nur durch Freundlichsein gewinnen. Natürlich stimmte nicht, was sie dem »Lorenzel« weisgemacht hatte – sie hatte in ihrem Alter – siebzehn – schon allerlei Liebschaften hinter sich. Doch die Protektionsleiter war sie leider noch keine Stufe höher gekommen. Vor Lorenz war Hauptmann Ernst ihr Galan gewesen – aber das war plötzlich aus, und er hatte ihr den Lorenz zugeführt. »Warum net«, hatte sie gedacht, denn auf den Kaffee und das Linzergebäck hätte sie ungern verzichtet. Er verlangte nicht viel, der Herr Hauptmann Weiguny, jedenfalls nicht das, was sonst normalerweise erwartet wurde. Ihr war es recht. Auf diese Dinge war sie auch nicht besonders erpicht. Ihr war es lieber so: ein zärtliches Rendezvous im »Goldenen Löwen« mit Küssen und kleinen Liebeständeleien, ein Ku-

scheln auf seinem Schoß und freundliche »Andenken« in Form von Münzkettchen, Anhängern, Silberringen und einmal ein bezauberndes Kostüm. Er gab genug aus, fand sie, für das wenige, das er verlangte ...
»Mitzi, am Sonntag fahren wir zwei aus. Nach Baden zum Kurkonzert.«
Sie legte schnell die Hände an seine Wangen und rief: »Nach Baden? Ah, das ist fesch. Da freu ich mich.«
»Alsdann auf nach Baden! Mach dich fein, Mitzerl – ich werd' mich dort mit Freunden treffen.«

Der im Welken so duftende Jasminzweig brachte Lieselott auf den Gedanken, einen Strauß aus diesen Zweigen auf den Flügel zu stellen. Spielten sie vierhändig, war dieser Duft auch beiden eine Freude.
Sie suchte die alte blaue Vase aus der Vitrine und ordnete die Zweige darin. Das Emailblau der Vase und die weißen, glöckchenartigen Blüten erinnerten an Lämmerwolken auf blauem Sommerhimmel. Lieselott saß am Flügel und schnupperte den Jasminduft, als Reinhard ins Zimmer trat.
»Grüß Gott, Lieselott«, sagte er den vertrauten Gruß der Kindheit. »Er ist gut aufgelegt«, freute sich Lieselott. Sie wußte es nicht, aber genau so sondierte auch Lorenz daheim morgens das Stimmungsbarometer, wenn er ins Speisezimmer trat, und Lieselott am Frühstückstisch saß. Umgekehrt kümmerte Lieselott sich nicht im geringsten um das seelische Befinden ihres Mannes. Er schien ihr zu robust und ausgeglichen, um von Stimmungen geplagt zu sein. Anders sein Bruder Reinhard. Sicher konnte man dessen Empfindsamkeit auch Launen nennen. Andrerseits aber war er gar nicht sehr

»empfindsam«, wenn er anderen Fragen stellte, die man wohlmeinend »geradeheraus« nennen konnte, die andere, weniger Wohlmeinende aber schlicht »taktlos« nannten. So sagte er jetzt: »Weißt du, worüber ich schon den ganzen Morgen nachdenke? Warum hast du noch keine Kinder, Lieselott?«

Lieselott wurde langsam rot. Er sah es nicht, weil er mit dem Blättern in Notenheften beschäftigt war.

Lieselott aber tat das, was sie schon früher getan hatte, wenn Reinhard eine zu direkte oder peinliche Frage stellte. Sie antwortete nicht und stellte eine Gegenfrage: »Ach, und was ich dich fragen wollte, Reinhard, hast du eigentlich eine Freundin?«

Er hielt im Blättern nicht inne. Diese Lieselott! Wie konnte man nur so direkt sein! Freundin? Hatte er eine? Da war die kleine Emmy Wondraschek, der er Unterricht in allen möglichen Sparten gab. Sie war die reiche Tochter eines Kaufherrn, wie sich der Inhaber eines gut gehenden Herrenwäschegeschäftes gern selbst bezeichnete. Herrn Wondraschecks Lebensziel war es, eine gute Partie für seine Emmy zu finden und er befolgte das Rezept anderer neureicher Prager Bürger: Man suchte dem Töchterlein einen Studenten höheren Semesters zum Hauslehrer. So kam es in erstrebenswerte Akademikerkreise, und biß auch der Student als Hauslehrer nicht persönlich an, so bestand die Aussicht, daß ein Kommilitone Interesse zeigte.

Fräulein Emmy, durchaus erfreulich anzusehen, sagte Reinhard am ersten Unterrichtstag: »Passen Sie auf, Herr Weiguny, mein Papa will mich mit Ihnen verkuppeln.« Dieser Freimut des höheren Töchterleins hatte Reinhard gefallen. Sie gefiel ihm überhaupt. Ihr Verstand war zwar nicht übermäßig entwickelt, doch glich sie das durch Charme und Mutterwitz aus.

»Freundin?« fragte Reinhard gedehnt. »Wie man's nimmt. Etwas fürs Herz muß ja der Mensch haben.«

»Du verehrst sie also?«

Verehrte er sie? Reinhard fand, daß das für sein Verhältnis zu der burschikosen Emmy nicht ganz zutraf. »Nein«, sagte er deshalb, »das wäre zuviel des Guten.«

»Also verehrt sie dich, nicht wahr?«

Was ging das seine Schwägerin an? Sie hatte ja den andern genommen, ihn, seinen Bruder und Feind.

»Hast du den Jasmin hierher gestellt?« fragte er.

»Wer sonst«, lachte sie. »Oder glaubst du, daß Wawra es war? Ach, es duftet herrlich. Riech doch.« Sie hielt ihm die Vase unter die Nase, und war ihm dabei sehr nahe – ihr bloßer Arm streifte seinen und er zuckte unmerklich zusammen. »Diese Hexe«, dachte er. »Sie legt es darauf an ... Worauf?« dachte er weiter ...

»Komm, was spielen wir?«

Er suchte ein Schubertstück heraus. Es war nicht leicht, doch diese Lieselott spielte es fast fehlerlos vom Blatt. Sie strahlte anschließend stolz, er mußte über diesen Stolz lächeln.

»Brav«, sagte er, »sehr schön, Lieselott.«

Von der Tür her kam Clemens Weigunys Stimme: »Warum malträtiert ihr denn das Klavier jetzt auch noch mit vier Händen? Als ob nicht zwei genügten!«

»Wie geht es dir, Papa?« fragte Reinhard geduldig.

»Bis auf eure Geräusche ganz gut. Wenn man doch den Flügel in den Garten stellen könnte!«

»Machst du Spaß, oder stört es dich wirklich so sehr? Dann hören wir sofort auf.«

»Oh, da wäre ich euch wirklich außerordentlich verbunden. Es stört mich wirklich, weiß der Kuckuck. Vielleicht bin ich allergisch? Ja, das wird es sein. Es rieselt mir ein Schauer den Rücken herunter, wenn ich Klaviertöne höre. Wenn ihr wenigstens Geige spieltet!«
Nun, der Ausweg konnte nicht beschritten werden, also erhoben sich Lieselott und Reinhard und sagten fast gleichzeitig:
»Also was machen wir jetzt?«
»Fahrt doch aus, ihr zwei. Der Einspänner steht in der Remise.«

Wawra lieh von einem Bekannten das Pferd: »Müssen S' ein bißl aufpassen, junger Herr, den Apollo sticht manchmal der Hafer. Aber er war gestern auch unterwegs, da wird er heut nicht zu narrisch sein.«
Apollo ging auch zunächst wirklich recht brav. Nicht einmal ein entgegenkommendes Automobil irritierte ihn. Man fuhr in Richtung Taubenberg.
»Aber Tauben gibt's hier auch nicht mehr als anderswo«, meinte Lieselott. Sie trug wieder ihr Blumenkleid mit dem weiten, lose gerafften Ausschnitt.
»Taubenberg hat auch nichts mit Tauben zu tun«, dozierte Reinhard, ›Taub‹ kommt aus dem Bergwerksbereich. Hier hat man wahrscheinlich nach Schürfungen keinen Erfolg gehabt. Der Berg war taub.«
Vor dem Landgasthof blieb Apollo von selbst stehen.
»Lassen wir ihm den Willen«, lachte Lieselott. Sie sprang vom Wagen und band das Pferd an den Ring in der Mauer. Der Wirt kam, begrüßte erfreut die Gäste und tischte dann soviel auf, daß Lieselott erschrocken rief:
»Da platzen wir ja, Herr Wirt, wenn wir das alles essen.«

Aber die Teller wurden doch leer. Jetzt saß Lieselott im dämmrigen kühlen Winkel der Laube, hielt eine junge Katze im Arm und Reinhard war, als schnurre Lieselott gemeinsam mit dem getigerten Tierchen. Es war still im Garten. Reinhard kam mit einer Handvoll roter Ribisel. »Magst welche?« fragte er und hielt ihr ein Träublein vor den Mund. Sie öffnete ihn und er ließ Beere um Beere zwischen die weißen Zähne gleiten.

»Mehr«, verlangte sie lächelnd.

»Was?« fragte er kühn und neigte sich ihr zu. Ihre Lippen waren rot wie die Beeren, ihr Atem roch frisch. Da bückte er sich schnell und küßte sie. Es war ein zarter, leichter Kuß, mehr ein Hauch von einem Kuß. Sie wartete vielleicht auf mehr, aber er nahm nur die kleine Katze aus ihrem Schoß, die sich in seinem Joppenärmel verkrallte und mit dem Schnurren aufhörte.

»Warum nimmst du sie weg?« flüsterte Lieselott. »Es hat ihr wohlgetan.«

»Mir tut auch niemand wohl«, brummte er zurück.

»Daran bist du selbst schuld. Kätzchen und Mädchen muß man halt zuerst streicheln.«

Er sah sie düster an: »Lieselott, du spielst mit dem Feuer.«

»Laß mich spielen, Reini, ach, laß mich doch!«

Sie gingen später nebeneinander her durch die gemähten Wiesen, deren Heuduft noch in der Luft lag. Jetzt kamen sie an eine Scheune. Das Tor stand offen – hoch türmte sich das Heu in grünlichen Schwaden.

»Weißt du was ich jetzt möchte? Im Heu schlafen. Und du bist mein Wächter und wartest hier am Tor.«

Er sah zu, wie sie die Strümpfe von den Beinen streifte und barfuß in die Heuflut trat.

Dann hörte er nichts mehr als leises Rascheln aus einer entfernten Ecke. Er ging langsam zum Wirtshaus zurück, um nach dem Pferd zu sehen. Und das war gut so. Apollo, nicht gewohnt längere Zeit angeschirrt zu stehen, war unruhig geworden, und der Wirt hatte seine liebe Not mit ihm.

»Der macht Ihnen Ärger auf dem Heimweg«, prophezeite er. »Am besten wär's, wenn Sie ihn ein bisserl laufen ließen.«

Reinhard war ein ebenso guter Reiter wie sein Bruder Lorenz. Er schirrte Apollo aus und schwang sich ohne Sattel auf das Pferd. Das spürte den geübten Reiter und war ihm zu Willen. In sanftem Trab und dann schneller lief es den Feldweg entlang und Reinhard wurde ruhiger und zufriedener. Mochte Lieselott derweil im Heuduft schlafen.

Doch das tat sie nicht. Sie sah Reinhard davongehen und war beschämt. Was hatte sie denn erwartet? Natürlich nicht mehr als in der Laube. Aber daß er einfach wegging, ohne ein Wort zu sagen – ach, er war immer noch so undurchsichtig wie früher –, er hatte sich wirklich nur äußerlich verändert. Und es war merkwürdig, daß sie das irgendwie freute. Man wußte zwar nie, wie man mit ihm dran war – aber das eben wußte man. Lorenz war ganz anders – ein offenes Buch, in dem man sogar lesen konnte, wann er sich mit dem Ballettmädel getroffen hatte oder zu treffen beabsichtigte. Jetzt zum Beispiel. Jetzt in diesen Tagen würde er sicher mit ihr beisammen sein. Der Gedanke daran tat weh, aber es war eben nicht zu ändern. War ein Gewitter zu ändern? Man mußte warten, bis es von selbst abklang. Es war nicht das erste Mal, daß Lorenz in fremden Rosengärten spazierenging. Aber warum? Es hatte nie vor den Seitensprüngen Streit gegeben – sie stritten überhaupt wenig –, durch seinen Dienst ergab sich aber auch zeitlich kaum dazu Gelegenheit. Wenn Lorenz zu Hause war, vertrugen sie sich gut – besser als früher. Für Lorenz war wohl Reinhard das rote Tuch gewesen, das ihn immer wieder zu Ausfällen reizte ...

Sie wartete noch eine halbe Stunde auf Reinhard, und als er nicht kam, erhob sie sich, klopfte die Heuhalme vom blumigen Rock und ging langsam zum Gasthof zurück. Da sah sie einen Reiter. Er kam vom Birkenhain her und ritt rasch auf sie zu. »Es ist Lorenz«, dachte sie erschreckt. »Mein Gott, wo kommt jetzt plötzlich Lorenz her?«

Dann erkannte sie Reinhard und war ernüchtert und beschämt. Daß Lorenz vielleicht in diesem Augenblick in den Armen der kleinen Mitzi lag, gab ihr noch nicht das Recht, Gleiches mit Gleichem zu vergelten. Oder doch?

Reinhard sprang vom Pferd und ging neben Lieselott her.

»Gut geschlafen? Wovon hast du geträumt, Lieserl?« fragte er heiser. Sie sah ihn nicht an. Er nannte sie mit dem Kosenamen, den er ihr einmal vor langer Zeit – es war nach seinem ersten Kuß – gegeben hatte. Aber sein Gesicht war verschlossen, halb zur Seite gewandt, dem Pferd zu, das unruhig tänzelte.

»Ich hab' von dir geträumt«, sagte sie schnell. »Ich bin auf dich zugelaufen, weil ich Angst hatte, aber du hast dich von mir abgewandt.«

»Hab ich das? Vielleicht hattest du mich vorher mit einem andern verlassen, Lieserl?«

»Sag nicht Lieserl!«

»Warum nicht? Erinnert dich das an etwas, woran du nicht mehr erinnert werden willst?«
Sie faßte nach seinem Arm. Er war braun und bloß – die Ärmel hatte er hochgeschlagen. »Warum quälst du mich?« fragte sie leise.
»Tu ich das? Dann ist mir einfach wohler. Du hast mich auch gequält und sicher mehr als ich dich jetzt. Warum, warum hast du ... Hergott, es gab doch keinen Grund, daß du zu ihm gegangen bist.«
»Du hast mir immerhin drei Monate nicht geschrieben.«
»Was sollte ich dir schreiben, Lieselott? Daß es mir drekkig ging, daß ich schwer arbeiten mußte, um leben zu können? Daß ich drauf und dran war, dich um Geld zu bitten? Daß ich es mir dreimal überlegte, eine Briefmarke zu kaufen, daß ich von den drei Monaten einen krank war und in einem Obdachlosenhospital lag?«
Sie umkrampfte seinen Arm, daß sich die Nägel als rote Male abzeichneten. »Und in dieser Zeit«, dachte sie, »in dieser Zeit habe ich mit Lorenz geschlafen, aus Trotz, aus Liebe – weiß der Kuckuck warum.« In ihrer Phantasie hatte sie Reinhard als munteren Studenten gesehen, an jedem Arm ein Liebchen. Er hatte sich von ihr nicht einmal verabschiedet – ach, es war doch logisch gewesen, daß sie Lorenz nachgab, Lorenz oder ein anderer – sie war neunzehn Jahre und hatte ein paar Verehrer. Und einer von ihnen sah ihrer ersten Liebe Reini ähnlich: Lorenz. Natürlich hatte sie auch den Gedanken erwogen, Reini in Prag zu suchen – aber es blieb nur beim Gedanken. Sie lief keinem nach. Für sie stand fest, daß er sie aufgegeben hatte. Auf seine sonderbare Art – ohne Abschluß, ohne Auseinandersetzung –, er war einfach fortgegangen. Von ihr, von den Eltern. Ohne dieses

Fortgehen hätten sie heiraten können. Er wollte nicht hierbleiben und wollte sie auch offensichtlich nicht heiraten.

Sie ließ seinen Arm los und schleuderte ihm dies alles ins abgewandte Gesicht.

»Was hattest du denn anderes erwartet? Ich will dir etwas sagen, Reinhard – du hast mich erst dann gewollt, als Lorenz dazwischen trat.«

Er lief nun fast und Lieselott blieb zurück. Sie sah seinen schmalen Rücken im gebauschten Hemd, das kurzgeschnittene braune Haar des ausgeprägten Hinterkopfes, seine steife, aufrechte Haltung, die sich durch das heftige Ausschreiten nicht änderte. Er lief vor ihr her, er lief vor ihr davon, das Pferd am Zügel. Und sie blieb zurück, setzte sich ins kurze Gras und weinte. Und ihr war, als weinte sie um ihre verlorene Jugend.

4. Kapitel

Der Tag der Liebe

Wawra kniete vor dem Backrohr des Kachelherdes und jammerte: »Noch zehn Minuten, gnä' Herr, und der Kaiserschmarrn fallt mir zamm. Wo bleiben's denn nur, die jungen Herrschaften? Es wird ja schon finster.«
Clemens Weiguny saß in der Veranda. Er antwortete zur offenen Tür hin: »A geh, Wawra – was räsonierst denn? Du warst doch auch einmal jung und bist lieber auf einer Bank im Schillerpark gesessen – mit einem hübschen Mädl im Arm, als daheim bei einem Kaiserschmarrn.«
Wawra sah den »gnä' Herrn« traurig an. Er erinnerte sich nicht an Liebesabenteuer. Aber den Herrn Clemens Weiguny, ja, dem hatte man in der Beziehung manches nachgesagt. Da war doch einmal die Sache mit der feschen Lehrerin, einem rassigen, bildschönen Frauenzimmer. Sie war dann plötzlich verschwunden, versetzt nach Olmütz, hatte man gemunkelt, wegen der Affäre mit dem Herrn Weiguny. Ob wohl überhaupt was Wahres an der Sache war? Er hatte nichts gemerkt und war doch Tag für Tag mit dem Herrn Weiguny beisammen gewesen ...
O ja, es war etwas dran, an Clemens' Abenteuer mit der schönen Klara Rau. Er saß mit ihr in mancher verschwiegenen Sommernacht im nahen Schillerpark. Der grenzte mit der Mauer an den Südzipfel des Weiguny-

schen Gartens. Durch das Hintertürchen war man mit wenigen Schritten im Park. Saß er mit Klara auf der Bank an der Mauer, dann konnte er Stefanies Stimme aus dem Garten hören, wenn sie nach ihm rief. Sie hatte nie etwas von Klara erfahren. Doch die Süße der Liebe zur sanften Klara überwog nicht sein Unbehagen, das Unbehagen an der verbotenen Frucht, das Unbehagen über den Streit der Söhne untereinander und über seinen eigenen Zwist mit Stefanie, die nie imstande gewesen war, ihre Zuneigung für Reinhard zu verhehlen. Die ihm gegenüber immer in Abwehr stand, wie eine Löwin, die ihr Junges zu verteidigen sucht.
Ach, wenn er an diese Zeit zurückdachte, war das einzig Schöne eigentlich nur die Liebe zu Klara, die heimliche, herzpochende Zuneigung zu dieser rätselhaften, zärtlichen jungen Frau.
Gerade in diesen Tagen, da die Schwiegertochter im Haus war, mußte er oft an Klara denken, obgleich die beiden ganz gewiß nicht die geringste Ähnlichkeit miteinander hatten. Klara, wie eine Raffaelsche Madonna, dunkelhaarig, dunkeläugig – und Lieselott mit ihren blauen Augen, die fröhlich und verspielt war. Er hatte Klara nie lachen hören. Selten lächelte sie, ein verlorenes, fast starres Lächeln, das so gut zu ihren ebenmäßigen Zügen und dem Schnitt der Lippen paßte. Aber meist war sie ernst. Und wenn er im Kontor, mitten in der Arbeit, oder nachts, wenn er keinen Schlaf fand, an sie dachte, dann kam ihm ein Eichendorffvers in den Sinn: »... und mitten in dem Leben wird deines Ernsts Gewalt mich Einsamen erheben. So wird mein Herz nicht alt ...«
Doch sein Herz war alt geworden. Sonst hätte er in den

vergangenen Jahren, da er einsam lebte, einmal den Versuch gemacht, Klara wiederzufinden. Es wäre ganz einfach gewesen, man hätte nur an die Schulverwaltung vom Olmütz schreiben müssen. Aber eine merkwürdige Scheu hielt ihn zurück – eine Scheu, in die sich Scham mischte ... An einem klaren Mittsommertag hatte Klara ihn gebeten, sie zu einer Ausstellung zu begleiten. Und er hatte abgelehnt – weil er den Kleinstadttratsch fürchtete. Er hatte sich mit einer anderen Verpflichtung herausgeredet. Dann aber waren sie sich durch Zufall begegnet, zu der Stunde, da die Ausstellung eröffnet wurde. Er war mit Stefanie über den Eichelbrennerplatz gegangen, und ihre Blicke hatten ihn getroffen – entsetzt, zutiefst erschrocken. Sie war nie mehr zur Bank im Park gekommen. Ein viele Seiten langer Brief sollte ihn davon überzeugen, daß nun die Zeit zur Trennung gekommen war. Sie ließ sich verleugnen, wenn er in ihre Wohnung kam – plötzlich war sie für ihn wie auf einem fernen Stern. Die Ferien kamen und dann das neue Schuljahr. Klara begann es in Olmütz. Er hatte sie nie wiedergesehen, nie wieder etwas von ihr gehört. Und die Zeit verrann ...

Auch in der Weigunyschen Küche. Der Kaiserschmarrn wurde eine gelbliche, zähe Masse, die Wawra zornig aus der Backpfanne kratzte. Dann aßen die beiden Alten, was vom luftig leichten Auflauf übriggeblieben war.

Der heiße Tag war der Abendkühle gewichen. Lieselott und Reinhard saßen jetzt im Extrastüberl des Gasthofes »Zum Taubenberg«. Wieder lag die kleine Katze in Lieselotts Schoß und schnurrte. Reinhard saß ihr gegenüber. In stillschweigendem Einverständnis wurde das

»Früher« nicht mehr erwähnt. Der Ausgangspunkt ihres ernsthaften Gesprächs war Lieselotts beiläufige Frage, ob Reinhard morgen mit zur Kirche gehe. Er verneinte. Und nun war von Gott und der Welt, Sein und Nichtsein, Glaube und Aberglaube die Rede.
»Bist du nicht mehr gläubig?« frage Lieselott überrascht.
»Gläubig?« wiederholte er. »Glaubst du an den Teufel? Dann mußt du auch an Hexen glauben. Und was solcher Aberglaube gerade bei uns in Schönberg angerichtet hat, das weißt du ja.«
Natürlich, das wußte sie. Ihre und Reinhards Vorfahren hatten ein halbes Hundert unschuldiger Frauen und Männer verbrannt, darunter den eigenen Bürgermeister und seine Frau, und den Schönberger Pfarrer hatte man in Müglitz verbrannt. Reinhard ereiferte sich, herausgefordert durch Lieselotts Einstellung. Sie versuchte ihm zu erklären, daß sie zwar nicht an den Teufel glaube – an den glaube wohl kaum mehr ein vernünftiger Mensch, aber deshalb sei man doch kein Freidenker. Für Lieselott war das Leben ewig, weil sie sich danach sehnte, einmal mit der verstorbenen Mutter zusammenzutreffen. Sie war getauft worden und konfirmiert im Zeichen des Kreuzes, und sie war überzeugt, daß dieses Zeichen gut war, weil es die Menschen zum Gutsein zwang, wenn sie die ewige Seligkeit erringen wollten. Und wer wollte das wohl nicht?
»Und Freidenker zerstören das alles. Man kann doch nicht einfach von allem frei sein und tun und lassen was man gerade will. Dann tut man bestimmt nicht das unbequeme Gute, eher das bequeme Böse. Die Menschen sind keine Engel. Man muß sie zum Gutsein zwingen. Ja, mit Strafen, wenn es sein muß. Und die Ge-

bote Gottes sind eine Ordnung, die man einfach braucht.«
Mährisch-Schönberg war eine katholische Stadt. Zu der evangelischen Minderheit zählten auch die Familien Weiguny und Lieselotts Eltern. Reinhard und Lieselott waren sich auch durch die Gottesdienste nähergekommen, durch die gemeinsamen Bibelstunden. Lieselott erinnerte sich noch an die heißen Debatten, die entstanden, als zwei junge Leute sich weigerten, sich konfirmieren zu lassen. »Nichts als Angabe«, hatte Reinhard damals erklärt, »die wollen sich nur interessant machen.«
»Wenn du heute in dem Alter wärst, würdest du dich konfirmieren lassen?« fragte Lieselott kämpferisch.
»Wahrscheinlich nicht«, erwiderte Reinhard nachdenklich. Er versuchte ihr auseinanderzusetzen, was er für seine Lebensphilosophie hielt.
»Das ist dann eben doch Freidenkerei«, rief Lieselott. »Wenn das deine Mutter wüßte, Reinhard!«
Lieselott erinnerte sich der Abende, wenn sie und Reinhard bei Stefanie Weiguny saßen – besonders in der Adventzeit. Dann spielte die Mutter mit dem Sohn vierhändig, und Lieselott hoffte sehnsüchtig, daß auch sie einmal so würde spielen können. Vierhändig klang das Klavier viel besser, als wenn Frau Weiguny allein spielte. Reinhard war geschickter als die Mama, glich aus, was bei ihr holperte, oder glich sich ihrem Takt an.
Nach dem Spiel begann Stefanie zu predigen. Sie saß dann am Flügel, die Hände lose auf den Tasten und redete: Vom Wunder der Menschwerdung, von Gott und seinem Sohn, dem Erlöser, vom Glück, zu seinen Anhängern zu zählen, vom Leben nach dem Tod und die herrliche Aussicht auf dieses spätere Leben.

Die Halbwüchsigen Reinhard und Lieselott lauschten, hielten sich manchmal, verborgen unter der Tischdecke, an den Händen. Stürmte Lorenz in diese Dämmerstunde, war der Zauber gebrochen. Stefanie Weigunys Bibelstunden hatten die Jahre über in Lieselott – ihr unbewußt – nachgewirkt. Warum nicht bei Reinhard? Er sagte es ihr: In all der Kirchengläubigkeit sei so viel unheilige Heuchelei, hätte er so viel Ärgerliches von frommen Christen erfahren, daß er – nun, er glaube an einen Gott, gewiß, denn trotz aller Aufgeklärtheit sei doch nicht zu leugnen, daß es über allen Welten eine göttliche Macht gebe, den Anfang und vielleicht auch das Ende allen Seins, – aber er könne nicht an die Institution Kirche glauben. Nein, das könne und tue er nicht.
Lieselott war bedrückt und ärgerlich. Sie selbst fühlte sich einig und eins mit der Lehre des Christentums und fand Reinhard unglaublich undankbar, weil er sich dem widersetzte, was in jahrhundertelanger christlicher Kultur zum Wohl der Menschen geschaffen worden war.
»Denk an die Kirchen, die Dome, die Heiligtümer, was wären wir ohne christliche Religion?«
»Denk an die Kulturzeugnisse der alten Ägypter. Es ging auch ohne Christentum.«
»Du bist kein Ägypter. Was bist du überhaupt?«
»Ein Suchender«, dachte Reinhard, »ein Gottsucher vielleicht.« Aber er sagte nichts, zuckte nur die Schultern.
»Warum regen sich andere nur immer auf, wenn man einmal ehrlich ist?«
»Deine Ehrlichkeit grenzt an Impertinenz«, erwiderte sie leise. »Alles in Frage stellen, alles, was andern wertvoll ist, in Frage stellen, und nichts Besseres anbieten, das ist doch impertinent!«

»Gut, nenne es wie du willst. Versuch doch, mich zu überzeugen, wenn du selbst so überzeugt bist. Wenn es dir gelänge – nichts wäre mir lieber. Erkläre mir ...« Und nun begann er seine Gedanken über alle anzweifelbaren Thesen, angefangen von Adam und Eva als den ersten Menschen, und von Himmel und Hölle, vor ihr auszubreiten.

Sie schloß die Augen. Und hätte auch gern die Ohren verschlossen.

»Man kann Gott vielleicht nicht beweisen – dann muß man eben ohne zu wissen an ihn glauben. Aber man kann auch nicht beweisen, daß es ihn nicht gibt. Ich werde für dich beten, Reinhard.«

»Danke«, sagte er. Und meinte es beinahe ernst.

Merkwürdig war, daß selbst der Streit sie einander näherbrachte.

Wawra und Clemens tunkten die letzten Kaiserschmarrnreste in den Himbeersaft auf ihrem Teller, als Reinhard und Lieselott in der Küchentür auftauchten.

»Spät kommt ihr, doch ihr kommt«, zitierte Clemens. »Der Kaiserschmarrn ging bereits den Weg alles Irdischen. Er war aber schon zäh. Wawra, was haben wir noch für die zwei?«

Wawra runzelte kummervoll die Stirn, doch Lieselott rief schnell: »Wir haben schon im Gasthaus gegessen. Mohrauer Wurst mit Kren. Gut war's. Entschuldigt, daß wir euch warten ließen.«

Clemens Weiguny sagte: »Lorenz hat am Nachmittag angerufen. Ich hab' ihm gesagt, daß ihr ausgefahren seid. Aber vielleicht rufst du ihn zu Hause noch an, Lieselott.«

Doch Lorenz war daheim nicht erreichbar. »Sicher ist er wieder bei dieser Mitzi«, dachte sie. Reinhard stand in der Tür.
»Er ist nicht daheim, der Herr Gemahl?« fragte er.
»Nein«, sagte sie einsilbig.
Und da fragte Reinhard ein zweites Mal: »Bist du glücklich mit ihm, Lieserl? Und warum hast du keine Kinder?«
Sie sah ihn an. Ihm schien, sie überlegte, ob sie diesmal mehr sagen sollte.
»Weißt du, Glück ist ein weiter Begriff. Ich bin kein kleines Ganserl mehr. Und da erfährt man natürlich auch, daß nicht alles Gold ist, was glänzt. Aber ich glaube, ich bin trotzdem glücklich, Reini. Mir fehlt doch nichts.«
»Nennst du keine Kinder zu haben ein Nichts? Gerade du?«
Sie hängte den Telefonhörer ein und kam langsam auf ihn zu. »Gehn wir nach oben«, sagte sie. »Ich bin müde. Heut haben wir genug geredet. Morgen ist auch noch ein Tag.« Während sie das sagte, lächelte sie. Das war ein Spruch Stefanie Weigunys gewesen, wenn sie Lieselott zu verstehen gab, daß es Zeit war, heimzugehen.
»Wollen wir morgen statt dem Kirchgang ihr Grab besuchen?« fragte Reinhard, als erriete er ihre Gedanken.

In den Gärten blühten üppige Pfingstrosen. Ihre schweren roten Köpfe senkten sich. Auch auf dem Friedhof blühte es, Stiefmütterchen, Levkojen, Junirosen in dichten Dolden. Der alte Friedhof glich einem Garten. Stefanies Grab in der Gruft der Weigunys lag am Ostende des Friedhofes. Die schwarze Marmorplatte war ohne Schmuck. Doch jemand hatte einem kleinen Engel, der schwarzmarmorn zu Häupten kniete, einen Zedernzweig zwischen Hände und Brust geklemmt. Und der herbe Geruch der vielen Zedern überlagerte den schwachen Rosenduft.

»Es riecht nach Tod«, flüsterte Reinhard. Auf der Fahrt von Prag hierher, mit dem Telegramm in der Rocktasche, waren seine Gedanken hier bei dieser Gruft gewesen. Ihm schien das schon eine Ewigkeit her. Und doch hatte sich der Mond kaum mehr gerundet. Aber alles war anders geworden. Warum?

Da stand, zart und grazil, wieder im schwarzen Kleid Lieselott am Grab. Sie sah geradeaus, mit leicht ineinander verschlungenen Fingern. Ihr Gesicht war ernst – wahrscheinlich betete sie, auch wenn sich ihre Lippen nicht bewegten. Ein Lied fiel ihm ein, ein neues Lied, von einem gewissen Löns: »Rosemarie, Rosemarie, sieben Jahre mein Herz nach dir schrie ...« Fast sieben Jahre hatte er Lieselott nicht gesehen. Aber hatte sein Herz wirklich nach ihr geschrien? Er war in seinem zwiespältigen Wesen, bei aller Romantik, die er wohl von der Mutter geerbt hatte, auch ein kühler, nüchterner Mensch – vielleicht das Erbteil des Vaters. Nein, er hatte nicht nach Lieselott verlangt, er war nur böse auf sie gewesen, hatte ihr von Herzen gewünscht, mit dem unmöglichen Lorenz kreuzunglücklich zu werden ...

»Woran denkst du?« fragte Lieselott, »du siehst so bös aus.«

»Ich war auch in Gedanken bös, Lieselott. Ich hab' an dich gedacht und dir gewünscht –«

»Hör auf, Du sollst nicht an mich, du sollst an Mama denken und daran, wie sehr sie dich geliebt hat.«

Da senkte er den Kopf und murmelte ein Gebet.

5. Kapitel

Gläsernes Glück

Der Mai wollte mit seinem Strahlen kein Ende nehmen. Im Herrengarten spielte am Morgen die Stadtkapelle und Lieselott und Reinhard schlenderten in Richtung Musik.
Sie trafen viele Bekannte, auch den Suchy, der sie mit einem maliziösen Lächeln begrüßte: »Immer noch in Zweisamkeit, ihr beide? Alte Liebe rostet nicht, was?«
Lieselott tippte ausgelassen und gar nicht damenhaft an ihre Stirn. »Red keinen Schmarrn, Suchy. Du bist imstand und erzählst so dummes Zeug dem Lorenz.«
»Was zahlt ihr mir, wenn ich schweige wie ein Grab?«
»Wenn du heute nachmittag zum Schenkhofteich kommst, einen Indianerkrapfen mit Schlag«, versprach Lieselott. Sie war ohne eigentlichen Grund fröhlich und gab sich Mühe, Reinhard anzustecken.
»Du«, sagte er auf dem Heimweg, »meinst du nicht, daß es auffällt, wenn wir mitsammen ins Bad gehen?«
»Wir sind doch Schwager und Schwägerin, Reini. Da ist's wohl erlaubt, eine öffentliche Badeanstalt aufzusuchen.«
Nun lagen sie im Trubel der Badegäste. Der schön gelegene Schenkhofteich mit seinem alten Baumbestand und seiner kleinen natürlichen Insel war an diesem Sonntag Anziehungspunkt vieler Sonnenhungriger.
Lieselott sagte: »Schwimmen wir zur Insel hinüber?«

Er war sofort einverstanden. Sie schwammen nebeneinander her in gleichmäßigem Tempo. Was aus Lieselotts unförmigem Badeanzug herausragte, Arme, Beine, der schlanke Hals, war wohlgeformt und sehr blaß. Als sie an Land stieg, und der klatschnasse, weite Badeanzug an ihrem Körper klebte, erkannte man, was sehenswert an ihr war – ihre straffe, kleine, feste Brust, die langen, schmalen Oberschenkel, die sehr dünnen, zarten Handgelenke, und auch der Hals schien ein wenig zu zart für den Kopf mit dem üppigen Haar.

»Dein Hals ist wie der Stengel einer Blume«, sagte er leise.

»Hoffentlich nicht einer Pfingstrose«, lachte sie.

Er gab keine Antwort, sah sie nur an und ihr wurde unter diesem Blick bewußt, daß das Feuer, von dem er gesprochen hatte, um sich griff. Als er nach ihrer Hand faßte, um sie in den Schatten der Büsche zu ziehen, wehrte sie ab.

»Nein, ich möchte an der Sonne bleiben.«

»Dann kriegst du einen Sonnenbrand.«

»Besser ein Sonnenbrand –«

»Als was?«

»Als ins Gerede kommen.«

Die winzige Insel war um diese Mittagsstunde völlig menschenleer, nur zwei Buben spielten am Ufer Ball und kümmerten sich wenig um das Paar. Aber Lieselotts Äußerung brachte ihn zurück auf den Pfad der Vernunft.

»Gut«, sagte er. »Bleib du in der Sonne. Ich hol' mir wegen eines Tratsches keinen Sonnenbrand.« Er verschwand im niederen Gehölz.

Die Sonne stach vom Himmel. Lieselott wurde es immer heißer. Sie ging ins Wasser, doch das kühlte nur für Augenblicke. Schließlich schlenderte auch sie hinüber zum Schatten der dichten Büsche. Reinhard lag mit dem Gesicht zur Erde. Sie schlich näher, brach einen Halm und begann ihn in der Kniekehle zu kitzeln. Da schnellte er plötzlich wie ein Pfeil von der Sehne hoch, und im nächsten Augenblick lag sie an seiner Brust. Sie strampelte und lachte. »Das gilt nicht, laß mich los.«
»Erst die Strafe fürs Kitzeln.« Er küßte sie – nicht mehr zart und leicht, er küßte sie so, wie er sie früher geküßt hatte. Seine Arme umklammerten sie – ihr wurde das Atmen schwer – sie wehrte sich, wehrte sich, bis sich ihr Wehren in wehe Zärtlichkeit wandelte ...

»Das ist es also«, dachte Lieselott, »das also ist die Liebe.« Das mit Lorenz war sie nicht – jetzt wußte sie es, da es zu spät war.
Reinhards Gesicht war dem ihren nahe, so nah, daß sie ihr eigenes Spiegelbild in seinen lichtbraunen Augen gewahrte. Sie senkte die ihren, weil sie fürchtete, daß sie ihre Gefühle, den Sturm ihrer Gefühle, verrieten.
»Deine Wimpern sind wie Schmetterlingsflügel«, sagte Reinhard und berührte sie. »Und deine Haut ist wie die einer Marille – samtig, so samtig und prall. Lieselott, ich liebe dich. Es ist eine peinvolle Sache, besonders für dich, aber ich liebe dich. Ich –«
Sie schlug die Augen wieder auf, legte eine Hand auf seinen nahen Mund und flüsterte: »Nicht sprechen.«
Er lehnte sich ins Gras zurück, nahm ihre Hand, liebkoste die Finger, ihr schmales Handgelenk, strich sanft zum Ellenbogen hin, bis zur Schulter, seine Finger niste-

ten ein Weilchen in ihrer Schlüsselbeingrube, wie in einem Nest. »Ich spüre dein Herz hier schlagen. Rasch, viel zu rasch, verräterisch rasch, Lieselott.«
Sie faßte nach seiner Hand an ihrem Hals, hielt sie fest, versuchte ruhig zu atmen, aber es fruchtete nichts – alles in ihr war weiche, fiebernde Unruhe und Süße. Süße, die sie zum ersten Mal im Leben empfand, und die sie deshalb völlig aus der Fassung brachte. Was war geschehen? Wie sollte das Leben nun weitergehen? Daß es so etwas gibt! »Daß es so etwas gibt.« Ihr war nicht bewußt, daß sie den Gedanken flüsternd aussprach. Ihre Lippen waren seinem Ohr zu nahe – er empfing die Worte wie eine nie erhoffte Offenbarung. Doch er war klug genug, sie nicht wissen zu lassen, daß er sie verstanden hatte.
In der schwirrenden trägen Sommerluft war plötzlich ein Ton, ein ferner Ton, dünn, zart und doch deutlich. Eine Flöte.
»Pan im Schilf«, flüsterte Reinhard und umfaßte sie fester. »Hörst du ihn? Er flötet für uns. Das bedeutet Glück, Glück für dich und mich.«
Sie lauschte seinem Flüstern, das weich und voll ungewohnter Zärtlichkeit war. Reinhard liebte sie und sie war ihm dankbar. Es war wunderbar, geliebt zu werden. Gab es überhaupt etwas Wunderbareres?
Die dünnen Flötentöne formten sich zu einer Melodie. Und Lieselott dachte: »Die Buben! Die Buben am Ostrand der Insel. Jetzt spielen sie Flöte statt Ball.« Aber sie sagte nichts, lehnte den Kopf an seine Brust, hörte sein Herz ruhig und stet gegen die Rippen schlagen und wünschte nur, daß alles ewig so bleiben möge.
»Wir müssen zurück«, sagte Lieselott und strich ihr Haar aus der Stirn.

»Nein, das müssen wir nicht«, widersprach er sanft. »Dies ist heute unser Tag, der Tag unserer Liebe, Lieselott. Wir kosten ihn bis zur Neige. Weil wir nicht wissen, ob wir im Leben noch einmal so etwas erleben dürfen.« Er umfing sie, ihre Haut war heiß. Sie ließ es geschehen, müde vom Glück dieser Stunden ...

Die Grillen zirpten, das Schilfgras stand unbeweglich. Doch jetzt schien es sich zu bewegen – ein Kahn glitt hindurch. Der leichte Ruderschlag schreckte die Liebenden auf. Sie starrten ins Schilfgrün, doch dort war wieder schläfrige, nachmittägliche Sommerruhe. Beide dachten das gleiche: »Es könnte uns jemand gesehen haben.«

»Es ist geschehen«, sagte Reinhard plötzlich hart. »Und es gibt mir jetzt auch das Recht, dich zu fragen, ob du dich scheiden lassen willst – wann du dich scheiden lassen wirst.«

Sie starrte ihn erschreckt an. Er war aufgestanden, stand über ihr mit zerzaustem Haar, sah ihr ohne eine Spur von Weichheit und Zärtlichkeit ins Gesicht.

»Aber Reini, wie kannst du so etwas fragen?« erwiderte sie matt.

»Aber Lieserl, wie konntest du so etwas tun? So etwas tut eine anständige Frau nur, wenn sie bereit ist, die Konsequenzen zu ziehen.«

Sie antwortete nicht, begann nur ihr Haar zu ordnen und wußte nicht, wie hübsch sie dabei aussah. Reinhard wandte sich ab. Sie sah seinen Rücken, die Bräune, besser gesagt die Röte dieses Tages und dachte: »Auf den Schultern wird er sich schälen«, und lächelte. »Dann wird er an diesen Tag denken.«

Die Sonne neigte sich, als sie zum Strandbad zurückkamen. Eilig zogen sie sich an. Da trat Suchy auf sie zu.

»Wo wart ihr? Wir hatten doch ausgemacht, daß wir uns hier treffen. Ich hab' euch überall gesucht.«
»Auch mit dem Kahn?« fragte Reinhard.
»Allerdings, auch mit dem Kahn.«
»Nun, dann hast du uns ja gesehen, oder? Aber wir müssen los, Wawra wird warten. Den Indianerkrapfen bekommst du trotzdem, Suchy, da –«, Reinhard steckte Suchy ein Geldstück zu. »Es reicht auch noch für ein Glas Wein. Trink es auf unsere Gesundheit.«
Suchy wog das Geldstück in der Hand. »Nicht schlecht«, dachte er, »für einen armen Studenten, der Reinhard angeblich ist ...«

Wawra wartete schon mit dem Mietpferd und dem Wagen. Das Pferd schien Reinhard wiederzuerkennen. Es schnüffelte nach seiner tätschelnden Hand.
Die Gelegenheit benützte Lieselott, um auf den Kutschbock zu klettern, und es sich neben Wawra bequem zu machen. Reinhard mußte allein im Fond sitzen und sah mürrisch drein.
Doch dann begann er den Radetzkymarsch zu pfeifen und Wawra pfiff mit ...

Am nächsten Morgen schlenderte Reinhard durch die Stadt. Er war munterer Laune und hatte gut geschlafen. Auch im Traum war Lieselott bei ihm gewesen, jünger, kleiner als heute. Er hatte sie an den Hängezöpfen gezogen, und sie hatte ihm eine lange Nase gemacht. Eine Wiese mit Margeriten war im Traum, und Lieselott hatte eine als Orakel zerzupft. Noch jetzt spürte Reinhard die Spannung, mit der er im Traum auf den Ausgang des Orakels gewartet hatte: Er liebt mich, von Herzen, mit

Schmerzen, insgeheim, ganz allein, ein wenig oder gar nicht. Plötzlich aber, als der Kranz der Blütenblätter schon fast völlig abgezupft war und das Blatt »insgeheim« hätte an die Reihe kommen sollen, sagte Lieselott mit heller Traumstimme: »Gar nicht, du liebst mich gar nicht.«

»Du hast geschwindelt«, schrie er erbost. Von seiner eigenen Stimme wachte er auf.

Und jetzt war er auf der Suche nach einem Geschenk für Lieselott. Etwas sollte sie an diesen Tag erinnern. Aber was? Schmuck? Davon hatte sie genügend von Mama geerbt, außerdem trug sie keinen. Einen Freundschaftsring? Es war ja keine Freundschaft, die ihn mit Lieselott verband. Es war Liebe und schmerzliches Begehren ... Also etwas zum Anziehen, etwas das ihre Haut berührte.

Da sah er in einer Auslage ein hellblauseidenes Tuch, ein Trachtenbrusttuch mit langen Fransen. Es gefiel ihm.

Vor dem Frühstück traf er Lieselott in der Küche. Sie hatte dunkle Schatten unter den Augen und sah der Lieselott aus dem Traum wenig ähnlich.

»Gut geschlafen?« fragten beide gleichzeitig und lachten als Antwort.

»Schau, was ich hier habe«, sagte Reinhard und zog das Seidentuch aus der Rocktasche, daß es sich aufblähte.

»Du bist ja ein Zauberer. Hast du auch Kaninchen in der Tasche?«

»Nein. Heute kann ich nur ein Tuch und Liebe zaubern.« Er legte ihr das Präsent um die bloßen Schultern. »Fein siehst du aus. Wie eine Tirolerin. Aber du kannst es zurückgeben, wenn es dir nicht gefällt. Fräulein Koller tauscht es dir um – das ist ausgemacht.«

Lieselott strich über die Seidenfransen. »Zurückgeben? Es ist doch wunderschön! Du hast einen guten Geschmack, Reini. Danke.« Sie stellte sich auf die Zehenspitzen und küßte ihn.
Wawra, der gerade aus der Speisekammer kam, sagte: »No, sowas Schenes!« faßte das Tuch an und erklärte sachkundig. »Reine Seide, unbeschwert. Das hält doppelt so lang als gewöhnliche Reinseide.«
»Soll es auch. Es soll lange halten, ewig!« murmelte Reinhard. »Ebenso wie unsere Liebe ...«

In Baden bei Wien schien die Sonne. Es dufteten die Junirosen und der Jasmin genauso süß wie in Schönberg. Auf den Wegen des Parks flanierten die Badener, die Kurgäste und die Wiener, die der schöne Frühsommertag angelockt hatte. Die Weiblichkeit trug leichte, helle Garderobe, zierliche Sonnenschirme, deren Schatten auf den jungen und älteren, schönen und weniger schönen Gesichtern der Damen lagen. Die Herren stolzierten in Uniform oder Maßanzügen in modischem Pepita. Statt der Sonnenschirme trugen sie Portepees oder ein Spazierstöckchen. Vom Pavillon her drang Militärmusik in schneidigen Rhythmen, natürlich auch der Radetzkymarsch.
»Lebt er denn eigentlich noch, der Herr Radetzky?« fragte Mitzi ihren Begleiter Lorenz Weiguny. Er war in Zivil, wie viele seiner Kameraden, die sich in Baden besser und unbeschwerter amüsieren konnten als in Wien – meinten sie jedenfalls. Doch schien heute halb Wien in Baden zu sein. Auch Lorenz war mit seinen Freunden hier verabredet.
»Ob der Radetzky noch lebt, Mitzerl? A geh, so was

darfst doch als Wienerin nicht fragen. Er ist schon lang tot, Mitzerl. Komm, setzen wir uns dort auf die Bank. Ich erzähl' dir vom alten Radetzky.«

Lorenz hatte, wie sein Bruder, einen Hang zum Dozieren – der alte Herr Weiguny übrigens auch und Stefanie nicht minder. Er war froh, ein Thema gefunden zu haben, um mit dem Mädel an seiner Seite zu reden. Sie war wohl nicht dumm, aber auch ganz gewiß nicht wißbegierig. Lieselott – ja, die stürzte sich auf jeden Buchstaben, las, diskutierte, ließ ihren wachen Geist blitzen. Ach, Lieselott. Sie war jetzt schon seit einer Woche in Schönberg, er hatte sie zweimal telefonisch nicht erreichen können. Jedesmal hatte der Wawra gestottert, sie sei aus, ja spazieren, einmal mit dem Einspänner unterwegs, dann war sie baden im Schenkhofteich. Er, Wawra werde Grüße bestellen …

Lorenz wischte den Gedanken an seine Frau weg und begann der kleinen Tänzerin von dem großen Feldherrn zu erzählen, von seiner Armee, die die österreichische Monarchie vor dem unabwendbar scheinenden Untergang gerettet hatte: Wien auf den Barrikaden der Revolution 1848, Ungarn in Flammen, Aufstand in Böhmen, und Krieg in Italien. Aber Radetzky hatte auch am vierundzwanzigjährigen Krieg gegen die Französische Revolution und ihren Sohn Napoleon teilgenommen und hatte den Aufmarschplan der vierzehn verbündeten Staaten bei der Völkerschlacht zu Leipzig entworfen. Seine Siege in Italien als Oberbefehlshaber der österreichischen Armee sicherten Österreich schließlich siebzig friedliche Jahre. Vater Strauß der Ältere lag 1848 schwerkrank in Wien. Und seelisch litt er als Patriot am Niedergang Österreichs. Doch als endlich die Siegesmeldungen aus Italien kamen, flackerten seine Lebensgeister noch einmal auf. Er schrieb jenen begeisternden, schwungvollen Marsch als Dank, als Ausdruck der wiedererwachten Lebensfreude, der Hoffnung.

»Vater Radetzky haben ihn seine Soldaten genannt«, sagte Lorenz nachdenklich und erzählte, wie der oberste Feldherr im Offizierskorps der k.k. Armeeschule in Italien das allgemeine »Du« eingeführt hätte, wie er Kriegswitwen und Waisen persönlich aufsuchte und ihnen half, oft aus dem eigenen Säckel. Er ging in die Spitäler der Kriegsgefangenen, beruhigte diejenigen, denen ihre verhetzten Landsleute eingeredet hatten, die Österreicher würden ihnen die Augen ausstechen. Ja, das war Graf Radetzky, der untadelige, ritterliche Kämpfer für Österreich, er, dem zur Hochzeit des jungen Kaisers Franz Josef mit Sissi sein Marsch, der Radetzkymarsch, entgegenklang ...

Mitzi hatte freundlich zugehört. Sie hörte immer freundlich zu, wenn ihr Idol, der Herr Hauptmann Weiguny, ihr Lorenzel, mit ihr sprach. Sie war rundum zufrieden – das schöne Wetter, die geputzten Menschen, zu denen auch sie in ihrem feschen, neuen Kostüm gehörte, der Kavalier an ihrer Seite, die Musik, die Schokoladentrüffel in Silberpapier, ach, alles war herrlich und wunderbar ...

Da tauchte ein Herr vor ihrer Bank auf. Er war aufgeregt, grüßte sie kaum und sagte leise:

»Hier steckst du, Lorenz. Zum Donnerwetter, wir sind doch beim Lindner verabredet. Wir warten seit einer halben Stunde auf dich, und du sitzt hier herum und poussierst.«

»Geh, reg' dich ab, Ernstl. Was wird's denn so Wichtiges sein, daß ihr es nicht ohne mich erledigen könnt.«
»Es ist etwas Wichtiges. Bitte beeil' dich.«
Lorenz schob seinen Arm unter den Mitzis, die aufgestanden war und sagte: »Ja, ja, ich komm' gleich. Ich bring' erst die junge Dame zur Konditorei.«
Ohne Hast führte er Mitzi ins Café Wiedemeyer, plazierte sie auf einem Fensterplatz und verabschiedete sich.
»In zwei Stunden bin ich wieder da, Mitzerl. Solang amüsier dich, gelt?«
Wie sollte sie sich ohne Lorenz amüsieren? Sie bestellte eine Tasse Schokolade und drei Mandelbögen – denn zwei Stunden sind eine lange Zeit, wenn man auf einen warten muß, den man gern hat.

Als Lorenz das Jagdzimmer im Lindnergasthof betritt, brandet ihm lebhaftes Stimmengewirr entgegen. Hauptmann Gerlich, sein Intimus, zieht ihn beiseite.
»Stell dir vor«, sagt er leise und hastig, »der Redl hat sich in der Zelle erschossen.«
»Du liebe Zeit«, denkt Lorenz, »darum diese Aufregung?«
Generalstabsoberst Redl war als hochkarätiger Spion entlarvt und festgesetzt worden. Wenn er sich erschossen hatte, war er doch nur dem Todesurteil zuvorgekommen. Das sagt er sinngemäß. Natürlich tut ihm der Redl irgendwie leid, schließlich haben sie sich recht gut gekannt. Aber er hat Hochverrat begangen, einen in seiner Tragweite noch nicht übersehbaren, aber eindeutig feststehenden Hochverrat. Er hat mit Rußland konspiriert, Geheimakten geliefert.

»Das ist es ja eben, Lorenz. Begreif doch endlich! Er ist tot, und man weiß nicht, wieviel Geheimmaterial durch ihn an die Russen gegangen ist. Er selber war der einzige, der das wußte. Es ist uns rätselhaft, wie so etwas passieren konnte – ich meine, wie er an die Waffe kommen konnte. Weißt du, was das auch für uns, seine ehemaligen Freunde bedeutet? Wir werden in Verdacht geraten, in den Verdacht der Komplizenschaft. Ich werde ...«
»Geh hör auf, Gerlich. Wir leben doch in einem Rechtsstaat. Wo keine Beweise – da keine Verurteilung.«
»Lorenz, du bist zum Heulen naiv. Ist man erst einmal in Verdacht, in der Rechtsmaschinerie, dann läßt man Federn so oder so.«
»Das werden wir sehen, ob ich auch nur eine Flaumfeder lassen werde! Wenn das alles ist, worüber ihr euch so aufregt, dann kann ich wohl wieder gehen. Dem Redl war so und so nicht mehr zu helfen. Die einzige Hilfe, die ihm vielleicht einer von uns hat zukommen lassen, war das Einschmuggeln der Pistole. Was glaubst du, wie sich die Roten jetzt aufregen werden! Und mit ihnen die ganze Sensationspresse. Der Armee hat er allerhand erspart durch diesen Schuß. Hoffentlich hatte er einen leichten Tod.«
Lorenz' Stimme ist von Natur aus hell, im Ärger schnarrend. Jetzt wenden sich ihm auch die andern Offiziere zu. Die meisten sind in Uniform. Man debattiert heftig über den Fall des Generalstabsoberst. Es bilden sich zwei Parteien – eine sieht den Fall Redl als abgeschlossen und erledigt – die andere beschwört die Gefahr, die durch Redls Tod der Monarchie erwachse.
»Und wie denkt der Kaiser?«
Franz Josef, den der Spionagefall geradezu nieder-

schmetternd getroffen habe (»Das ist also die neue Zeit. Und das sind die Kreaturen, die sie hervorgebracht hat. In unseren alten Tagen wäre so etwas nicht möglich gewesen ...«), habe den Selbstmord des Verräters fast apathisch zur Kenntnis genommen, berichtet Gerlich.
»Und Conrad von Hötzendorf?« Man munkelt in Hofkreisen, daß General Hötzendorf, der Vertraute des Kaisers, in die Selbstmordaffäre verwickelt sei.
Fast alle Offiziere im Jagdstüberl stehen dem Erzherzog Franz Ferdinand nahe. Franz Ferdinand hat so etwas wie einen eigenen Regierungsstil auf seinem Amts- und Wohnsitz Schloß Belvedere entwickelt. Er ist nur leider dem des Kaisers häufig konträr. Gerlich berichtet, wie empört der Thronfolger über Redls Selbstmord ist, und daß er die Verantwortlichen zur Rechenschaft gezogen sehen will.
»Ohne den Kaiser beißt er auf Granit. Und Hötzendorf wird dafür sorgen, daß der Alte in Schönbrunn den Selbstmord Redls akzeptiert. Als standesgemäße Sühne.« Darüber, daß auch Redls Freunde in die Affäre gezogen werden könnten, wird nicht mehr gesprochen. Gerlichs Nervosität ebbt ab, und Lorenz' aufkeimendes Mißtrauen dem Freund gegenüber erlischt.
»Warten wir's ab«, sagt Lorenz und greift nach seinem hellen Strohhut. »Morgen wissen wir mehr.«
Gerlich begleitet ihn zurück in die Konditorei. Auf dem Weg dorthin politisieren sie. Die Opposition des Erzherzogs Ferdinand wird am deutlichsten, wenn er von seinen heimlichen Plänen über die Umgestaltung des alten Kaiserreiches spricht. Was er im engsten Kreis erzählt, macht schnell die Runde. Und das beabsichtigt er wohl auch.

Franz Ferdinand sieht mit Besorgnis das Anwachsen der ungarischen Vormachtstellung in Österreich. Er glaubt ihr wirklich begegnen zu können, wenn er die Entstehung eines Südslawenstaates fördern würde. Der volksrumänische Abgeordnete Popovici hat den Thronfolger mit seinen »Vereinigten Staaten von Österreich« als Modell für ein neues Europa fasziniert. Lorenz sagt: »Der Thronfolger geht immer davon aus, daß zumindest die Kroaten absolut kaisertreu sind. Aber wenn sie es auch wären, die Tschechen, Slowenen und Serben sind es bestimmt nicht. Popovici ist ein schlauer Fuchs. Der Gegner selbst soll ihm helfen, sein Reich zu bauen – ohne Blutvergießen, ohne Risiko. Hat er es dann, sein südslawisches Reich, kann der Wolf aus dem Schafspelz schlüpfen.«
Gerlich ist anderer Meinung. Er sieht in solchen Plänen einen echten Fortschritt, eine Möglichkeit, das Reich vor Aufruhr und Aufstand zu bewahren.
Sie sind noch in ihrer hitzigen Debatte, als sie schon vor dem Café stehen, und Mitzi ihnen lebhaft zuwinkt.
»Komm mit hinein«, sagt Lorenz, »kühl dich mit einem Eiskaffee ab.« Ihm ist es recht, wenn Gerlich als dritter im Bund den angebrochenen Nachmittag beschließen hilft. Gerlich ist Junggeselle und, wie Lorenz weiß, ein stiller Verehrer Lieselotts. Trotzdem hat er über sein Verhältnis mit Mitzi noch kein Wort ihm gegenüber verloren. Doch hat Lorenz ihn in Verdacht, daß er Lieselott von Mitzi erzählt hat.
Und genauso war es. Gerlich wollte damit erreichen, daß Lieselott nicht von andern erfuhr, daß Lorenz auf Seitenpfaden wandelte. Er beruhigte sie.
»Es ist wirklich nichts Ernsthaftes. Und wenn du klug

bist, läßt du die Geschichte von selbst auslaufen. Lorenz hat sich noch nie länger als ein paar Wochen an so einem Tschaperl ergötzt.«

Der getreue Freund hatte es so tatsächlich fertiggebracht, daß Lieselott statt Eifersucht fast etwas wie Mitleid für ihre Nebenbuhlerin empfand.

Das wäre aber nicht nötig gewesen. Mitzi war glücklich, genoß die Gunst des Herrn Hauptmann, war angetan von seiner Ritterlichkeit und wäre nie auf den Gedanken verfallen, mehr zu erwarten – eine Scheidung etwa. Sie wollte ihre Jugend genießen und fand diesen Genuß – dem Zug der Zeit entsprechend – in der flüchtigen Liebe zu einem hochgestellten, freigebigen Herrn.

Sie wußte, daß ihre Liebe nicht dauerhaft sein konnte. Sie war wie Glas, hauchdünn und zerbrechlich. Und über kurz oder lang würde ihr diese gläserne Liebe entgleiten, ihre Finger waren zu wenig geschickt, sie zu halten. Noch aber spiegelten sich Wohlwollen, Freundlichkeit und Zärtlichkeit im schimmernden Glas ihres Glücks. Und sie schob ihren Arm unter den von Lorenz, während sie mit ihrer Jungmädchenstimme sang: »Freut euch des Lebens, weil noch das Lämpchen glüht, pflükket die Rose, eh sie verblüht …«

6. Kapitel

Der Fall Redl

Die nächsten zwei Tage bekam Reinhard Lieselott kaum zu Gesicht. Am Morgen schlief sie noch, wenn er zum Frühstück auf die Veranda kam, oder sie war schon über alle Berge. Immer war sie unterwegs.

»Ich muß endlich meinen Verpflichtungen nachkommen«, sagte sie steif. »Heute besuche ich die Anna und die Minka Drösel.«

Reinhard wußte, daß Lieselott früher viel im Sattlerhaus Drösel verkehrte. Die beiden Mädel waren einige Jahre jünger als sie. Die ältere, Anna, hatte Sehnsucht nach Wien. Sie war Modistin und Lieselott wollte ihr zureden, wirklich nach Wien zu kommen. Sie hätte dann in Wien eine Schönbergerin zur Freundin.

»Weißt du«, sagte sie nachdenklich zu Reinhard, »Anna muß tagaus, tagein in einer Werkstätte hocken und nähen. So wäre es mir auch ergangen, wenn Lorenz mich nicht rechtzeitig geheiratet hätte. Dann säße ich jetzt auch als Weißwäschenäherin in irgend einer engen Kammer.«

»Du?« Er lachte so schallend, daß Wawra neugierig den Kopf zur Verandatür hereinsteckte. »Wawra, können Sie sich Lieselott als arme, kleine Näherin in einer kalten, armseligen aber reinlichen Kammer vorstellen, mit zerstochenen Fingern und Tränen in den Augen?«

Wawra grinste und sagte dann widerspenstig: »Warum

net, junger Herr? Dann kommen Sie als der Prinz und erlösen das gnä' Fräuln, oder täten S' das vielleicht net?«

»Mein lieber Wawra, das tät' ich mir überlegen. Einmal erlöst, hat man sie dann ewig am Hals, nicht wahr?«

Das war eines der letzten ausführlichen Gespräche mit Lieselott in den vergangenen zwei Tagen gewesen. Sonst verließ sie rasch das Haus, wenn Reinhard es nicht sah. Sie ging auf den Markt oder Schaufensterbummel. Kam sie heim, stand sie in der Küche herum und beglückte den alten Wawra mit ausgiebigen Gesprächsthemen. Waren die erschöpft, saß sie neben dem Papa und lauschte dessen Geistesblitzen. Und bevor sich's Reinhard versah, war sie wieder aus dem Haus und irgendwo unterwegs. Jetzt war es ihr auch wieder geglückt, unbemerkt durchs Hintertürchen des Gartens in die Hintergasse zu entschlüpfen, während Reinhard vorn am Haupttor auf sie wartete. Doch nur Suchy tauchte auf, grüßte kurz und verschwand im Laden gegenüber. Dieses ungewöhnliche Verhalten des sonst so redseligen Suchy irritierte Reinhard. Sollte er warten, bis der Bursche aus dem Geschäft trat? Dabei entkam ihm womöglich Lieselott. Er teilte seine Aufmerksamkeit zwischen der Ladentür und dem Weigunyschen Eingangstor. Und hatte einen durchschlagenden Mißerfolg. Suchy entlief in die Nebengasse und Lieselott erschien überhaupt nicht, weil sie längst auf der hinteren Petersberggasse unterwegs zum Sattlerhaus war. Das war ein Weg, den sie in ihrem Leben unzählige Male gegangen war, der Weg vom Weberhäusl der Eltern zu der Weigunyschen Faktorei. Im Weberhäusel wohnten seit dem Tod der Mutter andere Leute, arme Leute, wie ja auch Lieselotts Eltern arm gewesen waren. Jetzt kam es in Sicht. Klein und geduckt stand es neben anderen Handwerkerhäusern. Sie ging schnell daran vorbei. Trotzdem tauchte eine Erinnerung in ihr auf: Der Begräbnistag des Vaters stand plötzlich so klar in ihrem Gedächtnis, als wäre es gestern gewesen. Der Regen rauschte, die schwarz gekleideten Leute hasteten an ihr vorbei ins Haus oder drückten sich gleich ihr an die Hausmauer. Die anderen kamen dann mit grauen, ernsten Gesichtern unter schwarzen Kopftüchern oder schwarzen Hüten wieder auf die Straße. Sie lief hinter dem Sarg neben der Mutter her, und der Regen schlug in ihr kleines Gesicht. Es war ein weiter, unendlich weiter Weg von der Petersberggasse durch die Neugasse, die Bismarkstraße, die Blaudaer Landstraße bis zum Friedhof. Und immer, wenn sie später einen Alptraum hatte, war sie zwischen lauter schwarzen, traurigen Gestalten irgendwohin unterwegs – und der Weg nahm kein Ende, und die Straßen dehnten sich, der Regen rann und quoll aus Schuhen und Kleidern ...

Was nachher kam, die Zeremonie am offenen Grab, das war nicht in ihrem Gedächtnis haften geblieben – nur der schreckliche Weg durch Regen und Düsternis und die stumme Verzweiflung ...

Bedrückt betrat sie das Sattlerhaus in der Neugasse. Als erste begegnete ihr Minka, Annas jüngere Schwester. »Sie wird immer hübscher«, dachte Lieselott, als sie einander begrüßten. Und die dunkelhaarige sechzehnjährige Sattlertocher dachte: »Was ist die Lotte für eine feine Dame geworden, fesch schaut sie aus. Kein Wunder, als eine Frau Hauptmann.« Aber sie, des Sattlermeisters Drösel jüngste Tochter, sie hatte auch gute Aussicht, eines Tages Frau Hauptmann zu werden. War sie doch

mit dem jungen Greinz verlobt, der Offizier werden wollte ...
Minka führte den Besuch zur Mutter, die kränklich war und in einem Lehnstuhl saß. Jeder Besucher wurde in diesem Haus zur Mutter geführt. Und die kranke Meisterin fragte lebhaft und freundlich nach Lieselotts Ergehen, nach Neuigkeiten in der Wienerstadt.
»Ich hab' gelesen, der Edison soll wieder eine neue Erfindung gemacht haben, einen Kinematographen. Kann man denn die laufenden Bilder in Wien schon irgendwo sehen?«
Lieselott gab Antwort und wunderte sich über die geistige Regsamkeit der Kranken. Freilich, sie hatte wohl mehr Zeit zum Lesen als andere, obgleich ein Strickstrumpf in einem Korb neben ihrem Lehnstuhl lag. Anna Drösel, die älteste Tochter, der sich Lieselott am meisten verbunden fühlte, war nicht daheim.
»Kommt Anna wirklich nach Wien?« fragte Lieselott.
»Ganz sicher ist's noch nicht«, erwiderte die Dröselmutter. »Unser Vater meint halt, sie wär' noch zu jung. Jetzt muß sie ja erst ihre Gehilfinnenprüfung machen. Dann werden wir schon sehen.«
Minka sagte schnell: »Freilich kommt sie nach Wien, die Anna. Der Vater sagt immer erst nein, aber dann erlaubt er's doch. Und ich will auch später nach Wien – wenn die Anna wieder daheim ist.« Aus ihren Augen leuchtete die Sehnsucht jedes Provinzmädels, die glänzende, gleißende Kaiserstadt zu erleben.
Lieselott hatte ihre kleinen Mitbringsel auf dem Tisch ausgebreitet: Wiener Waffeln für die Mutter, eine Anstecknadel für Anna, einen Haarschleier für Minka, und für den alten Meister eine Tabakpfeife.

Lieselott hing an den Bewohnern des Sattlerhauses – sie gehörten zu ihrer Kindheit, besonders die stille Anna. Schade, daß sie sie nicht angetroffen hatte …

Auf dem Heimweg sah Lieselott die jüngste Sattlertochter mit einem gutaussehenden jungen Mann am Hofzaun stehen. »Da schau her«, dachte Lieselott, »wie die kleinen Tschaperln erwachsen werden.« Es schien ihr, als wär's gestern gewesen, daß sie der Minka das Rotznaserl geputzt hatte.

»Servus, Liesel«, rief das Mädel am Gartenzaun ihr nach, »und grüß Wien.«

Als Lieselott den Weigunyschen Garten durch das Hintertürchen betrat, erhob sich Reinhard vom Rasen unter den Jasminbüschen.

»Grüß Gott, Lieselott«, sagte er und klopfte sich ein paar Grashalme von der Hose. Er sah sie abwartend an. »Was ist los mit dir?« fragte er dann sanft. »Hast du Gewissensbisse? Warum weichst du mir aus?«

Sie sah ein, daß sie jetzt nicht einfach davonlaufen konnte, auch wenn ihr das bei weitem das liebste gewesen wäre. Sollte sie ihm verraten, daß ihre Gewissensbisse nicht allzu heftig waren, weil – ja auch Lorenz … Nein, das wäre unklug. Sie hatte einfach nicht die Absicht, die wärmende Flamme ihrer alten Zuneigung zu einem Feuer werden zu lassen …

»Ich hab' dich gefragt, ob du dich von Lorenz scheiden lassen wirst. Sicher hast du in den drei Tagen drüber nachgedacht …« Reinhard spürte, wie ihm heiß und unbehaglich wurde. Es hing so viel von ihrer Antwort ab, so schrecklich viel.

Lieselott fühlte seine Angst und Unruhe. »Am besten ist es, man nimmt die ganze Geschichte einfach nicht ernst«, dachte sie. So sagte sie leichthin: »Wenn ich mich scheiden ließe und dich heiraten würde, dann wäre die Sache mit dem Klavier freilich gelöst. Hm, es wäre ein Gesichtspunkt ... Wir könnten dann vierhändig spielen, so oft wir wollten.«

Reinhard umfaßte mit hartem Griff ihre Schultern.

»Das ist keine Antwort. Du bist mir ein Rätsel, Lieselott. Es gibt für dich doch gar keine andere Alternative, als mich zu heiraten, nach dem, was vorgefallen ist. Hast du denn kein Ehrgefühl? Wie willst du Lorenz gegenübertreten, du Ehebrecherin?«

Sie zuckte zusammen. Er sah es mit Genugtuung. Mit einer schnellen geschickten Bewegung entkam sie seinem klammernden Griff.

»Das hättest du nicht sagen dürfen«, sagte sie leise und lief mit langen Schritten dem Haus zu.

Er wäre ihr gern gefolgt, aber da tauchte Wawras Schildmütze im Gemüsegarten auf. Reinhard schlenderte auf ihn zu. »Kann ich was helfen, Wawra?«

»Nein, junger Herr. Haben wir nur ein Hackl zum Jäten. Gehn S' ins Haus, junger Herr. Können S' bißl vierhändig spielen. Der alte gnä' Herr is ausgegangen.« Er lachte schelmisch. Sicher hatte er Lieselott vorbeilaufen sehen.

Reinhard ging ins Haus, setzte sich an den Flügel und spielte »Am Brunnen vor dem Tore ...« Er sang sogar dazu und gar nicht schlecht.

Lieselott hörte ihn singen. Sie lag auf ihrem Bett und weinte. Nicht wegen des Schimpfwortes im Garten – das hatte sie zwar getroffen, doch nicht so, wie Reinhard annahm. Er wußte ja nicht, daß auch Lorenz – oder war das Spiel mit der Tänzerin vielleicht etwas anderes? Natürlich nicht. Oder doch?

Im Herbst vergangenen Jahres war es zwischen ihr und Lorenz zu einem kurzen, inhaltsschweren Gespräch gekommen. Lorenz hatte gesagt: »Warum bist du nicht ehrlich, Lieselott? Ich weiß doch, daß du ein Kind willst. Was hat Dr. Szapary gesagt?« Sie hatte ihn angesehen. Woher wußte er, daß sie wieder bei einem Frauenarzt gewesen war? Spionierte er ihr nach? Er hatte gelacht: »Dr. Szapary hat mich angerufen. Er hat mir gesagt, daß mit dir alles in Ordnung ist. Also glaubt er wohl, es liegt an mir. Er hat mich zu sich bestellt, aber ich geh nicht hin. Das ist Quacksalberei.« Lorenz hatte geschwiegen und sie auch. Später hatte er unvermittelt gesagt: »Wie wär's mit einer Badekur, Lieselott? In Franzensbad. Hilft nicht das Bad, hilft vielleicht der Franz ...« – »Sei nicht geschmacklos, Lorenz.« – »Aber es ist mein Ernst. Ich merke doch – ich merke, wie du dich nach einem Kind sehnst. Du sollst es haben, so oder so. Mir ist es egal. Oder würde es dir etwas ausmachen, wenn ich mit einer anderen Frau ein Kind hätte?« Zu ihrer eigenen Überraschung hatte sie schnell geantwortet: »Nicht, wenn ich es aufziehen dürfte.« – »Na also. Dann sind wir uns ja einig, mein Schatz.«

Seitdem stand dieses sonderbare, leicht hingeworfene Zwiegespräch wie etwas Fremdes und doch Verbindendes zwischen ihnen. Lieselott war ruhiger geworden. Sie nahm zwar Lorenz' Vorschlag nicht ernst, doch war er gemacht worden, schien irgendwie ein letzter Ausweg. Sie hatten beide nie wieder davon gesprochen – in stillschweigendem Einverständnis ...

Lieselott hörte Schritte auf der Treppe. Rasch lief sie zur Tür und schob den Riegel vor. Dann kam Reinhards Stimme: »Darf ich hereinkommen, Lieserl?«

»Nein, ganz bestimmt nicht.«
»Bist du sicher?«
»Geh zum Teufel!«
Eine Weile blieb es still, dann hörte sie seine Schritte wieder auf der Treppe. Als sie die Tür öffnete, war er weg. Sie setzte sich an den Schreibtisch und begann einen Brief an Lorenz zu schreiben. Die Feder huschte übers Papier, sie brauchte kaum nachzudenken. Sie schrieb von ihrer Zuneigung, der wiedererwachten Liebe zu Reinhard, und deutete auch ihr Badeerlebnis an. Plötzlich schien ihr alles ganz einfach: Lorenz sollte entscheiden. Da klopfte es wieder. Bevor sie etwas sagen konnte, öffnete sich die Tür und Lorenz stand vor ihr. Sie sprang vom Schreibtisch auf, lief auf ihn zu, stockte und dachte: »Mein Gott, er hätte mich beinahe in Reinhards Armen erwischt.« Dann lachte sie, ein erleichtertes, helles Lachen: »Ja, Lorenz, das ist eine Überraschung!« und schlang die Arme um seinen Hals.
Er küßte sie, hielt sie von sich ab und sagte: »Es war ja ausgemacht, daß ich dich abhole. Aber ich konnte dich telefonisch nie erreichen. Wo warst du denn immer, du Rumtreiberin? Ich hatte Sehnsucht nach dir, Lieselott. Willst du denn gar nicht mehr heimkommen? Und warum hast du nicht geschrieben?«
»Dort«, sagte sie, »dort liegt ein Brief für dich.«
»Jetzt brauch ich ihn nicht mehr. Jetzt hab' ich ja dich. Wie geht's Papa? Das ganze Haus ist leer.« Er zögerte und setzte dann noch fort: »Ist Reinhard noch da?«
»Ja, aber ich weiß nicht, wo er ist.«
»No, ich bekomm' ihn noch früh genug vor die Büchse.«
»Hör auf! Fang bitte mit Reinhard keinen Streit an. Er ist übrigens ganz friedlich ...«

»Dir gegenüber, kann ich mir denken.«
»Bist du eifersüchtig?«
»Nicht daß ich wüßte. Du hättest ihn doch haben können und hast mich genommen. No also!«
»Dann betragt euch auch wie zivilisierte Leute.«
»Sag das aber auch Reinhard. Oder nein, warten wir's ab.«
Die feindlichen Brüder begegneten einander erst nach dem Nachtmahl. Reinhard war, gegen seine Gewohnheit, in der Weinstube gewesen. Er kam nicht beschwipst, doch in beschwingter, friedlicher Stimmung nach Hause. Wawra hatte auf ihn gewartet und ihm vor der Toreinfahrt gesagt: »No, was für eine Freide, junger Herr, ist der Herr Hauptmann vorhin gekommen.«
»Mein Bruder?«
»Ja, ja. Und freit sich der alte gnä' Herr. Sind sie beide im Kontor, bitte schen.«
»Aha«, dachte Reinhard, »jetzt regelt der Papa das Erbe mit Lorenz. Sicher wird Lorenz, der Habgierige, deshalb guter Stimmung sein. Von mir aus kann er das Ganze haben. Die Hauptsache ist, er macht mir wegen Lieselott keine Schwierigkeiten.« Da rief ihn Lieselotts Stimme: »Reinhard? Hör zu, vertrag dich mit Lorenz. Ich mag nicht, daß ihr streitet. Du mußt –«
»Das kommt wohl ganz auf ihn an. Wenn er uns keine Schwierigkeiten macht, das heißt, wenn er in die Scheidung einwilligt, dann ...«
»Du hältst den Mund, Reini!«
»Hoho, was für Töne! Lieserl, ich muß mich sehr über dich wundern.«
»Wundere dich, soviel du willst, aber halt den Mund, Reinhard.«

Ihr Gespräch wurde durch das Klappen der Kontortür unterbrochen. Lieselott verschwand in der Küche, Reinhard begegnete dem Bruder auf der Treppe. Sie gaben sich die Hand, sagten ein paar höfliche Floskeln und saßen sich dann am Kamin gegenüber. Man begann zu politisieren. Reinhard war an Politik nicht interessiert, der Vater desto mehr. »Erzähl, Lorenz, wieso hat sich denn der Lumpenhund umbringen können?«
»Du meinst den Redl?«
»Der hat für mich keinen anständigen Namen mehr, der Falott. Welcher Idiot hat ihm die Waffe ins Gefängnis geschmuggelt?«
»Gerüchteweise heißt es, Conrad von Hötzendorf persönlich. Du siehst, Papa, es gibt Idioten überall. Oder kann ein Hötzendorf kein Idiot sein?«
»Selbstverständlich ist er einer. Dieser Selbstmord kann den Untergang der österreichisch-ungarischen Monarchie bedeuten. Seine Tragweite ist unermeßlich. Überlege dir, was geschieht, wenn es zu einem Krieg mit Rußland kommt. Dann sind wir verloren, dann ist unser Vaterland hilflos den Russen ausgeliefert«, erwiderte der Papa. »Wenn er doch nur weniger pathetisch wäre«, dachte Reinhard unbehaglich.
Der Alte fuhr fort: »Man hätte den Falott wie einen Augapfel hüten müssen, bis man alles aus ihm herausgeholt hätte, jede Einzelheit. Weil jede Einzelheit wichtig ist. Er hatte Zugang zu den geheimsten Akten, natürlich auch zu den kriegsstrategischen. Wir sitzen doch auf einem Pulverfaß, das jeden Augenblick hochgehen kann. Krieg mit Rußland würde nach diesem Spionagefall einen verlorenen Krieg bedeuten. Es sei denn, man macht alle Pläne neu.«

»Papa, du siehst zu schwarz. Es heißt, daß der Schaden, der durch den Verrat entstand, gar nicht groß sei. Jedenfalls nicht so groß, wie du meinst, Papa.«
»Wie ich meine! Die hohen Herrschaften wissen doch jetzt auch nicht mehr als wir. Dank des grandiosen Unsinns, dem wichtigsten Mann in Österreich eine Pistole in die Hand zu drücken! Großer Gott, diesem Österreich ist nicht mehr zu helfen! Wird man denn wenigstens die Konsequenzen ziehen und dem Thronfolger mehr Kompetenzen in den Wehr- und Verteidigungsfragen einräumen? Franz Ferdinand ist doch ein Experte auf diesem Gebiet. Was sagt denn er zu dem Fall Redl?«
Lorenz berichtete, daß der Erzherzog außer sich gewesen sei, als ihm der Selbstmord Redls gemeldet wurde. Es sei zwischen ihm und General Hötzendorf zu einer scharfen Auseinandersetzung gekommen. Auch der Kaiser hätte sich Franz Ferdinands Argumenten nicht ganz verschließen können, sei aber insgeheim wohl doch erleichtert darüber gewesen, daß nicht das ganze Ausmaß des blamablen Verrats an die Öffentlichkeit kam – die Zeitungen waren schon mit dem wenigen, das durchsickerte, randvoll und sensationell aufgebauscht, beschäftigt. Je weniger man wußte, desto üppiger schossen offenbar die Spekulationen ins Kraut.
»Man wird das Ausmaß des Verrates wissen«, warf Reinhard lakonisch ein, »wenn wir in einem Krieg die ersten russischen Schlachten gewonnen oder verloren haben.«
Man warf ihm empörte Blicke zu. Doch zwei Jahre später erinnerte man sich an Reinhards frivolen Ausspruch. Nach den ersten verlorenen Operationen gegen Rußland.

Das Gespräch ging bis nach Mitternacht lebhaft hin und her. Es ersparte den Brüdern, über persönlichere Dinge zu reden, über Reinhards Studium, seine Zukunftspläne und die von Lorenz zum Beispiel.

In dieser Nacht fanden alle Weigunyschen Familienmitglieder, einschließlich Wawra, der den Gesprächen gebannt gefolgt war, wenig Schlaf.

Lorenz lag, nachdem er seine Sehnsucht in Lieselotts Armen gestillt hatte, wach neben ihr im Gästezimmer. Nicht zum ersten Mal kam ihm der Gedanke, daß er Lieselott verlieren könnte. Seine Ehe mit ihr kam damals so überraschend, so zwischen zwei Sommermonaten – sie waren beide weniger darauf vorbereitet gewesen als etwa auf eine größere Reise. Konnte von Dauer sein, was fast wie ein Zufall begann? Aber war nicht jede Ehe ein Zufall? Wenn Reinhard damals nicht fortgeschickt worden wäre, um Tschechisch zu lernen, und wenn Reinhard wegen des Studiums mit Papa nicht Krach bekommen hätte, wer weiß, ob Lieselott nicht heute an Reinhards Seite statt an seiner läge. Zufall? Schicksal? Egal, jetzt war sie seine Frau und er würde um sie kämpfen, wenn jemand wagen sollte … Aber wer sollte? Er hatte Lieselott, soweit ihm die Gespräche mit dem Vater Zeit ließen, beobachtet. Mit keinem Blick war so etwas wie heimliche Zuneigung Reinhard gegenüber zu erkennen gewesen. Im Gegenteil, ihm schien, als weiche sie jeder direkten Anrede, jedem Gespräch mit Reinhard geflissentlich aus. Mein Gott, wahrscheinlich hatte Reinhard längst eine Flamme, ein Mädchen, das zu ihm gehörte. Er war doch kein Kostverächter. Und gut sah er auch aus, der Herr Bruder, das mußte ihm der Neid lassen. Am besten war, man fuhr gleich morgen

wieder zurück nach Wien. So gab es wenigstens keine Möglichkeit, die eben gekitteten Beziehungen zu Reinhard zu gefährden. Daß er ihn immer noch wenig mochte, hatte Lorenz erneut feststellen müssen. Vielleicht traf es nicht zu – aber auf ihn wirkte der Bruder wie ein Bohemien, eine Spezies Mensch, die sich gehen ließ, »freisinnig« redete, handelte, meist von der Hand in den Mund lebte und als Schmarotzer der übrigen Gesellschaft. Lorenz haßte diese Typen. Es gab sie neuerdings sogar unter den Offizieren, und wer weiß, wenn er nicht mit Gerlich so befreundet wäre, ob nicht Gerlich zum Offiziersbohemien abgesunken wäre. Irgendwie breitete sich dieser dekadente Hang zum Nichtstun, zu verstiegenen Ideologien und zu verbalem Weltverbessserertum wie eine Seuche aus, die in der Unsicherheit und Zerrissenheit, dem heftigen Streben nach einer imaginären Freiheit der Menschen und Völker ihren üppigen Nährboden fand. Vielleicht wäre es gut, wenn wie ein reinigendes Gewitter ein Krieg käme. Vielleicht würde er die ausschweifenden Schwächlinge in gewisser Weise wieder zur Vernunft bringen. Vielleicht verträgt ein Volk nicht siebzig Jahre Frieden und Wohlergehen ...
»Jetzt denke ich schon in gleichen Begriffen wie der Papa«, ärgerte sich Lorenz, stand auf und suchte nach einem Schlafpulver. Er fand es in der Apotheke im Badezimmer. Es lag neben einer Flasche mit einem Herzmedikament. Da endlich begann er, sich Sorgen um den Vater zu machen ...

Lieselott lag wach neben Lorenz. Sie litt oft an Schlaflosigkeit, hatte aber eine virtuose Fertigkeit entwickelt, ihn das nicht merken zu lassen. Sie atmete ruhig und tief, als ob sie schliefe, und gerade das brachte ihr dann häufig doch den Schlaf. Jetzt aber atmete sie ruhig und tief, während ihre Gedanken kreisten. Was sollte sie tun? Der Brief an Lorenz lag in ihrer Handtasche. Sollte sie ihn ihm geben? Morgen würde sie wieder mit Reinhard zusammentreffen. Wie sollte sie sich verhalten? Ihre augenblickliche Reserviertheit und Kühle war sogar dem Papa aufgefallen. Er hatte sie gestern schnell und heimlich gefragt: »Hast du dich mit Reinhard gezankt?« Und dann hinzugefügt: »Spielt doch zusammen vierhändig. Zur Feier des Abends.« Lieselott hatte heftig abgewehrt: »Um dich und Lorenz aus dem Zimmer zu vertreiben?« Was also sollte sie tun? Der Zwiespalt in ihr begann sich seit der Ankunft von Lorenz auf beängstigende Weise zu klären: Sie liebte Reinhard – nicht ihren Mann, mit dem sie vor wenigen Stunden geschlafen hatte – nein, nach dem andern sehnte sich ihr Körper – zumindest jetzt in diesem Augenblick. »Ich muß von ihm fort! Wir müssen so schnell wie möglich zurück nach Wien.«

Clemens Weiguny ließ Österreichs Schicksal nicht schlafen. Lorenz hatte offen und lebhaft von Dingen gesprochen, die in der Provinz kaum bekannt waren.
Seit einem halben Jahr, seit Oktober 1912, stand der Balkanbund, dem auch das unabhängige Königreich Serbien angehörte, im Krieg gegen die Türkei. Halbherzig versuchten die Großmächte zu vermitteln, dem Blutvergießen ein Ende zu machen. Österreich-Ungarn hätte die Möglichkeit gehabt, regulierend einzugreifen, aber die Führung und der Kaiser scheuten das Risiko – sie blieben neutral. Das einzige, was erreicht wurde, war ein Waffenstillstand. Jetzt in diesen Tagen sah die Welt

nach London, wo ein Friedensvertrag zustande kommen sollte, nachdem die Jungtürken im Dezember alles drangesetzt hatten, den Friedensvertrag zu vereiteln. Lorenz hatte gesagt: »Diese Wirrköpfe! Sie werden sich noch wundern, was aus der Türkei wird, wenn erst die andern mit ihren Forderungen kommen. Ich halte jede Wette, daß die Türkei das ganz Gebiet westlich der Linie Edos-Midia an die Verbündeten abtreten wird. Es bleibt ihr doch nichts anderes übrig. Profitieren wird Serbien, so oder so. Es möchte Mazedonien haben und wird es sich holen. Warum greifen wir nicht ein und zwingen die sogenannten Sieger zu mehr Gerechtigkeit? Unser Friedenskaiser wird seinen Frieden um jeden Preis nicht erreichen, durch seine Haltung wird der Keim zum nächsten blutigen Duell gelegt. Denn ein zukünftiges Großserbien wird der Monarchie die Handelsstraßen in den Orient versperren und Österreich-Ungarn erst recht mit Haß verfolgen. Das serbische Heer will den Krieg gegen Österreich ...«
»Und wann«, dachte Clemens Weiguny, »wann wird es wirklich Krieg geben? Noch sind die Kriegsfackeln auf dem Balkan nicht verlöscht. Aber man weiß auch nicht, ob nicht doch des alten Kaisers Parole ›Frieden um jeden Preis‹ den Vielvölkerstaat vor einem Krieg bewahrt, den sie alle schüren, die äußeren und die inneren Feinde des alten Österreich. Gott erhalte, Gott beschütze unsern Kaiser, unser Land ...« dachte der alte Clemens Weiguny die Worte der Kaiserhymne, bevor er schließlich doch einschlief.

Reinhard saß aufrecht im Bett und las. Doch die Buchstaben ergaben für ihn keinen Sinn – sie reihten sich zu

Unverständlichem, obgleich ihn das Büchlein gestern noch fasziniert hatte: »Die Weise von Liebe und Tod des Cornets Christoph Rilke.« Lieselott – mein Gott wie fremd und unnahbar war sie gestern abend neben ihm gesessen. Daß Lorenz ausgerechnet jetzt kommen mußte! Natürlich hatte sie seine Ankunft verwirrt und unsicher gemacht. Jedes Gefühl braucht Reife. Was sollte er tun? Ihr schreiben – da sie doch jedem Gespräch auswich? Ja, das war wohl das Beste. Er würde ihr den Brief dann irgendwie zustecken.
Die Petroleumlampe flackerte, er mußte sie erst putzen, bevor er Tinte und Papier hervorkramte und zu schreiben begann:

Liebe Lieselott, liebes Lieserl!

Glaubst Du wirklich, daß es so weitergehen soll? Daß Du einen Bogen um mich machst, wenn ich in Deine Nähe komme? Man kann seinem Schicksal nicht davonlaufen – und das Schicksal will, daß wir zusammenbleiben. In vier Wochen bin ich mit meinem Examen fertig. Bis dahin wirst Du auch mit Lorenz ins reine gekommen sein. Ich bin jederzeit bereit, dies für Dich zu übernehmen. Du mußt es mir nur sagen. Sei guten Mutes. Wir tun nichts Schlechtes. Lorenz war es, der den Lauf der Dinge gestört hat – wenn sie jetzt wieder ins rechte Lot kommen, darf er sich nicht beklagen. Grund zum Klagen habe ich, wegen der langen, verlorenen Jahre. Ich schreibe Dir wieder von Prag aus. Meine Adresse füge ich bei.

Auf immer Dein Reinhard.

Er las den Brief und fühlte sich ruhiger, legte sich nieder und schlief sofort ein.

7. Kapitel

Guter Hoffnung

Dieser Morgen war so strahlend wie die vorhergehenden. Lieselott erwachte aus unruhigem Schlaf. Lorenz schlief noch. Sie stand behutsam auf, warf den Morgenmantel über und trat hinaus auf die Galerie. Sie verband das Herrenhaus mit dem Gesindetrakt, der mit den Remisen für die Wagen und den Schuppen und Ställen den weitläufigen Hof seitlich abschloß. Im ersten Stock dieses Seitenflügels befanden sich die Gesindestuben und die Räume der ledigen Angestellten. Jetzt standen sie alle leer, bis auf das Zimmer von Wawra und die ehemalige Kutscherkammer, die Reinhard bewohnte. Von der Galerie aus konnte man in Reinhards Stube sehen, doch war das Fenster geschlossen und die Vorhänge zugezogen. Das ganze Haus schlief noch.

»Am besten wäre es«, dachte Lieselott, »wenn wir noch heute morgen zurück nach Wien fahren würden. Wie das aber Lorenz plausibel machen? Er ist ja erst gestern gekommen.«

Aber wegfahren, ohne Reinhard noch ein letztes Mal gesprochen zu haben? Das erschien ihr feige. Und feig war sie nicht, die Tochter des Hauswebers Alois Tichy.

Sie ging leise und schnell den Korridor entlang in Richtung Seitenflügel, die zwei Stufen hinunter zum Gesindetrakt – und dort begegnete ihr Reinhard. Er hatte sie auf der Galerie gesehen und war unterwegs zu ihr. Er faßte sie an der Hand.

»Komm«, sagte er heiser und zog sie in seine Kammer. Sie war eng. Außer dem Bett stand nur ein Stuhl im Raum vor dem Tisch und ein alter Schrank mit geschweiften Füßen. Der Stuhl war mit Kleidungsstücken belegt, so setzte sie sich auf das Bett. Er stand vor ihr, einen Brief in der Hand. Er küßte sie leicht und sagte: »Du warst auf dem Weg zu mir, gelt, Lieserl? Bist du vernünftig geworden? Siehst du ein, daß wir zusammengehören? Lieselott, mach mir doch nichts vor – du hast mich doch gern.«
»Aber ich gehör' zu einem andern, begreif es doch, Reinhard. Ich kann doch Lorenz jetzt nicht einfach im Stich lassen. Das hat er nicht verdient.«
»Als du mich im Stich ließest, da hab' ich das verdient, nicht wahr?« fragt er bitter zurück. »Lieselott, gib mir nicht noch einmal den Laufpaß. Ich bitte dich.«
Da begann sie zu weinen. Er sah sie an, ohne einen Finger zu rühren. Sie hat mit dem Feuer gespielt, dachte er, und jetzt weint sie, weil es ihr weh tut. Es tut mir auch weh, dieses Feuer, und ich möchte am liebsten auch heulen. Aber damit ist uns nicht geholfen.
Draußen am Gang klangen Schritte. Sie zuckte zusammen. »Es ist nur der Wawra«, flüsterte Reinhard. Aber sie starrte weiterhin erschreckt zur Tür. Dann stand sie auf.
»Ich muß gehen, Reinhard. Küß mich noch einmal. Wir fahren vielleicht heute morgen.«
Er hielt sie lange in den Armen und küßte ihr verweintes Gesicht. »Es wird alles gut, Lieserl. Nur wollen mußt du, daß es gut wird.«

Als sie zu Lorenz zurückkehrte, war er schon angezogen. Er fragte nicht, wo sie gewesen sei, und sagte statt

dessen: »Ich hab' schon gepackt, Lieselott. Es ist am besten, wenn wir mit dem Frühzug fahren. Der hat die beste Verbindung.«
»Aber müssen wir uns nicht noch verabschieden?«
»Ja, natürlich. Papa ist sicher schon wach. Und Reinhard wird es nichts ausmachen, wenn ihm Wawra nur Grüße von mir bestellt. Beeil dich, Lieselott. In einer halben Stunde müssen wir gehen.«
Wawra schlug die Hände über dem Kopf zusammen, als die »jungen Herrschaften« erklärten, sie müßten in zehn Minuten zum Bahnhof.
»Aber ohne Frühstück, das geht doch nicht. Wasser ist noch net heiß.«
»Lassen Sie nur, Wawra. Wir frühstücken im Speisewagen.«
»Aber der alte gnä' Herr! Wird er sich kränken, wenn S' so schnell wieder fortfahren, Herr Hauptmann.«
»Ich mach das schon, Wawra. Komm, Lieselott, wir schaun, ober der Papa noch schläft.«
Er schlief nicht mehr. Er saß aufrecht im Bett und studierte die gestrige Zeitung. Durch Lorenz' unverhofften Besuch war er nicht zur Lektüre gekommen. Trotz des verkürzten Schlafes sah er recht frisch aus.
»No, ihr zwei?« begrüßte er Sohn und Schwiegertochter. »Ihr seht ja so gestiefelt und gespornt aus. Wollt ihr etwa schon abreisen?«
Lorenz erklärte ihm, daß er wegen der Redlaffäre keine Ruhe mehr zum Bleiben habe.
»Dir geht diese Sache also doch ziemlich nahe, was?« fragte Clemens.
»Ja. Vor allem, weil mein Freund Gerlich Redl näher kannte. Gerlich hat Sorgen, daß er in die Geschichte ver-

wickelt wird. Wenn es dich interessiert, Papa, schreibe ich dir alles, was ich erfahre.«

»Natürlich interessiert es mich, brennend sogar.«

Lorenz war es gelungen, den Alten abzulenken. Er gab dem Sohn nur zum Abschied die Hand und küßte die Schwiegertochter auf den Mund. »Schaust ein bisserl blaß aus, Lieselott. Es geht dir doch gut?«

Lieselott kamen schon wieder die Tränen. »Aber ja, Papa, es geht mir gut, und ich wünsche dir dasselbe. Und danke für die schöne Zeit bei dir.«

»Habt ihr euch von Reinhard schon verabschiedet?«

»Wir tun es jetzt, Papa«, erwiderte Lorenz schnell. Er war erleichtert, daß Reinhard immer noch nicht im Salon war, als sie zurückkamen.

Wawra steckte Lieselott ein Papiersäckchen zu. »Sind zwei Kipferl drin, ich hab sie im Rohr aufgebacken«, sagte er eifrig. »Es sind Nußkipferl. Bitte schen, net vergessen und aufessen.«

Lieselott umarmte ihn. Er sagte gerührt: »Kommen S' bald wieder, gnä' Frau. Es war so schön, wie Sie jetzt da waren.«

»Ja, es war schön«, dachte Lieselott, »trotz allem . . .«

Gerlich erwartete sie in Wien am Bahnhof und Lorenz wunderte sich deswegen.

»Du hast doch nicht wissen können, daß wir schon jetzt kommen«, sagte er.

»Ich hab's geahnt«, erwiderte Gerlich und begrüßte Lieselott: »Gut schaust aus, Lieselott. Ja, die Schönberger Luft . . .«

»Aber du schaust gar nicht gut aus, Emil.« Lieselott war die einzige, die Gerlich mit dem Vornamen nannte. Ger-

lich selbst schien es zufrieden, wenn ihn alle Welt mit dem Familiennamen ansprach. Und Lorenz behauptete, Emil passe auch gar nicht zu ihm.
Gerlich antwortete auf Lieselotts Feststellung vage: »Man wird älter, Lieselott. Und die Zeiten sind nicht rosig.«
Gerlich schien Lieselott in den folgenden Wochen verändert. Er war unruhig und verschlossen. Sie hörte ihn in seinem Zimmer, das über ihrem Boudoir lag, oft auf und ab gehen, wie ein gefangenes Tier. Ihr Mann und Gerlich waren an den Abenden viel außer Haus. Einmal fragte sie Gerlich, nach dem Mädchen Mitzi und er antwortete: »Das ist schon längst passé. Das Mitzerl hat jetzt den Baron Nawratil zum Kurschneiden ...«

Den Sommer verbrachte Lieselott mit Lorenz in Grado. Es war ein verregneter Sommer. Ein Glück, daß sich viele Schönberger Bekannte dort aufhielten. Und eines Tages traute Lieselott ihren Augen nicht: Der Suchy war da. An seinem Arm hing eine kleine Badeschönheit. Lieselott versuchte ihm auszuweichen, aber er hatte sie schon entdeckt und begrüßte sie wortreich.
Es stellte sich in den folgenden Tagen heraus, daß Suchy Lieselott zu erpressen versuchte. Seine vagen Andeutungen über »Badevergnügen« am Schenkhofteich wurden immer deutlicher. Bis er damit herausrückte, daß er sein Portemonnaie verloren habe. Lieselott gab ihm 100 Kronen und drängte Lorenz zur Heimkehr nach Wien. Da das Wetter immer noch regnerisch war, schien dies ein plausibler Grund. Bevor sie abreisten, sandten sie nach Schönberg noch einen Kartengruß. Er war auch für Reinhard bestimmt, der sein Examen mit Bravour ge-

schafft hatte und in das Elternhaus heimgekehrt war. Der Papa hatte mitgeteilt, daß Reinhard eine Praxis zu eröffnen gedenke. Das hinge allerdings von der Genehmigung ab. »Zunächst einmal ruht er sich von den Strapazen auf den Lorbeeren seines Doktorhutes aus«, schrieb Clemens in seiner blumigen Ausdrucksweise.

Wieder in Wien erwarteten Lieselott und Lorenz eine Menge Neuigkeiten und Briefe. Gerlich berichtete über nähere Einzelheiten im Fall Redl, und Lorenz setzte sich hin und schrieb dem Papa:

Jetzt weiß man endlich, wie Redl geschnappt wurde. Man hatte in einem Postamt einen Schließfachbriefkasten entdeckt, in dem viel Geld lag und belastendes Material in Form eines Briefes. Nun wartete man auf den Abholer. Aber der kam wochenlang nicht. Ein Polizeioffizier tat täglich Dienst, der ihm schließlich recht langweilig wurde. Dazu kam die Maihitze, wie du ja auch weißt. Eines Tages sitzt der Polizist in Hemdsärmeln in einem Winkel des Schalterraumes – da plötzlich wird er verständigt, daß sich jemand an dem vergessenen Briefkasten zu schaffen macht.

Bevor der Gute aber Rock, Koppel und Mütze an hat, ist der Verdächtige verschwunden. Er steigt in einen wartenden Wagen, und der Polizeioffizier hat das Nachsehen. Jetzt aber macht der Unbekannte einen entscheidenden Fehler. Er zerreißt den belastenden Brief in winzige Stücke und wirft sie aus dem fahrenden Wagen. Er war von Passanten erkannt worden – es war der Generalstabsoberst Redl – in Zivil natürlich. Man sammelte die

Papierfetzchen auf, setzte sie zusammen und hielt das Papier Redl unter die Nase. Er gestand ...

Lieselott fügte dem Brief ein paar Zeilen für den Schwiegervater und für Reinhard bei. Sie waren belanglos. Und zugleich eine belanglose Antwort auf Reinhards letzten beschwörenden Brief. Sie schrieb:

Danke, Reinhard, für Deine Zeilen. Leider waren wir jetzt ein paar Wochen in Grado – haben dort übrigens Suchy getroffen, er wird immer unsympathischer. Aber darüber und alles andere können wir uns Weihnachten unterhalten, wenn wir wieder nach Schönberg kommen ...

Als Reinhard den Brief gelesen hatte, zerriß er ihn wütend, klebte ihn aber dann wieder zusammen – natürlich würde Papa dieses Dokument aufheben wollen.

Lieselott, Lorenz und Gerlich übernachteten in der Hütte im Kar des Wilden Kaisers. Die Hütte gehörte Gerlichs Vater, einem Gutsbesitzer in der Steiermark. Lorenz und Gerlich waren zur Murmeltierjagd aufgestiegen. Auch Lieselott hatte den Bergaufstieg mitgemacht und versuchte, während die Männer im Morgengrauen in der Hütte herumtappten und sich zur Pirsch fertigmachten, weiterzuschlafen. Sie lag mit einer Felldecke zugedeckt auf dem Dachboden der Hütte, zu dem eine Leiter vom Innenraum hochführte. Die Wärme des Kachelofens stieg nach oben. Es war September und schon empfindlich kalt.

Die vergangenen Monate waren wie im Flug vergangen – wenn sie so lag und grübelte, kam es ihr vor, als sei der Frühsommernachmittag auf der kleinen Insel im Schenkhofteich erst gestern gewesen. Sie glaubte das

Schilf rascheln zu hören – aber es war nur das Stroh ihres Lagers, wenn sie sich unruhig bewegte...
Sie hatte mit Lorenz und Gerlich den strapaziösen Aufstieg zur Hütte mitgemacht, obgleich sie fast sicher war, daß sie ein Kind erwartete.
Diese Bergtour sollte eine Art »Gottesurteil« sein. Bekam sie nach den Strapazen eine Fehlgeburt, würde sie das als Strafe hinnehmen. Lorenz hatte keine Ahnung von ihrer Schwangerschaft. Obgleich Lorenz und sie nach den Schönberger Tagen ein gutes, eheliches Verhältnis zueinander gehabt hatten, wußte sie doch instinktiv, daß das Kind, das in ihr wuchs, Reinhards Kind war. Wenn sie doch mit jemandem darüber sprechen könnte!
Gerlich war ein guter Freund, doch in letzter Zeit, genauer gesagt seit Mai dieses Jahres, merkwürdig zerfahren. Voll innerer und äußerer Unruhe schlug er sich offenbar selbst mit einem Problem herum – zu ihm konnte sie mit ihren Sorgen nicht gehen. Und Lorenz? Sie erwog allen Ernstes, mit ihm über ihre Verbindung zu Reinhard zu sprechen. Aber auch Lorenz schien mit einer ihr fremden Sache beschäftigt – nein, mit keiner Frau – eher war es etwas Politisches.
Sie war also allein. Sie mußte allein entscheiden. Als sie von Schönberg und Reinhard fortging, liebte sie den Schwager. Jetzt, nach ein paar Wochen schon, war sie dessen nicht mehr so sicher. Sollte sie wegen dieser unsicheren Liebe einen Skandal heraufbeschwören, sich von ihrem Mann scheiden lassen, um seinen Bruder zu heiraten? Wenn sie also, um dies zu Ende zu denken, Reinhards Frau war – konnte er nicht eines Tages Zweifel bekommen, ob dieses heute noch Ungeborene wirk-

lich sein Kind war? War sie dann etwa in einer anderen Situation als heute? Aber ein Leben lang an der Seite von Lorenz mit so einer Lüge leben, beobachten, wie er das Kind als eigenes liebte, und doch zu wissen, daß es nicht so war – würde sie das schaffen?

Sie mußte es einfach schaffen. Hatte sie den Mut gefunden, mit Reinhard die Ehe zu brechen – mit dem klaren Gedanken, dann vielleicht das ersehnte Kind zu bekommen –, mußte sie auch den Mut haben, die Konsequenzen zu tragen …

»Ich werde Reinhard schreiben«, dachte sie schließlich zermürbt und müde. »Ich werde ihm einfach schreiben. Soll er entscheiden.« Dann schlief sie wieder ein.

Nach einstündigem Aufstieg erreichten Gerlich und Lorenz das höhergelegene Kar. Das Mondlicht leuchtete fahl im Frühdämmer. Die Grasleiten wechselten mit großem Geröll, das unter den genagelten Schuhen immer wieder nachgab. Lorenz stolperte.

»Geh vorsichtig«, mahnte Gerlich. »Ich hab' keine Lust, dich auf dem Buckel hinunter zur Hütte zu schleppen.«

Lorenz setzte die Füße vorsichtiger. Durch die Lodenjoppe pfiff der Wind vom Gletscher her – eine ungemütliche Sache. Er war kein begeisterter Jäger wie sein Freund. Wenn es wenigstens eine Pirsch zur Gamsjagd wäre, aber ein Murmeltierbär, das ergab doch keine Trophäe. Er war nur Gerlich zuliebe mitgegangen. Er hatte ihm klargemacht, daß hier in diesem Gebiet zu viele Murmeltiere lebten. In günstigen Jahren vermehrte sich das Murmeltier wie alle Nager immens stark. Es kam dann in diesen vegetationsarmen Karen zu einer Übervölkerung der Tiere, mit der Gefahr von Parasitenbefall und Seuchen. Da half nur Dezimierung. Diese Pirsch war also ein Hegegang mit dem Ziel, ein paar der Nager zu erlegen.

»Jetzt kommen die ersten Baue«, sagte Gerlich. Lorenz sah nichts, doch wurde die Morgenfrühe mit jeder Minute heller. Lorenz versuchte leise zu sein, doch Gerlich beruhigte ihn. Noch war der Wind günstig. Das Murmeltier, das zwar ausgezeichnete Sinnesorgane besitzt, verläßt sich hauptsächlich auf seinen Geruch.

Gerlich sagte: »Ein Murmeltier nahe an seinem Bau zu schießen ist ungünstig. Es verkriecht sich dann – auch wenn man getroffen hat – in seinen Bau und verendet dort. Ich möcht' seinen Pelz heimbringen, weißt du.«

Lorenz war zwar ein Murmeltierfellchen egal, aber er sagte nichts, legte sich folgsam ins Geröll und wartete mit Gerlich auf das Murmeltier und günstiges Büchsenlicht. Die Kälte war unangenehm, und es bedurfte ziemlicher Beherrschung, nach Gerlichs Anweisung nun stumm und bewegungslos zu waren. Lorenz' Geduld wurde stark strapaziert. »Glaubst du, daß wir eines erwischen?« fragte er leise. »Wetten wir, daß – ?« flüsterte Gerlich zurück. Er war guter Laune, das Jagdfieber hatte ihn gepackt. In diesem Augenblick erinnerte sich Gerlich an Redl, den Spion, der sich im Mai umgebracht hatte. Er war auch mit Redl hier oben gewesen, vor zwei Jahren, auf Gamsjagd. Lorenz hätte dabei sein sollen, hatte aber dann abgesagt. Er wußte also nichts vom Ausgang dieser Jagd. Es wäre besser gewesen für ihn, Gerlich, wenn sie zu dritt gewesen wären. Redl war zudringlich geworden, auf unmißverständliche Weise. Er hatte sich zwar sofort zurückgezogen, als Gerlich ihm auf ebenso unmißverständliche Weise zu verstehen gegeben hatte, daß er bei ihm aufs falsche Pferd gesetzt hatte – doch die Mißstimmung war geblieben. Sie hatten ihre Kontakte eingeengt, Redl wurde immer verschlossener. Heute glaubte Gerlich zu wissen warum: Etwa seit dieser Zeit mußte Redl in russischen Diensten gestanden haben. Der wahre Umfang des Verrats war auch jetzt, nach mehr als drei Monaten, noch nicht aufgedeckt. Offenbar wurde die Angelegenheit immer noch bewußt heruntergespielt und nach Möglichkeit vertuscht. Und Gerlich war seit eben diesen drei Monaten in Gewissenskonflikten ...

»Dort«, flüsterte Lorenz aufgeregt. »Ist das nicht eins?«

Ja, ein großer, dicker Murmelbär bewegte sich sichernd zu seiner Frühstückswiese. Im Glas war er genau zu erkennen.

»Den holen wir uns«, flüsterte Gerlich. »Willst du?« Er schob ihm die Bockbüchsflinte zu. Lorenz war ein guter Schütze und hatte eine gute Auflage. Er schoß mit sicherer Hand. Der Schuß hallte wider und das Murmeltier verschwand blitzschnell.

»Ein alter, gewiegter Bär«, sagte Gerlich tröstend. »Warten wir auf eine Katze – die sind unvorsichtiger und nicht so raffiniert.«

Doch da kam der Murmelbär wieder zum Vorschein. Neugierig erhob er seinen silbergrauen Kopf, auch das Fell schimmerte silbrig. Ein possierliches Tier, fand Lorenz, es tat ihm leid. Doch Gerlich sagte: »Was glaubst du, was *der* Nachwuchs zeugt! Beim Černin hatten sie voriges Jahr so eine Murmeltierschwemme. Bis die Murmeltiere den Bandwurm bekamen – die ganze Kolonie ist ausgestorben. Bleibt zu hoffen, daß sich nach einigen Jahren wieder welche ansiedeln. Schade, daß die Kerle so seßhaft sind. Hier hast du einen Bau neben dem andern.«

Die Baue waren natürlich nicht auszumachen. Zwischen Steinen und Geröll erstreckten sich die grünen Matten der Grasleiten, die Äsungsplätze.

Nach kurzem Warten tauchten gleich drei Tiere auf. Wahrscheinlich hatten sie sich nach dem Schuß wieder beruhigt. Der Wind stand immer noch günstig. Die Entfernung zu den Tieren betrug etwa zwanzig Meter. Gerlich schoß und traf. Es war eine Katze, ein kräftiges Tier, nicht so schön silbergrau wie die Männchen, eher bräunlich.

Die Sichtverhältnisse waren jetzt ausgezeichnet. Die Sonne beleuchtete den Gegenhang, das ermöglichte Gerlich und Lorenz, aus dem Schatten die in der Sonne äsenden Tiere zu erlegen. Es waren insgesamt vier. Merkwürdig schien es Lorenz, daß die Kerlchen nach einiger Zeit immer wieder auf die Grasleiten kamen. Natürlich waren es nicht die gleichen – die Murmelkolonie schien wirklich hoffnungslos überbelegt zu sein.

Sie warnten einander durch merkwürdige, schrille Pfiffe. Die beiden Jäger beobachteten ein Murmeltier, das gut sichtbar auf einem Felsvorsprung stand, sich halb erhob und beide Vorderpranken an die kleine Brust preßte. Dabei stieß es mit geöffnetem Geäse schrille, spitze Schreie aus, die sich wie Pfiffe anhörten.

»Ich glaube nicht, daß das Warnpfiffe sein sollen«, flüsterte Gerlich. »Schau doch, die andern kümmern sich gar nicht darum. Ich glaube, es ärgert sich einfach.«

»Wird es nicht, wenn wir ihm seine Sonntagsruhe stören! Machen wir Schluß, Gerlich, vier genügen.«

»Das sagst du. Mein alter Herr ist anderer Meinung. Der fürchtet, daß sie sich gegenseitig auffressen – das ist natürlich übertrieben. Sie verhungern lieber, als daß sie Kannibalismus betreiben. Aber du hast recht. Die Lieselott wartet auf uns mit dem Gugelhupf. Gehen wir.« Sie erhoben sich. Wie durch Zauberhand waren die äsenden Tierchen im Geröll verschwunden.

Lieselott stand in der Morgensonne, stellte Tipfel und Teller auf den rohen Tisch vor der Hütte. Auf der Platte des Kachelofens stand das Kaffeewasser. Als sie die Männer vom Kar herunterkommen sah, schüttete sie den gemahlenen Kaffee ins kochende Wasser und zog den Kaffeetopf vom Feuer.

»Wo ist denn ein Sieb?« fragte sie Gerlich nach der Begrüßung. Es stellte sich heraus, daß kein Kaffeesieb vorhanden war. Also mußte man den vorsichtig abgegossenen Sud trinken. »Wie in Mostar«, sagte Gerlich und erzählte von seiner Dienstzeit im moslemischen Teil der Donaumonarchie.

Der dampfende Kaffee, die gleißende Sonne im windgeschützten Winkel der Hütte, die Stille ringsum, der Blick hinunter ins Tal – Lieselott fühlte sich auf merkwürdige Weise ruhig und wohl.

Doch dann trat sie in die Hütte, um einen Schal zu holen. Unter den grobgeschnitzten Garderobenhaken war Feuerholz gestapelt, und auf diesem Holzstapel lagen aufgereiht und waidgerecht mit einem Latschenzweig im Geäse die vier kleinen Murmeltiere, die Jagdbeute des Morgens.

Lieselott sah die toten Tiere, ein Schaudern und eine Schwäche überkam sie und im nächsten Augenblick

mußte sie nach einem Halt greifen, weil ihr schlecht wurde.
Die Männer vor der Hütte hörten Lärm, sprangen auf und eilten in den Hüttenraum. Da lag Lieselott neben dem zusammengefallenen Holzstapel zwischen den Murmeltieren – bewußtlos und kalkweiß im Gesicht.
»Aber Lieselott!« rief Lorenz hilflos. »Was ist denn passiert?«
Sie konnte keine Antwort geben, ihr Kopf hing schlaff zur Seite. Als die Männer sie auf die Ofenbank betteten und ihr Gesicht mit Enzianschnaps einrieben, stöhnte sie. Wenig später kam sie wieder zu Bewußtsein, erkannte die Situation.
»Hab ich euch erschreckt?« fragte sie mühsam. »Mir ist plötzlich schlecht geworden.«
»Aber warum denn, Lieselott? Du hast doch schon öfter erlegtes Wild gesehen?« fragte Gerlich, immer noch halb verstört.
»Ich glaube«, erwiderte Lieselott mit starrem Gesicht, »ich bin so zimperlich, weil ich ein Kind bekomme.«
Die Männer sahen sich an. »Was?« fragte Lorenz ungläubig. »Du bist schwanger?«
Gerlich holte den Lodenfleck vom Haken, die Wasserkanne vom Bord. »Ich hol' noch Wasser«, sagte er schnell. Die Quelle war eine Viertelwegstunde von der Hütte entfernt.
Als sich die Tür hinter dem Freund schloß, sagte Lorenz leise: »Was ist los, Lieselott? Stimmt es, was du vorhin gesagt hast?«
Sie nickte: »Ja. Ich weiß es aber sicher erst seit heute. Es hat sich bewegt, weißt, ganz deutlich hat es sich bewegt. Ich bekomme ein Kind, Lorenz.«

»Seit wann? Ich meine, wenn es sich schon bewegt, ist es doch schon länger her. Seit wann bist du denn in andern Umständen?«
»Seit Schönberg, glaube ich.«
Lorenz schien nachzudenken. »Schon so lange. Ja, es könnte gut sein. Ich hatte damals solche Sehnsucht nach dir – da hätte es gut passiert sein können.«
Sie sah ihn nicht an, blickte in den Winkel und sagte langsam mit geborstener Stimme: »Ja, es könnte sein. Aber ich war auch mit Reinhard zusammen. Es könnte auch sein Kind sein.«
Einige Herzschläge lang war es ganz still in der Stube – Lorenz reagierte nicht. Doch dann stieß er hervor: »Bist du verrückt? Was soll das?«
Sie hob die Hand und faßte nach seiner. »Lorenz, es ist die Wahrheit. Es tut mir leid.«
Tat es ihr wirklich leid? Nein. Irgendein Gefühl war in ihr, das sie vorher nie gekannt hatte. Es erfüllte sie mit Ruhe und Gelassenheit, es war keine Spur von Angst mehr in ihr – nur eine Art von stiller Genugtuung, ja, und Freude.
»Das ist ungeheuerlich«, preßte Lorenz hervor. Er entzog ihr heftig die Hand und wiederholte: »Du, das ist ungeheuerlich! Du hast wirklich mit Reinhard – du hast mit ihm ... Ich fordere ihn. Das wird er mir büßen, dieser, dieser ...«
Er schrie, daß seine Stimme umkippte. Doch selbst dieses Schreien, selbst diese wütende Verzweiflung brachten Lieselott nicht aus ihrer Ruhe. Sie sagte still: »Armer Lorenz. Ich bin schuld, nicht Reinhard. Ich hab' ihn verführt, weißt du. Er wollte gar nicht. Er wollte nicht ehebrechen.«

Lorenz hob die Hand und schlug zu. Er traf ihren Mund. Der Schlag war nicht hart. Trotzdem schmerzte er, ohne Lieselott besonders zu beeindrucken. Er hatte sie geschlagen, gut. Das war besser, als wenn er Reinhard zusammenschoß ...
Sie führte ihr Taschentuch an den Mund, sagte erstickt: »Warum regst du dich so schrecklich auf? Weil der Franz Reinhard heißt? Und weil es nicht in Franzensbad sondern in Schönberg geschah?«
Erst nach einigen Augenblicken dämmerte in Lorenz Verstehen. Seine Wut fiel in sich zusammen, sein verzerrtes Gesicht entspannte sich. Er fiel auf die Bank, die Hände lagen gefaltet zwischen seinen Knien – es war eine für ihn typische Gebärde der Ratlosigkeit.
Sie stand auf und strich ihm über das Haar. »Ist es so schlimm?« fragte sie. »Ob wir ein Kind adoptieren oder meines aufziehen – es ist doch egal, Lorenz.«
Er antwortete nicht. Erst nach einer langen Zeit, in der nur fein und dünn das Ticken des Holzwurmes hörbar war, fragte er: »Liebst du ihn noch?«
»Nein«, antwortete sie. Und in diesem Augenblick war es die Wahrheit: Sie liebte weder Reinhard noch Lorenz – sie liebte nur das Neue, Fremde, das in ihr war und das jetzt schon ihr Denken und Fühlen, ihr Sein veränderte ...

Der Winter war gekommen, mit frühem Frost und wenig Schnee.
»Jetzt sind wir bald da«, sagte Lorenz und begann die Koffer aus dem Gepäcknetz zu holen. »Zu dumm, daß man jedesmal in Hohenstadt umsteigen muß – so knapp vor Schönberg.«

Lieselott erhob sich, strich den grünen Umstandsrock glatt und setzte die Sealkappe auf ihr sorgfältig frisiertes Haar. Lorenz hielt ihr die Pelzmantilla. Sie war so lang, daß sie ihre Figur völlig verbarg. Lieselott war im siebenten Monat und in Anbetracht dieser »hohen« Zeit weder entstellt noch besonders dick.

Auf dem Bahnhof in Hohenstadt war es zugig und frostig kalt. Es lag immer noch wenig Schnee, doch so viel, daß die Landschaft weihnachtlich verwandelt war.

Lieselott bückte sich und hob eine Handvoll Schnee auf. Sie sah zu, wie er in ihrer warmen Hand zerrann. Dann erst folgte sie Lorenz in den Warteraum, in dem ein eiserner Ofen beinahe glühte. Ein paar verwegene Gestalten saßen um ihn herum und spielten lautstark Karten. Nach einem kurzen Blick auf die junge Frau und den Offizier spielten sie weiter. Die Luft war dick zum Schneiden.

Lorenz machte ein mißmutiges Gesicht. Sie sagte: »Siehst du, wir hätten doch lieber mit dem Schlitten fahren sollen. Aber du wolltest ja nicht.«

»Geh, red kein dummes Zeug! Willst du auf dem Pflaster Schlitten fahren?«

Er hatte recht, es war wirklich zu wenig Schnee. Aber sie hatte es sich so schön vorgestellt – mit Schlittengeläut in Schönberg einzufahren. Hoffentlich schneite es in den nächsten acht Tagen. Länger hatte Lorenz nicht Zeit.

Ein Bauernmädchen mit einem dichtgefältelten, schwarzen Rock kam in den Warteraum. Sie trug einen zusammengebundenen Christbaum, den sie zwischen den Knien festhielt, als sie sich nun neben den Ofen setzte. Einer der Spieler machte ihr Platz. »Diekoj«, sagte sie. Sie war eine Tschechin, wohl aus Hohenstadt.

Hin und wieder warf sie einen verstohlenen Blick auf Lieselott in ihrer Pelzpracht. Einmal fing Lieselott so einen Blick auf und da lächelte das Mädchen verlegen.

»Weißt du«, sagte Lieselott, zu Lorenz gewendet, »so ein Mädel wär' mir als Dienstmädel recht. Sie sieht so frisch und gesund aus.«

Man war seit Wochen auf der Suche nach einem Dienst- und Kindermädchen. Allmählich tuschelte man in dem Wiener Zinshaus, daß die Weigunys in der Beletage immer noch kein Dienstmädel hatten und die Schwangere alle Arbeit verrichtete. Daß Lieselott damit einen Rat Dr. Szaparys befolgte, strikt befolgte, wußten ja die Mieter nicht. »Tun Sie wie bisher jede Arbeit, gnädige Frau und Sie werden sehen – Sie bringen Ihr Kind so leicht zur Welt wie unsere Wiener Waschweiber. Bewegung, Bewegung – das ist die Zauberformel.«

Und Lieselott fühlte sich durchaus wohl. Lorenz nahm sich zusammen – es gab kaum Reibereien. Er war allerdings noch weniger zu Hause als früher, doch behauptete Gerlich, daß keine andere Frau im Spiel sei. Lieselott war es sehr recht, daß sie meist allein war. Je mehr die Zeit fortschritt, desto öfter regte sich ihr schlechtes Gewissen Lorenz gegenüber. Sie würde bald am Ziel ihrer Wünsche sein, er aber ...? Sie hätte viel darum gegeben, einen Blick in die Zukunft tun zu können, zu wissen, wie sich Lorenz ihrem Kind gegenüber verhalten würde. Es hing so viel davon ab ...

»Gleich kommt der Zug, Lieselott, mach dich fertig«, sagte Lorenz. Sie stand auf, knöpfte die Mantilla zu und nahm ihre kleine Reisetasche. Da war plötzlich das Mädchen neben ihr und erbot sich, die Tasche zu tragen. »Geht sich leicht, gnädige Frau, bittschön, wenn darf ich?« Lieselott überließ ihr erfreut die Tasche. So bot sich also die Gelegenheit, mit dem Mädel ins Gespräch zu kommen.

»Wie heißen Sie denn, Kind?« fragte Lieselott das Mädchen, als es neben ihr in der ersten Klasse stand. Die Kleine wollte erschrocken in das Holzklasseabteil zurück, aber Lieselott beruhigte sie: »Wir zahlen Ihnen den Aufpreis, setzen Sie sich ruhig.«

Und so ergab es sich, daß Lieselott, als sie in Schönberg das Zugabteil verließ, ein Dienstmädchen hatte, das Elischka hieß und selig über die Aussicht war, in Wien einen Dienst zu finden.

Clemens Weiguny begrüßte das Paar auf dem Bahnhof. »Gut schaust aus, Lieselott – ich glaub, du hast zugenommen. Das ist aber recht«, meinte der Papa.

Als sie aber daheim die Mantilla ablegte, wurde er starr vor Überraschung.

»Ja, Lieselott, seh' ich recht?« fragte er unbeholfen. »No, so eine Überraschung. Du bist mir aber eine Heimliche! Lieber Gott, das ist ja wunderbar, das ist für mich das schönste Christkindel!« Er drückte sie an sich und Lieselott war gerührt. Die sichtliche Freude des Alten dämpfte ein wenig ihre Nervosität, mit der sie dem Wiedersehen mit Reinhard entgegensah.

»Reinhard läßt sich entschuldigen, er hat noch Dienst«, sagte jetzt der Vater. Ach ja, Reinhard arbeitete als Assistenzarzt im Schönberger Krankenhaus.

Von Wawra erfuhr sie, wann Reinhard üblicherweise heimkam. Gegen sechs machte sie sich auf den Weg zum Krankenhaus. Lorenz erklärte sie, sie hätte noch ein paar Besorgungen zu machen. Sie ging über den Eichelbrennerplatz die Wichtelstraße entlang. An den

Straßenrändern lag Schnee, schon schmutzig verfärbt, aber im Herrengarten leuchtete er weiß auf dem Parkrasen, und der Pavillon hatte eine weiße Haube. Es waren viele Leute an diesem Vorweihnachtsabend gleich ihr unterwegs. Die Gaslaternen brannten trüb – sie mußte achtgeben, daß sie Reinhard nicht verfehlte. Ihr war beinahe froh zumute. Es würde ihr schon gelingen, ihn zu besänftigen. Es war nur wichtig, daß sie zuerst mit ihm allein, und nicht etwa in Gegenwart von Lorenz mit ihm sprach.

Sie hatte den festen Vorsatz, ihm weiszumachen, daß nicht er, sondern Lorenz der Vater ihres Kindes sei. Wie weit ihr das gelingen würde, hing von ihrer Verstellungskunst ab. Mit der war es freilich nicht weit her. Kinder werden von ihren Spielgefährten erzogen, und Lieselotts Spielgefährte war Reinhard. Von ihm stammte auch der simple Spruch: »Wer lügt, ist feig.« Und feig hatte Lieselott nie sein wollen – so war sie wenig geübt in Verstellung und Lüge. »Lieber Gott«, betete sie schnell, »gib, daß er mir glaubt.« Nun, der liebe Gott erhörte ihr Gebet nicht.

Sie traf Reinhard am Ende des Herrengartens. Es war ganz still, nur das Wasser des Timenezbaches gluckste leise – es klang wie verhaltenes Schluchzen. Lieselott erkannte Reinhard am steifen, aufrechten Gang. Sie trat ihm aus dem Schatten eines Parkbaumes entgegen. Er blieb stehen, als die dunkle Gestalt plötzlich vor ihm auftauchte.

»Ich bin es, Lieselott«, sagte sie schnell.

»Nicht möglich! Oder doch? Grüß Gott, Lieselott. Das ist nett, daß du mich abholst. Damit bekommst du ein paar Pluspunkte, du böses Mädchen.« Er küßte sie ohne

Umstände und sie wehrte sich nur schwach. »Ach«, dachte sie, »wenn ich es nur schon hinter mir hätte.« Während er sie küßte, hielt er sie zunächst leicht, dann fester umfaßt, spürte ihren veränderten Leib und ließ sie los. Sie kam seiner Frage zuvor.

»Ich bin in der Hoffnung«, sagte sie fest mit einer zu hellen Stimme. »Endlich, stell dir vor!«

»Endlich«, wiederholte er, zunächst sprachlos vor Verblüffung. Doch er faßte sich schnell. »Die Pluspunkte sind wieder weg. Du bleibst ein böses, hinterhältiges Mädchen.« Sie lachte zu laut und schwieg. »Großartig«, dachte sie. »Es geht viel glatter als ich befürchtete.«

Er strebte gezielt der nächsten Laterne zu, blieb stehen, wandte sich ihr zu und hob ihren Kopf in der Kapuze zu sich hoch.

»Du willst mir weismachen«, sagte er heiser, »daß es Lorenz' Kind ist, nicht wahr? Du bildest dir ein, ich hätte unseren Tag, unseren Tag der Liebe auf der Insel vergessen, nicht wahr? Du hoffst, daß ich ihn vergessen habe. Du irrst dich, Lieselott. Schau mich an und behaupte, daß es nicht mein Kind ist.«

Sie sah ihn an, ohne Trotz, aber mit Bestimmtheit erwiderte sie: »Es ist nicht dein Kind und es ist nicht Lorenz' Kind, es ist meines, lieber Freund. Nur meines.«

»Ah ja? Und Lorenz? Von mir ganz zu schweigen – was sagt er zu deiner eben bekundeten Überzeugung? Ist er mit dieser Definition einverstanden? Lieselott, du spinnst. Du bist im Begriff, einen Kokon von Lügen um dieses herrliche Ereignis zu spinnen. Wem zum Nutzen? Dir? Da irrst du dich. Lorenz zum Nutzen? Du bist doch nicht in der Lage, so eine Lüge ein Leben lang aufrechtzuerhalten.«

»Ich weiß aber nicht, wer der Vater ist.« Jetzt war sie voll Trotz. »So etwas gibt es doch. Ihr könntet beide – ich meine ...«

»Nur gut, daß dir nicht auch noch ein großer Unbekannter eingefallen ist. Wir beide, Lorenz und ich, werden uns schon noch einigen. Dafür werde ich sorgen.«

»Das wirst du nicht, hörst du! Reinhard ...« Unvermittelt begann sie zu schluchzen. Das irritierte ihn – und der Umstand, daß sie sich an ihn schmiegte und den Kopf, von dem die Kapuze heruntergerutscht war, an seinen Hals lehnte.

»Lieselott«, sagte er weich. »Ich danke dir, daß du im Begriff bist, mich so zu beschenken. Alles andere ist jetzt nicht wichtig. Unser Kind wird wohl im Feber zur Welt kommen. Ich werde bei dir sein. Bis dahin hast du vor mir Ruhe, Schonzeit. Komm, hör auf zu weinen. In deinem Zustand darf man nur lachen. Ach, mein Mädchen!«

Er versuchte, sie hochzuheben, aber sie war so viel schwerer geworden, daß es nur ein leichtes Lüpfen wurde. »Donnerwetter, Lieserl, du wirst doch nicht etwa Zwillinge bekommen? Ich trau dir das zu: eins für mich, eins für mein Bruderherz.«

Lieselotts Tränen versiegten, sie umfaßte Reinhard und küßte ihn mit tränennassem Mund. »Danke«, sagte sie mit einem Aufschluchzen.

»Nichts zu danken, Liebling, die Rechnung kommt schon noch.«

Später standen sich die beiden Brüder im Salon gegenüber. Reinhard hatte das Gefühl, daß dieses Gegenüberstehen, halb verlegen – halb unsicher, doch immer voll

Unbehagen, sich schon dutzende Male in ihrem Leben wiederholt hatte – wie ein unangenehmer, unerfreulicher, immer wiederkehrender Traum. Lorenz wirkte nicht so frisch wie sonst, nicht so robust. Er war bleich – aber das konnte auch von der Jahreszeit herrühren oder von der Aufregung dieser Begegnung. Sie begrüßten sich korrekt, jeder auf der Hut.
Reinhard überging Lieselotts Zustand. Lieselott atmete auf. Der Vater polterte: »Reinhard, was sagst du dazu, daß du Onkel wirst? Und ich Großpapa? Ich fühle mich um zwanzig Jahre jünger. Ich könnte Lieselott in Gold fassen. Dieses Mädchen, dieses wunderbare Mädchen! Wenn das Mama noch hätte erleben können!«
Ein Schatten senkte sich über die Menschen im Raum. Es kam nur äußerst selten vor, daß Clemens Weiguny von seiner Frau Stefanie sprach. Wawra erschien in der Tür. Man hatte das Gefühl, daß er – wie meistens – gelauscht hatte, und sagte: »Es ist angerichtet, die Herrschaften.«
Man begab sich in das kleine Eßzimmer. Lieselott trug ein hellgrünes loses Kleid. Sie hatte kein Rouge aufgelegt, wie sie es sonst daheim in Wien zu tun pflegte. Reinhard mochte das nicht. Er war »für Natur«. Damit hatte sie ihn früher schon oft geneckt. Er hatte einmal als Halbwüchsiger Mamas Schminktöpfchen und die anderen Utensilien weiblicher Verschönerungskünste entwendet und in das alte Plumpsklo neben der Gärtnerwohnung geworfen. Der Mama erklärte er, das Zeug sei dort, wo es hingehöre. Mama begriff sofort.
»Du schrecklicher Bengel, da verstopft sich die Toilette«, rief sie. Und war erleichtert, als sie erfuhr, daß man deswegen nichts zu befürchten hätte. Sie machte sich wei-

terhin zurecht, darauf bedacht, daß ihr Sohn nicht mehr an ihre Kosmetika herankam.
Wawra selbst war voll heimlichen Glücks: ein Kind würde, zumindest zeitweise, in diesen Räumen leben – nichts sonst hätte ihn auf seine alten Tage so gefreut.

Seit ein paar Monaten hat Wawra eine Hilfe, Franzi, die Bedienerin, die jeden Morgen zwei Stunden aufräumt. Nun blinkt die Marmortreppe ohne Schmutzränder und -winkel. Franzi kann alles, auch ausmalen, und mit Säge, Hammer und Nägel umgehen. Sie ist fünfundvierzig, gerade das richtige Alter, findet Wawra, »schon g'scheit genug, aber noch net gar zu g'scheit«.
Franzi ist breithüftig, gutherzig und mit einem »echt Schönberger Mundwerk« versehen. Als sie Lieselotts Zustand erkennt, sagt sie: »No, das werden Sie ja wissen, eine Wallfahrt zum Muttergottesberg nach Grulich, die wäre gut für Sie.«
»Die wäre gut für mich«, denkt auch Lieselott. Und eifrig organisiert Franzi: »Der Fuhrmann Kauer hat sich einen neuen Schlitten angeschafft. Der braucht jetzt Geld und macht die Fahrten billig.« Und Franzi berichtet von »Würstelpartien« per Schlitten nach Aspendorf und Petersdorf mit angehängten Rodelschlitten. »Aber das wär' nix für Sie«, meinte sie, »aber eine Hetz' ist das schon ...«
Reinhard hat sich den Frauen zugesellt.
»Hast du Lust zu einer Schlittenfahrt?« fragt er rasch. Lieselott zögert, doch da sagt Lorenz von der Tür her: »Natürlich hat sie Lust. Sie hat ja schon von Hohenstadt nach Schönberg mit dem Schlitten fahren wollen, und hat mir Vorwürfe gemacht, weil es nicht klappte.«

Lieselott sieht sich im Schlitten durch die vorweihnachtlich verschneite Heimat fahren. Sie ist kein Großstadtmensch, fühlt sich dem geliebten alten Städtchen im Teßtal immer noch sehr verbunden.
»Ja, das wäre herrlich«, sagt sie. Und wendet sich Lorenz zu. »Wann fahren wir denn?«
»Übermorgen würde es passen. Da bin ich im Club. Und du hättest eine Abwechslung.«
»Allein? Ich soll allein fahren?«
»Natürlich nicht. Aber Reinhard hat doch Urlaub. Frag ihn doch, ob er mitfahren will.«
Lieselott sieht Lorenz aufmerksam an. »Was soll das? Was soll seine Großzügigkeit?« Aber sein Gesicht ist verschlossen wie eh und je.
Die Bedienerin Franzi meldet sich: »Aber bestimmt fährt der Herr Doktor mit. Er braucht auch frische Luft. Immer nur im Krankenhaus sein ...«
Reinhard ist dem Gespräch mit angespannter Aufmerksamkeit gefolgt. Jetzt sagt er gleichmütig: »Aber natürlich, Lieselott. Ich werde dir ein hervorragender Reisemarschall sein.« Er macht einen Kratzfuß. »Immer zu Diensten, Schwägerin.«

Vor dem Einschlafen sagte Lieselott: »Warum willst du, daß ich mit Reinhard allein bin?«
»Das bist du ja nicht. Der Fuhrmann sitzt vor euch.«
»Eben nicht. Franzi gab Bescheid, daß der Kauer eine andere Fuhre hat. Wir müssen also allein fahren. Oder soll Wawra –«
»Unsinn. Glaubst du, ich hätte Angst, daß du mit – mit meinem Bruder in ein fremdes Hotelbett gehst? Fahrt ruhig. Du wirst ja auch allerlei mit ihm zu besprechen

haben. Ich nehme an, ich erfahre heute abend das Resultat.«
Das war es also. Lorenz bedrückte die Ungewißheit seiner Lage. Aber so leicht es Reinhard fiel, Lieselott zum Sprechen zu bringen – so mühsam und schwierig gestaltete sich eine Aussprache zwischen den Eheleuten.
»Was möchtest du denn wissen, Lorenz?« fragte Lieselott jetzt geradeheraus.
»Wie soll es weitergehen?« erwiderte Lorenz leise, als fürchte er die Antwort, die er zugleich so wünschte. »Weiß Reinhard – ich meine, hast du es ihm schon gesagt?«
»Ja.«
Schweigen auf beiden Seiten. Endlich Lieselotts ruhige Stimme: »Wie es weitergehen soll, das weiß ich nicht, Lorenz.«
»Vielleicht weißt du es übermorgen. Meinst du nicht?«
»Lorenz, ich kann euch beiden nicht helfen. Mir ist nur eines vordringlich, daß – ja, daß ich das Kind zur Welt bringe.« Der letzte Satz klang abschließend und abweisend.
Sie schloß die Augen und dachte: »Wie gut, daß er nun nichts mehr sagt, wie gut, daß er nicht versucht, zärtlich zu sein.« Er hatte es in den vergangenen Monaten auch nicht versucht. Er war höflich zu ihr, wenn er daheim war. Aber er war nicht viel daheim. Vielleicht hatte er die kleine Mitzi zum Trost? Lieselott wünschte dies beinahe.

Diese Zeit, fand sie, war rasend schnell vergangen. Sie fühlte sich gesundheitlich wohl, wie selten vorher. Ihre ruhige Ausgeglichenheit, ihre freundliche höfliche Art

Lorenz gegenüber, ihr gutes Aussehen bewirkten, daß Lorenz die Veränderung, die auf ihn zukam, weniger hart spürte. Lieselott ging kaum mehr unter die Leute. Sie machte mit dem Hund Bello ihre alltäglichen ausgedehnten Abendspaziergänge durch die Anlagen des Lainzer Tiergartens, und traf sich zeitweilig mit Anna, der jungen Modistin aus der Heimat. Sie war dann nicht mehr die Offiziersgattin der Beletage im vornehmen Zinshaus in Wien, sondern die Lieselott aus der Petersberggasse in Schönberg, hinterste Provinz. Lieselott dachte auch in diesem Augenblick an die Freundin. Sie hatte Anna heute besucht, die Urlaub daheim machte wie sie auch. Aber Anna war nicht zu Hause gewesen – sie war zu dem kranken Bruder gefahren, der irgendwo im Gebirge zur Kur war.

Anna! Lieselott war schon manchmal versucht gewesen, der Freundin von ihren »Umständen«, ihren Lebensumständen, zu erzählen. Anna war verschwiegen und hatte selbst Kummer. Irgendein Mann war im Spiel – ein Verheirateter. Lieselott wartete darauf, daß Anna sich ihr anvertraute, dann würde auch sie... Aber Anna schwieg. Außer ein paar Andeutungen von Annas Kusine in Wien, Melanie, wußte Lieselott nichts. Eines aber wußte sie: Es ging selten in einem Menschenleben alles glatt und geruhsam zu...

Lieselott spürte, daß Lorenz neben ihr wach lag wie sie selbst. Warum nur duldete er die Ausfahrt mit Reinhard? War es die Hoffnung, daß Lieselott sich von ihm trennte? War ihm die Zukunft mit ihr und dem Kind so verhaßt? Wünschte er die Trennung und wartete vielleicht nur ab, daß sie das erste Wort sprach?

Lorenz dachte: »Ich muß Gewißheit haben. Ich halte es

nicht länger aus, daß sie so tut, als wäre nichts geschehen, tut vor anderen, als wäre ich der zukünftige Vater. Benimmt sich, als wäre alles in Ordnung.« Stärker denn je kam ihm hier in Schönberg die unmögliche Situation zu Bewußtsein, in die Lieselott ihn gebracht hatte. Er wunderte sich, daß er sie deshalb nicht mehr haßte, als er es tat. Er hatte in all diesen Monaten Angst davor gehabt, daß sie von Scheidung sprechen könnte. Jetzt wäre ihm das beinahe recht, wenn es nur eine Lösung gäbe – so oder so.

8. Kapitel

Die Schlittenfahrt – »Rumgefühle«

Insgeheim hoffte Lieselott, daß das Wetter eine Schlittenfahrt verhindern könnte – aber der anbrechende Morgen, an dem sie mit Reinhard den Schlitten bestieg, war mildfrostig mit einem hellen, Schönwetter verkündenden Schein im Osten, der langsam leuchtender wurde. Die beiden Pferde waren im Trab kaum mehr zu zügeln, es ging schnell voran.

Lieselott hatte angenommen – daß Reinhard auf dem Kutschbock sitzen würde, aber er legte in schöner Selbstverständlichkeit den Fußsack in den Fond, neben den Schlittenpelz für Lieselott.

»Ich möchte kein Ischias riskieren, meine Beste. Du hast doch nichts dagegen?« hatte er gefragt.

Die Morgenstunde war zu früh gewesen – niemand außer Wawra mit seinem Schinkensemmelpaket und den Wärmeflaschen war im Hausflur aufgetaucht. Er steckte Reinhard noch eine bauchige Flasche zu: »Echter Altvater, Geßner«, sagte er betulich. »Besser als Wärmeflasche. Bitte vorsichtig zu fahren, Herr Doktor.«

Reinhard hatte die Schlittenglocken der Pferde mit Zeitungspapier ausgestopft – lautlos fuhren sie durch den anbrechenden Morgen.

Die Sterne waren verblaßt, ebenso die halbe Sichel des Mondes, statt ihrer überzog die Morgenröte allmählich den Osten des Himmels.

»Es wird ein schöner Tag«, sagte Reinhard. »Jetzt sind wir schon so weit, daß wir vom Wetter reden müssen.«
»Heute ist es wichtig für uns«, erwiderte Lieselott schläfrig. Sie hatte die halbe Nacht nicht schlafen können, jetzt fühlte sie sich angenehm müde, müde und warm im Pelz der alten Frau Weiguny, Stefanies Mutter, der nach Mottenpulver roch und Zimt, wobei der Mottenpulvergeruch den Zimtduft überlagerte. In den alten Patrizierhäusern der Stadt gab es jeweils eine Pelz- und Kleiderkammer, in der die Woll- und Pelzgarderobe der Damen und Herren mit Sorgfalt verwahrt wurde. Ein dunkler kleiner Raum zwischen Treppe und Flur. Ging man vorbei, spürten gute Nasen den Mottenpulvergeruch, den die Frau des Hauses meist vergeblich mit ausgelegten Zimtstangen zu verbessern suchte.
Vielleicht war dieser Geruch an Lieselotts Schläfrigkeit schuld – mehr aber ein unbestimmtes Gefühl der Sicherheit in Reinhards Nähe, jedenfalls merkte er überrascht und fast gerührt, daß sie an seiner Seite tatsächlich eingeschlafen war.
Er verhielt sich ruhig, widerstand der Versuchung, sie zu betrachten, hielt mit leichter Hand die Zügel, während das Gefährt durch die Schneelandschaft glitt. Erst das Geknatter eines Automobils weckte Lieselott, als es mit scharfem Hupton zu überholen versuchte.
»Du lieber Himmel«, sagte sie, »ich glaub', ich bin eingeschlafen.«
»Das bist du. Ein Kompliment für deinen Reisemarschall«, grinste Reinhard.
»Entschuldige!« murmelte sie fröhlich. Sie fühlte sich frisch und munter, für jedwede Auseinandersetzung gewappnet.

Doch Reinhard erzählte Geschichten aus dem Krankenhaus – meist heiterer Art. Eine Schwester Eva kam auch vor.
Da erinnerte sich Lieselott an Annas kranken Bruder Karl. Vielleicht war er im Krankenhaus behandelt worden?
Ja, Karl war einer der vielen Tuberkulosekranken, deren Leiden man so hilflos gegenüberstand.
»Wird er wieder gesund werden?« fragte sie.
»Vermutlich. Er ist ja noch jung. Kennst du ihn näher?«
»Er ist der Bruder meiner Freundin Anna Drösel. Sie ist jetzt auch in Wien.«
»Das ist gut. Dann bist du nicht allein.«
»Wäre ich das ohne Anna?«
»Willst du behaupten, daß du an Lorenz eine, na sagen wir, seelische Stütze hast?«
Nun war das Gespräch dort, wo Lieselott es nicht haben wollte. Sie hatte keine Lust zu lügen, sagte: »Eine ebenso starke Stütze, wie ich sie an dir habe. Anna ist eine Frau, ein Mädchen, und hat Verständnis für meine Situation.«
»Du hast ihr doch nicht etwa von uns dreien erzählt? Aber warum denn nicht? Mir ist es gleich, ob alle Welt von meinem Kind weiß oder nicht«, erwiderte er.
Lieselott schwieg lange, dann sagte sie: »Untersteh dich, davon anderen gegenüber zu tratschen! Zu deiner netten Schwester Eva zum Beispiel, von der du vorhin so geschwärmt hast. Glaube mir, damit machst du dich bei ihr bestimmt nicht beliebt.«
»Vielleicht will ich das gar nicht? Zunächst interessierst nur du mich. Aber lassen wir das. Ich hab dir ja Schonzeit versprochen ... «
Reinhard zog die schwere Lederdecke wieder zurecht.

»Friert dich?«
Es blies der Wind, wenn auch nicht übermäßig kalt, beiden ins Gesicht. Eine blasse Sonne war aufgetaucht. Sie wärmte nicht, doch erweckte sie dieses Empfinden. Nun waren sie fast drei Stunden unterwegs. Die Pferde brauchten eine Rast, auch wenn sie noch frisch wirkten. Sie hielten vor einem Wirtshaus. Der Pferdeknecht übernahm das Gespann, und Reinhard hob Lieselott aus dem Schlitten.
In der Gaststube schälte er Lieselott aus dem Wolfspelz. Da kam etwas Hellblaues zum Vorschein, das seidene Fransentuch, das er ihr im Mai geschenkt hatte. Einen Augenblick verschlug es ihm die Rede. Sie zog das Tuch am Hals zusammen, die Fransen hingen über ihrem grünen Umstandskleid. Blau und grün – eine gewagte Farbzusammenstellung, über die sogar der Volksmund spottete.
»Blau und grün, is net schien, der Gauderhahn (bunter Pfau) muß betteln gihn ... « deklamierte Reinhard im Dialekt und lächelte liebevoll. Sie trug sein Tuch! Wer hätte das gedacht ...
Eilfertig watschelte die Wirtin herbei, stellte sich höflich als Aloisia Schnaubelt vor, und fragte nach den Wünschen der Herrschaften. Doch Reinhard bestellte nur Tee und sagte: »Wir möchten, wenn möglich, zur Elfuhrmesse auf dem Muttergottesberg zurecht kommen und haben deshalb wenig Zeit.«
»Die Elfuhrmesse? No, ich glaub', die werden die Herrschaften nicht mehr rechtzeitig erreichen. Es ist schon noch zwei Stunden von hier nach Grulich. Aber ich möcht' die Herrschaften nicht aufhalten.«
Sie waren hier in Hannsdorf, etwa auf halber Strecke,

und bisher gut vorangekommen. Das sagten sie der Wirtin.
»Da haben die Herrschaften aber Glück gehabt. Übers Gebirg ist es nicht immer so leicht.« Und nun erzählte sie noch schnell von dem Fuhrknecht, der einstmals mit einer Brotladung die Gebirgsstrecke gefahren war und wegen des schlechten Weges so gotteslästerlich geflucht hatte, daß der Berggeist Altvater seine Brote im Wagen in Steine verwandelt hatte. »Wir zwei fluchen bestimmt nicht«, meinte Reinhard und blickte Lieselott zärtlich an. Sie trug sein Tuch ...
Der Tee war stark genug und mit soviel Rum versetzt, daß Lieselott in gute Stimmung geriet.
»Es dreht sich schon alles um mich, du auch, Reini ...«
»Und das in deinem Zustand! Alkohol ist schädlich für dich, meine Gute. Ich glaube, Frau Wirtin will uns entscheidungsunfähig machen. Wenn wir jetzt hier blieben, Gänsebraten verzehrten, eine Mittagspause einlegten und wieder zurück führen, kämen wir nach der Schlittenpartie gerade zu schicklicher Stunde heim. Hm?«
Lieselott wehrte ab. Dies hier sollte so etwas wie eine Wallfahrt sein. Wer in der Vorweihnachtszeit, in der Zeit, in der damals die Muttergottes auch auf beschwerlicher Reise war, zu ihrem Heiligtum pilgerte, konnte ihres Schutzes gewiß sein. Und welche Schwangere brauchte ihn mehr, als sie?
Die Wirtin kam. »Hat der Tee geschmeckt? Es war Meindlrum drin. Und dann wollte ich den Herrschaften sagen, daß sie könnten bei uns schön übernachten. Haben wir ja im Herbst erst die zwei Gästestuben für die Sommerfrischler neu ausgemalt. Möchten Sie sich die

Stuben anschauen? Die große ist besser, die kann man heizen.«

Da erst keimte in Reinhard der Gedanke an ein Übernachten auf. Noch sagte er nichts, überlegte nur, wie er Lieselott dazu bewegen könnte.

Die dachte: »Ach, das wäre schön. Eine echte Winterreise …«

Sie versäumten die Elfuhrmesse tatsächlich, kamen an, als die Kirchgänger schon aus der am Berg gelegenen schönen alten Wallfahrtskirche strömten. Der Mittag war nicht mehr klar, im Westen ballten sich dunkle Schneewolken. Es begann auch schon weißflockig aus diesen Wolken zu stöbern.

Lieselott und Reinhard knieten vorn am Altar. Sie waren ja beide evangelisch, gehörten zur kleinen Minderheit im Städtchen. Aber dies In-der-Diaspora-Leben hatte wohl bewirkt, daß sich manche Gegensätze der beiden Konfessionen abgeschliffen hatten, so daß also Lieselott auch in einer katholischen Wallfahrtskirche um Hilfe für ihre schwere Stunde bitten konnte. Man hielt sich nur kurz in Grulich auf, nur solange die kräftigen Pferde Rast brauchten.

Reinhard verschwand zu einer Besorgung, die darin bestand, daß er Wawra anrief und ihn bat, den Vater zu verständigen, daß man vermutlich übernachten würde. Man solle sich also keine Sorgen machen, wenn sie vielleicht nicht zur rechten Zeit einträfen.

Wawra berichtete dem gnädigen Herrn: »No, hab' ich mir's doch gleich gedacht. Bis Grulich und zurück, das kann man nur im Sommer machen. Was die Franzi sich alles ausdenkt! Und die gnä' Frau in ihrem Zustand!«

»Was ist los, Wawra?« fragten Lorenz und der Alte fast gleichzeitig.
»No, was wird los sein? In einen Schneesturm sind sie gekommen. Und ein Pferd lahmt noch dazu. An so was muß man doch denken bei einer Schlittenfahrt, net wahr? Und net nur ans Spazierenfahren.
Wenn man schon den Rat der Franzi befolgt! Dabei hat die gar net g'wußt, daß die Herrschaften evangelisch sind. Wie ich ihr's hab' gesagt, hat sie gesagt, ui jegerl, da hilft ja die Wallfahrt eh nix. Ich hab' es der gnä' Frau auch gesagt, aber sie hat nur gelacht. – Und jetzt stecken's im Schnee. Und bis die Leut ausgeschaufelt haben, wird's vielleicht viere. Und da ist's schon dunkel. Und so müssen's halt vielleicht unterwegs übernachten, hat er gemeint, der Herr Doktor.«
Lorenz unterdrückte einen Fluch, der Vater sagte: »Das ist vernünftig.« Damit war die Sache für ihn abgetan.
Wawra schmunzelte vor sich hin. Ab und zu warf er einen Blick auf Lorenz, der mit seiner Pfeife im Sessel der alten gnädigen Frau, Gott hab sie selig, saß und vor sich hinbrütete.
Wawras Gunst galt dem »Herrn Doktor« und dem gönnte er die junge »gnä' Frau« mehr als dem Hauptmann. Wawra war nicht dumm – er hatte einen klaren Verstand und ein »Gespür«, und das hatte ihm verraten, daß die gnä Frau und der Herr Doktor ...
Er fühlte sich nicht als Dienstbote – zu den Dienstboten rechnete er die mollige Franzi. Er fühlte sich zum »Personal« gehörend, das war eine Stufe höher – wenn das auch die Franzi nicht verstand oder verstehen wollte. Ihm war es gar nicht recht, daß die Person, die er ansonsten akzeptierte, auch während der Winterfrische

der jungen Herrschaften ins Haus kam. Da galt es die Augen offenhalten, damit nicht etwa auch die Franzi »was merkte«. Denn Klatsch und Tratsch blühten in Schönberg genauso wie anderswo. Wawra rieb sich erfreut die Hände. Er hatte nicht im geringsten Gewissensbisse wegen seines erfundenen blumenreichen Berichts über die angeblichen Reiseschwierigkeiten der jungen Leute. Mochten sie übernachten wann und wo immer – Wawras Wohlwollen war ihnen sicher ...

Zur gleichen Zeit glitt der Schlitten durch den zarten Neuschnee. Reinhard hatte das Zeitungspapier aus den Schlittenglocken entfernt, nun bimmelte es, wie es sich gehörte. Lieselott hielt den Kopf zurückgelehnt. Sie war rosig im Gesicht und munterster Laune. Frau Schnaubelt, so hieß die Hannsdorfer Wirtin, war eine ausgezeichnete Teeköchin – der Zaubertrank wirkte offenbar immer noch. Lieselott sang leise vor sich hin: »Der Winter ist vergangen, ich seh des Maien Schein ...« Und Reini fiel ein: »Ich seh die Blümlein prangen, des ist mein Herz erfreut ...« Dann lachten beide.
»Du hast Frühlingsgefühle, Lieselott?«
»Eher Rumgefühle. Was hat die Wirtin nur in den Tee getan?«
»Das Richtige, wenn es dich so heiter macht.«
Sie waren immer noch guter Laune, als sie durch Hannsdorf fuhren. Das Wirtshaus »Zum Bären« kam in Sicht und Reinhard sagte: »Ich habe beschlossen, liebe Lieselott, Frau Wirtins Angebot anzunehmen und hier zu übernachten.«
»Fein«, erwiderte Lieselott. Es kam ihr nicht in den Sinn, daß Reinhard es ernst meinen könnte.

»Braves Mädchen«, lobte er. »Frau Wirtin borgt dir bestimmt gern ein Nachthemd. Es wird dir genau passen. Wenn du es wünschst, schlafe ich auch in der kalten Stube. Wenn du aber nett bist, dann legen wir ein Bügelbrett zwischen uns und bleiben im warmen Zimmer.«
Da dämmerte es Lieselott, daß Reinhard hier wirklich übernachten wollte. Sie wurde ernst. Die rumbeschwingte Stimmung erlosch. Plötzlich kam ihr ein Tag in Erinnerung – kein Winter-, ein Herbsttag im Gebirge, zusammen mit Lorenz. Und es war auch damals die Rede vom Bügelbrett zwischen einem Ehebett, in einer Stube der »Schäferei«. Damals war sie Lorenz' Geliebte geworden – halb wider Willen und mit einem schlechten Gewissen Reinhard gegenüber ... »Alles ist Wiederkehr«, dachte sie im Zusammenhang mit einem Lieblingsausspruch ihrer Mutter.
Dieses Erinnern bewirkte, daß Lieselott erwiderte: »Aber wenn es kratzt?« Sie meinte das Nachthemd der Wirtin.
»Dann kaufen wir im Ort eines aus Seide«, sagte Reinhard. Er fand Lieselott liebenswerter denn je. Jedes andere Mädchen hätte sich geziert, törichte Ausflüchte gebraucht, um schließlich doch ja zu sagen.
Er faßte nach Lieselotts Muff, zog ihre warme Hand hervor und küßte sie mit kalten, bebenden Lippen ...

Das Gästezimmer im »Bären« war zu Reinhards und Lieselotts Überraschung angenehm warm. Im Kachelofen krachten die Buchenscheite und Reinhard fragte: »Heizen Sie die Stube denn immer? Oder haben Sie andere Gäste erwartet?«

Die Wirtin schmunzelte breit: »Ich hab' gewußt, daß die Herrschaften kommen werden. Ich hab' halt einen sechsten Sinn.«
»Dann hat Ihnen der sechste Sinn gewiß auch geraten, ein junges Ganserl für uns bereit zu halten, Frau Schnaubelt.«
»No freilich, die Herrschaften! In einer halben Stund' könnt ich servieren, wenn's recht ist.«
Lieselott bekam ein dünnes, zartes Batistnachthemd, bestimmt das beste der Wirtin. »Ein gutes Nachthemd braucht man halt. Könnt ja sein, daß man einmal ins Spital muß«, sagte die Frau und strich mit ihrer rauhen Hand liebevoll über die Spitzen am Halsausschnitt. »Es ist mir eine Ehr', daß Ihr es anziehen wollt. Soll ich für den Herrn Gemahl auch noch ein Nachthemd holen? Mein Sohn hat ein gutes.«
»Der Herr ist mein Schwager, deshalb heißt er wie ich«, erwiderte Lieselott gleichmütig. »Und deshalb brauchen wir auch zwei Zimmer.«
»Ja freilich, ja freilich. Ich will es gleich richten und werd dem Herrn einen heißen Ziegelstein ins Bett legen. Der wärmt grad so gut wie eine geheizte Stube.«
Lieselott sah ihr nach, dann ging sie zum Ofen und legte die Hände auf die warmen Kacheln. Im Rohr roch es nach Bratäpfeln. Die Wirtin kannte sich in der Psyche der Stadtmenschen aus: Zur Romantik einer Schlittenpartie gehörten Bratäpfel im Rohr. Der Duft nach Vanillekipferln und Nußbusserln, jetzt vermischt mit Bratengeruch, drang nach oben in ihr Zimmer. Lieselott schnupperte. Trotz der im Schlitten vertilgten Schinkensemmeln war sie wieder hungrig.

Sie aßen oben in der weißgetünchten, sauberen Stube, denn drunten im Gastzimmer wurde es mit der Dunkelheit lebendig. Die Bauern erschienen zum Kartenspiel. Man hörte ihr Lachen und Poltern bis herauf.
Die Wirtin brachte südmährischen Wein, doch Reinhard wehrte mit einem Blick auf Lieselott ab: »Frau Schnaubelt, Ihr Rum mit Tee reicht noch für diesen Abend. Aber Heidelbeersaft wäre was Gutes.«
In den dickwandigen Weingläsern schimmerte der Beerensaft wie edler, dunkler Wein.
»Du hast einen blauen Schnurrbart«, lachte Lieselott, »er steht dir gut.«
»Im Ernst? Wenn du das nächste Mal nach Schönberg kommst, hab ich einen richtigen Schnurrbart, deinen Schnurrbart. Freust du dich?«
Lieselott hob das Glas, trank und lachte: »Reini, was hast du nur für Einfälle.« Sie gähnte. »Aber ich bin müde. Darf ich schlafen gehen? Heut war ich ja schon um fünf wach.«
Reinhard hatte ohne jeglichen Widerspruch das kalte Zimmer bezogen. Also war es ihm auch nicht ernst gewesen mit dem Ehebett und Bügelbrett. Frau Schnaubelts Nachthemd roch nach Quendel, der getrockneten Wildpflanze, die gute Hausfrauen gern zwischen ihre Wäsche legten. Der Geruch brachte Lieselott jene Frühsommertage ins Bewußtsein, die sie an Reinhards Seite erlebt hatte! Die Ausfahrt zum Taubenberg, die Scheuer voll von süßem Heuduft, ihr Tag der Liebe mit der Flöte des Pan im Schilf ...
Sie entkleidete sich, wusch sich in der geblümten Porzellanschüssel auf dem Marmorwaschtisch – das Wasser im Krug war noch warm, die Wirtin hatte ihn vorsorg-

lich aufgefüllt – und schlüpfte in das batistene Nachthemd. Es war für ihren Umfang tatsächlich genügend weit.
»Was für ein schöner Tag ist das heute gewesen«, dachte sie und dehnte sich wohlig, die Arme erhoben. Da klopfte es leise an der Tür und Reinhards Stimme sagte von draußen:
»Ich will unten noch ein Hannsdorfer Bier probieren, Lieselott. Schlaf derweil schön.«
Dann hörte sie seinen Schritt auf den Holzdielen im Gang.

Es mußte schon sehr spät in der Nacht oder sehr früh am Morgen sein, als Lieselott vom Lichtschein einer Kerze erwachte.
»Erschrick nicht, Mädchen, ich bin es nur«, murmelte Reinhard.
»Was ist denn los?« fragte sie schlaftrunken.
»Ich muß dir etwas aufsagen, ein Gedicht.«
»Wie viele Hannsdorfer Biere hast du getrunken?«
»Aber Lieserl! Du glaubst doch nicht, ich hätte einen Schwips. Ich bin nüchterner denn je. Aber schlafen konnte ich nicht und da habe ich eben ein Gedicht gedichtet. Du kannst es auch ein Lied nennen, ein Weihnachtslied. Soll ich singen oder aufsagen?«
»Wenn schon, dann aufsagen.«
»Schade. Es klingt als Lied vielleicht besser. Aber das können wir ja morgen mit Klavierbegleitung nachholen. Darf ich mich an deinen Bettrand setzen? Und darf ich dir das blaue Tuch umlegen?«
Lieselott lachte leise und belustigt. »So kenn' ich dich doch gar nicht.«

Reinhard legte den Schlittenpelz ab, den er über Unterhose und Hemd getragen hatte, setzte sich zu Lieselott und breitete das blaue Tuch über ihr Haar. Es umrahmte ihr schmales Gesicht, auf das der Kerzenschein warme Lichter warf. Dann sagte Reinhard sein Gedicht auf:

»Bei uns herin im Wald
weht der Böhmwind so kalt,
Maria und das Kind
ganz verfroren sind.
Da kommt's Lieserl geschwind
und wickelt das Kind
in ihr Brusttücherl ein –
gleich hört's auf mit dem Schrein.
Und im Brusttücherl blau
hat die allerhöchste Frau
's Kinderl heimwärts getragn,
das wollt ich dir nur sagn.«

»Aber Reini, du bist ja ein Dichter«, lachte Lieselott. »Ein Weihnachtslied! Schön.«
»Als Dank für dich, weil du heute mein Fransentuch umgenommen hast. Lieselott, mich friert. Darf ich ein bisserl unter dein Federbett?«
»Du hast selbst eins. Und einen warmen Ziegelstein dazu.«
»Der ist längst kalt. Nur einen Augenblick, Lieserl. Glaubst du am Ende, ich tu dir etwas?«
Das glaubte Lieselott nicht. Also lüpfte sie das schwere Federbett, das nicht mehr nach Quendel, sondern nach ihrem Kölnisch-Wasser duftete, und ließ ihn ein.
Sie lagen stumm, warm und zufrieden nebeneinander. Lange. Die Kerze brannte nieder. Vielleicht war er wirklich eingeschlafen, er sagte jedenfalls später: »Stell dir

vor, Lieselott, ich hab' von meiner Tochter geträumt – entschuldige, von unserer Tochter. Sie sah dir zum Verwechseln ähnlich, hatte ein Matrosenkleid an – wie du einmal, eine weiße Schleife im Haar – wie du, und stand neben einem Schaukelpferd ... «

»Aber Reini! Das ist doch ein Kinderbild von mir, und deine Mutter bewahrte es in eurem Album auf.«

»Ist ja möglich. Aber ich habe von meiner leibhaftigen Tochter geträumt, ganz deutlich. Und Träume, in einem fremden Bett in der ersten Nacht geträumt, die gehen in Erfüllung. Wir bekommen eine Tochter, hurra!«

»Reini, nicht so laut, man hört uns doch sonst.« Lieselott stiegen Tränen in die Augen. Es war schön, daß sich außer ihr selbst noch ein Mensch auf ihr Kind freute ...

Am Morgen wurde Lieselott durch Klaviertöne geweckt. Sie drangen durch die Holzdecke sehr deutlich aus dem Extrastüberl, in dem wohl der Gesangsverein üben mochte, nach oben. Aber es war keine Gesangsvereinsprobe – Reinhard saß am Klavier und winkte Lieselott zu, die nun im Türrahmen stand. »Komm, mach mit.« Und sie spielten vierhändig Franz Schuberts »Fantasie«, die Lieselott besonders liebte.

»Weißt du überhaupt«, sagte Reinhard und nahm die Hände von den Tasten, »daß dies Schuberts erste Komposition überhaupt war? Eine Fantasie zu vier Händen ...«

Die Wirtin war auch hereingekommen. »Die Herrschaften sind wohl beide Klavierkünstler«, sagte sie andächtig. »So schön haben S' gespielt. Und das wissen die Herrschaften vielleicht nicht: Der Herr Komponist Franz Schubert, der stammt hier aus unserer Gegend,

aus Neudorf, wissen S', vom Schuberthof. Sein Vater ist hier herin noch zur Schule gegangen, dann ist er ja selber Schulgehilfe worden, zu Wien. Könnten die Herrschaften bittschön noch etwas von ihm spielen?«
Und Reinhard intonierte die »Lebensstürme«, einen Allegro-Satz in a-Moll. Es ging nicht ganz fehlerfrei, aber die Wirtin klatschte in die roten verarbeiteten Hände. Sie war offensichtlich musikalisch, wie der ganze Menschenschlag im Teßtal, und zeigte ihre Dankbarkeit in einem besonders reichlichen Frühstück, das sie den jungen Herrschaften servierte ...
Lieselott blieb diese »Winterreise« in guter Erinnerung.

Am Weihnachtsabend war sie der mütterliche Mittelpunkt in der kleinen Gesellschaft.
Wawra hatte liebevoll den Tannenbaum, der aus einem Weigunyschen Waldgrundstück stammte, mit zartem buntem Glasschmuck »aufgeputzt«: mit jenen Sternen, Vögeln, Trompeten, Engeln, Rehen, die Lieselott schon als Kind am Weigunyschen Weihnachtsbaum bewundert hatte. Der alte Weiguny hatte Tränen in den Augen, als Lieselott mit ihrer hübschen dunklen Stimme das alte nordmährische Weihnachtslied »Kleines Kindlein, großer Gott ...« sang, und selbst Lorenz' Gesicht hellte sich ein wenig auf. Doch es verschloß sich wieder, als Reinhard ans Klavier trat, einen Schemel heranrückte, und zusammen mit Lieselott Mozarts C-Dur-Sonate spielte. Die Süße der Melodie war für ihn bitter ...

9. KAPITEL

Die Tochter – Die Hand auf dem Baldachin

Lieselott bekam tatsächlich eine Tochter, ein besonders hübsches Kind, das behauptete Prof. Szapary ebenso wie die Hebamme und Schwester Ernestine. Lieselott betrachtete das kleine Wesen, das sich an der Knospe ihrer Brust festgesaugt hatte, mit prüfenden Augen. »Es wäre so gut, wenn die Kleine schön würde. Wer weiß, was alles das Schicksal mit ihr vorhat«, dachte sie.

Auf dem Nachtkästchen dufteten in einer Schale frühe Hyazinthen und brachten einen Hauch von Frühling ins Zimmer. Reinhard hatte sie gestern gebracht. Lieselott hatte ihn zwar gebeten, nicht zu kommen, aber er war natürlich trotzdem gekommen.

Sofort nach der Begrüßung hatte Reinhard erklärt.

»Die Schonzeit ist um. Nun wird gekämpft.«

Und Lieselott lächelte dazu, halb ängstlich, halb gequält.

Da Reinhard als erster an Lieselotts Wochenbett geeilt war – Lorenz war später gekommen – gratulierte die Schwester ihm zu der wohlgeratenen Tochter, brachte sie bereitwillig herbei, und legte sie Reinhard in den Arm.

»Der Herr ist nicht der Vater, er ist der Onkel«, erklärte Lieselott energisch.

»Glauben Sie ihr nicht. Ich liebe dieses Kind zumindest wie ein Vater, zumindest!« grinste Reinhard. Und Liese-

lott wunderte sich einmal mehr über sein munteres, heiter gelassenes Wesen. Es war ihr beinahe unheimlich, und sie wartete bei jeder Begegnung auf eine seiner üblichen Launen. Aber er wurde nur verkniffen und böse, wenn von Lorenz die Rede war, oder er das Feld räumen mußte, weil Lorenz erwartet wurde.
Insgesamt blieb er fünf Tage in Wien, wohnte bei einer Witwe Eckstein in der Schönbrunner Straße, kaufte für die Tochter eine Puppe mit Porzellankopf und Schlafaugen sowie ein Schaukelpferd, und war jede freie Minute bei der Kleinen. Auch Anna, die Freundin, war als »Wochenbesuch« gekommen. Sie begegnete Reinhard, der sie erstaunt musterte. Aus der unscheinbaren kleinen Sattlerstochter war ein junges, damenhaftes Mädchen geworden, das zwar kaum lächelte, ihm aber trotzdem ihr Wohlwollen zeigte. Ob sie Bescheid wußte? Es kam ihm so vor, was Lieselott bei seinem nächsten Besuch auch bestätigte.

Nach Reinhards Abreise atmet Lieselott auf. Sie hat leichtes Fieber, das von Prof. Szapary mit gefurchter Stirn beobachtet wird. Sie fühlt sich auch nicht gut, ist sehr matt, ohne Appetit. Sie weiß, was der Professor befürchtet: Kindbettfieber. Auch sie hat Angst davor. Wenn sie sterben würde, was sollte aus ihrer kleinen Tochter werden? Sie will deswegen mit Lorenz sprechen, aber er sitzt mit so steifem Rücken und abweisendem Gesicht auf dem Stuhl neben ihrem Bett, daß sie es nicht wagt und nur nach seiner Hand faßt, um sie zu streicheln. Armer Lorenz.
»Ist sie nicht herzig?« fragt Lieselott schließlich zaghaft. Die Kleine soll Felizitas getauft werden, »Die Glückli-

che«. Lorenz wirft einen Blick auf das Kind im Korb neben Lieselotts Bett. Er kann »seine Tochter« kaum von anderen Wickelkindern der Station unterscheiden.
»Elischka macht sich ganz gut. Sie kocht recht passabel. Ich glaub', wir haben einen guten Griff getan. Deine Freundin Anna war auch gestern da und hat Elischka Anweisungen gegeben. Von Frau Zapletal soll ich dir Grüße bestellen. Sie hätte dich auch besucht, aber sie hat wieder Ischias. Alle aus dem Hinterhaus lassen dich grüßen.«
Und weiter berichtet Lorenz »Was es Neues gibt«: Gerlich, sein Freund und der Lieselotts, sei im Augenblick unpäßlich. Er trage sich mit dem Gedanken, den Dienst zu quittieren. Er habe Schwierigkeiten im Kameradenkreis. Die Redlaffäre spuke noch in den Köpfen. Gerlich mache sich große Sorgen um die Zukunft ...
In diesen Februartagen des Jahres 1914 ist die allgemeine Unsicherheit in den »allerhöchsten Kreisen« bis hinunter ins Volk tatsächlich groß. Mit Unbehagen lesen die Wiener ihre Zeitungen, in denen offen von »zwei Regierungen« geschrieben wird, der des greisen Kaisers Franz Joseph und der seines Neffen und Thronfolgers Franz Ferdinand im Belvedere. Das weiß zwar jeder, der sich für Politik interessiert, aber schwarz auf weiß gedruckt ist die Sache doch peinlich. Lieselott hört mit halbem Ohr zu. Sie liebt den alten Kaiser, seine Rechtschaffenheit, Disziplin und Weisheit. Sie ist überzeugt, daß es nicht der altersbedingte Starrsinn des Monarchen ist, der den hochfliegenden Plänen des Erzherzogs ein Hindernis ist, daß vielmehr Erfahrung und Weisheit das verhindern wollen, was Aufruhr oder gar Krieg zur Folge hätte.

Lorenz ist unter dem Einfluß von Gerlich immer mehr Franz-Ferdinand-Anhänger geworden, obgleich er auch Conrad von Hötzendorf, den Chef des Generalstabes schätzt, der häufig anderer Meinung als der Erzherzog Franz Ferdinand ist. Der möchte die ungarische Oligarchenherrschaft brechen, er fühlt sich nicht, wie der alte Kaiser, an den Ausgleich zwischen den beiden Ländern aus dem Jahr 1867 gebunden. Er hat einen Völkerverband im Sinn, in dem die slawischen Untertanen in einem Südslawenstaat als dritte im Bund gleichberechtigt wären. Er sieht darin ein Gegengewicht zu den selbstbewußten, immer nur fordernden Ungarn.
Lieselott sagt nachdenklich: »Haben die Slawen erst einen eigenen großen Staat, dann machen die sich von der Vormacht Österreichs frei.«
»Warum sollten sie? Wen sie alle Rechte haben, ist doch ein Bündnis mit uns nur ein Vorteil für sie.«
»Sie haben doch schon jetzt alle Rechte – die gleichen wie wir jedenfalls. Ich kenne die Tschechen – du doch auch. Sie wollen nicht nur die Rechte, sie wollen einfach die Macht.«
Lieselott ist lebhaft geworden. Ach, es ist ganz gut, Lorenz von den Familiensorgen abzulenken. Es gibt viele Familienväter, die nichts anderes als Versorger ihrer Familien sind – ansonsten ihren Leidenschaften nachgehen, und dabei durchaus zufrieden sind. Lorenz hat seinen Kameradenkreis, ist dort beliebt und politisch engagiert – es sollte so bleiben ...
Lorenz ist aufgeräumt. Nun da Reinhard fort ist, sticht auch der Stachel nicht mehr so schmerzhaft. Lieselott ist verständig, freundlich. Es besteht also keine Gefahr für das Fortbestehen ihrer Gemeinschaft. Schließlich

kommt es nur auf Lieselott an. Und da sagt er: »Jetzt haben wir also ein Kind. Und eines Tages haben wir vielleicht zwei. Wenn einmal das erste da ist, klappt es auch schnell mit einem zweiten. Meinst du nicht auch, Lieselott?« Seine Stimme schnarrt, wie immer wenn er erregt ist. Sie sieht ihn an. Er ist rot geworden und Lieselott spürt, wie wichtig ihm ihre Antwort ist. So sagt sie ruhig: »Davon hab ich auch schon gehört, Lorenz. Wollen wir es hoffen ...«
Mit diesem »Wollen wir es hoffen« – mit der Hoffnung also – geht er von ihr fort ...
In dieser Nacht steigt das Fieber. Lieselott spürt es, aber sie wehrt sich gegen die Krankheit. Sie wehrt sich neun Tage lang und besiegt sie schließlich. In diesen Tagen aber hat sie eines gelernt: Leben zu dürfen ist ein unsagbares Glück – alles andere ist dagegen klein und nichtig.

Das kleine Mädchen Felizitas, Fee genannt, entwickelt sich zu aller Zufriedenheit. Lorenz weiß mit ihr zwar nicht viel anzufangen, doch betrachtet er sie freundlich und mit Wohlwollen.
»Sie gerät dir nach, Lieselott«, sagt er befriedigt. Er ist weniger denn je zu Hause, und mit Leib und Seele bei der immer undurchsichtiger werdenden widersprüchlichen Politik der beiden »Regierungen«. Der alte Kaiser lebt nur noch in Schönbrunn, die Hofburg ist verwaist. Trotzdem setzt der Kaiser seine ihm noch zur Verfügung stehende Geduld und Energie dem verworrenen Willen seines Neffen entgegen.
Wieder ist Rosenzeit, und Lorenz bringt Lieselott einen großen Strauß hellroter Moosröschen, die sie besonders liebt.

Lorenz findet es richtig, mit Lieselott über das zu sprechen, was ihn bewegt. Sie ist durchaus befähigt, seinen Gedanken zu folgen, beweist klaren, praktischen Verstand, wenn Lorenz und Gerlich politisieren. Gerlich hat sein Abschiedsgesuch zurückgenommen, nachdem ihm versichert worden war, daß die Redlaffäre abgeschlossen sei. Nun ist er, wann immer es seine Zeit erlaubt, Felizitas' Betreuer. Die Kleine lächelt, wenn er sich über sie beugt und mit ihr schäkert, was Lorenz fast nie tut ...

Lorenz reicht Lieselott einen Zettel. Es ist die Abschrift eines Zeitungsausschnittes, einer in Chikago gedruckten serbischen Zeitung. Lieselott liest:

> ... *Der österreichische Thronfolger hat für das Frühjahr seinen Besuch in Sarajewo angesagt. Jeder Serbe möge sich das merken. Wenn der Thronfolger nach Bosnien will, bestreiten wir die Kosten ... Serben, ergreift alles, was ihr könnt, Messer, Gewehre, Bomben und Dynamit! Nehmt heilige Rache! Tod der Habsburger Dynastie, ewiges Angedenken jenen Helden, die gegen sie die Hände erheben!*

»Schrecklich! Weiß Franz Ferdinand von dem Artikel?« fragt Lieselott entsetzt.

»Man hat ihn gewarnt, zu den Manövern zu fahren. Er hat zu Oberst Dr. Bardolff gesagt: ›Unter einen Glassturz lasse ich mich nicht stellen. In Lebensgefahr sind wir immer. Man muß nur auf Gott vertrauen.‹ Wir haben nichts anderes erwartet.«

»Vielleicht sagte er das nur, um euch nicht zu enttäuschen? Warum hält ihn der Kaiser nicht zurück?«

»Er soll es versucht haben. Aber Franz Ferdinand hat abgelehnt.«

»Ja, weil er dem Kaiser auch imponieren will. Wenn ihm doch wenigstens seine Frau abraten würde! Er liebt sie doch. Auf sie würde er doch hören«, sagt Lieselott erregt.
»Vermutlich. Aber die Herzogin von Hohenberg bestärkt ihn eher noch, das Manöver zu besuchen, immerhin wird sie mitfahren.«
Lieselott denkt: »Ihr Ehrgeiz und ihre Sucht nach Anerkennung sind stärker als alles andere.« Doch sie sagt nichts. Sie weiß, daß Lorenz die Herzogin mag.
In Lieselotts Kleidtasche knistert ein Brief, ein Brief von Reinhard. Sie hat ihn noch nicht lesen können, ist deshalb froh, als Gerlich eintritt und Lorenz' Gesprächspartner wird. Eilig verschwindet sie in ihrem Boudoir.
Reinhard ist zum Glück im Schönberger Krankenhaus so angehängt, daß er keine Zeit zu einer Wienreise hat, aber er schreibt ihr beschwörende Briefe. Er weiß wie Lorenz, daß es nur auf Lieselott ankommt, auf ihre Entscheidung ...
Sie öffnet den Brief. Drei eng beschriebene Blätter hat sie nun in der Hand. Ein Briefblatt enthält die Schriftzüge des Vaters. Sie greift zuerst nach ihm. Clemens Weiguny schreibt:

> Liebe Lieselott! Du wirst dir denken können, daß mich Reinhards Eröffnung getroffen hat. Dann habe ich mir überlegt, daß ich nicht euer Richter bin.

Lieselott stockt, nimmt Reinhards Brief auf, liest:

> Lieserl, Deine Ausflüchte haben mich mehr als beunruhigt. Was soll Papa denken, daß Du ihm sein Enkelkind so lange vorenthältst? Ich habe ihm also die Wahrheit gesagt und dabei Dein Einverständnis vorausgesetzt. Ich nehme an, es ist Dir recht.

Lieselott zerknüllt das Blatt zwischen ihren Fingern. Tränen der Wut steigen ihr in die Augen. Reinhard hat also gewagt, ohne ihr Zustimmung gewagt, ihr Geheimnis preiszugeben! »Großer Gott, wie soll das dann weitergehn? Was wird Lorenz dazu sagen?«
Langsam ebben Zorn und Enttäuschung ab, sie greift wieder nach dem Brief des Vaters.

> ... es ist nun einmal geschehen und ich möchte Dir ausdrücklich sagen, daß ich Dir trotzdem danke, weil Du mich zum Großpapa gemacht hast. In jeder Stadt gibt es einen Engelmacher – Du aber hast mein Enkelkind unter schwierigen Umständen zur Welt gebracht, es hat Dich beinahe das Leben gekostet. Ich küsse deshalb Deine Hände in Dankbarkeit ...

Lieselott liest den Brief zu Ende. Clemens Weiguny bittet sie, mit dem Kind auf Besuch zu kommen, Wawra habe bereits die Wiege vom Boden geholt, sie frisch gestrichen, und er, der Großpapa, habe einen Kinderwagen bestellt, »aus Korbgeflecht mit einem gefütterten Lederdach ...«
Zwei Türen weiter ist Lorenz' Stimme zu hören. Er ist erregt – sicher geht es wieder um die leidige Politik. Lorenz hat mit seiner Beförderung gerechnet und sie ist ausgeblieben. Er glaubt nun, seine positive Einstellung dem Thronfolger gegenüber sei der Grund. Seine Vorgesetzten sind konservativ kaisertreu, zufällig – denn immerhin ist der Erzherzog Generalinspekteur aller Streitkräfte ...
»Ach, was geht mich das alles an«, denkt Lieselott. Wieder treten Tränen in ihre Augen. Sie ist ratlos, voll Unruhe und deprimiert. Ihr kommt zu Bewußtsein, daß sie

niemanden hat, um sich auszusprechen. Doch, jemand ist da, Anna Drösel, ihre Freundin seit den Kindertagen. Anna war durch ihre, Lieselotts, Vermittlung im Salon von Madame Fleur eingestellt worden. Madame Fleur, deren Kundin Lieselott schon seit Jahren war, bekundete immer wieder ihre Zufriedenheit mit der kleinen Modistin aus der nordmährischen Provinz. Anna selbst klagt Lieselott gegenüber des öfteren ihr Leid – man mache ihr von seiten der anderen Angestellten das Leben im Geschäft schwer.
Zu Anna wird sie gehen, sofort. Sie ist verständig und aufrichtig und Lieselott sehr zugetan ...

Das Mädchen und die junge Frau saßen auf einer Bank im Grünen. Der Flieder duftete, Spatzen balgten sich im Sand, ein dralles Mädchen in bunter hannakischer Tracht schob einen hohen Kinderwagen, zwei Studenten mit bunten Mützen grinsten Anna und Lieselott verwegen in die ernsten Gesichter und schwenkten die Mützen vor ihnen.
»Die haben gut lachen«, seufzte Lieselott. Ihr war ein wenig leichter ums Herz.
Anna streichelte ihre Hand, die im Schoß lag. Leise sagte sie: »Was soll ich dazu sagen, Liesel? Du mußt dich für den entscheiden, den du lieber hast.«
»Das ist es ja. Aber hab ich denn dazu ein Recht? Soll ich Lorenz noch mehr weh tun, indem ich ihn verlasse? Darf man denn das?«
»Das mußt du entscheiden. Aber du solltest auch an das Kind denken. Soll es ohne Vater aufwachsen?«
»Es hätte seinen Onkel. Reinhard könnte doch zufrieden sein, so wie es ist. Und da geht er hin und spricht mit

Papa, verrät mich, ohne mich vorher zu fragen. Warum denn, Anna, zum Donnerwetter? Er ist ein schrecklicher Egoist.«
»Ich glaube, in der Liebe sind wir alle Egoisten«, erwiderte die junge Anna nachdenklich und weise. Auch sie war in eine Liebe verstrickt, die ihr Probleme bereitete. Ihre Zuneigung galt einem netten, jungen, sympathischen Burschen, ihre wirkliche Liebe aber einem verheirateten Mann, den sie verehrte, und der ihr ebensolche Verehrung entgegenbrachte. Auch über Annas junges Leben breiteten sich Schatten ... Sie setzte fort: »So wie ich Reinhard kenne, wird er weiter sein Ziel verfolgen. Ihm ist ein Skandal, glaube ich, egal. Du müßtest dich mit ihm im Guten einigen. Weißt du, Lieselott, irgendwie wirst du dich bald entscheiden müssen.«
»Wenn ich mich für Reinhard entscheide, geht alles kaputt. Lorenz würde sich das nicht bieten lassen – ich glaube, er würde Reini sogar fordern. Einmal hab' ich das verhindern können, aber ob ich das ein zweites Mal schaffen würde? Ach Anna!«
Lieselott starrte vor sich hin. Es war jetzt hier so leise, daß man den Springbrunnen plätschern und im Gezweig der hohen, breiten Kastanie einen Vogel zwitschern hörte. Die Welt war so hell und schön ...
»Es tut mir leid, Liesel, daß ich dir nicht mehr helfen kann. Aber das Beste wäre, glaube mir, wenn du dich mit Reinhard aussprechen würdest, meinst du nicht?«
»Ich soll also nach Schönberg fahren?«
»Ich glaube ja. Damit könntest du verhindern, daß Reinhard auch noch Lorenz schreibt und verlangt, daß Lorenz dich freigibt.«
Lieselott schien dieser Rat schließlich doch gut. Sie

eröffnete Lorenz die Absicht, mit der kleinen Fee auf eine Woche nach Schönberg zu fahren: »Papa hat mich so darum gebeten. Und er ist ja kränklich, das weißt du doch ...«
»Hm, erinnere mich nicht an die Komödie vor einem Jahr. Damals fing alles an«, schnarrte Lorenz.
»Soll ich hier bleiben? Ich fahre nicht gern. Es ist für mich nur eine Pflicht, Lorenz.«
Man einigte sich schließlich doch. Elischka würde weiterhin für den Herrn Hauptmann sorgen, Lieselott nur bis Schönberg begleiten und dann wieder zurück nach Wien fahren ...

Reinhard stand auf dem Schönberger Bahnhof, als Lieselott mit Kind und Dienstmädchen ankam. Er hob Lieselott vom Trittbrett, küßte sie vor allen Leuten, was ihm ein gezischtes »Was fällt dir ein, Reinhard!« eintrug, nahm dann Elischka Fee im Wickelkissen aus dem Arm und sagte: »Das Automobil wartet, Schwägerin, darf ich bitten?« Damit bugsierte er Lieselott und Elischka mit Kind in den Fond des Autos, setzte sich ans Lenkrad, nachdem er den Motor mit einer großen Kurbel in Bewegung gesetzt hatte, und schon knatterte das Ding los.
»Ist es dein Automobil?« fragte Lieselott schließlich.
»Nur, wenn es dir Spaß macht. Dies hier ist eine Probefahrt, weißt du. Es gibt Frauen, denen wird es schlecht beim Autofahren. Also müssen wir das erst ausprobieren.«
»Was tut denn das zur Sache, ob mir schlecht wird oder nicht? Ich bin in Wien, und werde mich von dir höchstens während der Sommerfrische ein bißchen herumkutschieren lassen.«

»Soso«, war Reinhards lakonische Antwort.
Wawra stand vor dem großen Haustor in seinem Lüsterrock, mit seinem mageren zerfurchten Gesicht, das jetzt rot vor Freude und Erwartung war. Er blickte auf das Wickelkissen in Elischkas Armen, trat herzu, noch bevor er Lieselott ehrerbietig begrüßte, und sagte schnell: »Was für a schenes Kind! A wunderschenes Kind, Herr Doktor, ist es. Und es lacht ja schon. Eijeijei, du herziges Putzerl –«, und er hielt der Kleinen eine rotblaugeringelte Kinderklapper entgegen.
Von oben klang es: »He, kommt ihr denn überhaupt nicht mehr zu mir alten Mann?« Da beeilte sich Lieselott, zwei Stufen auf einmal nehmend, den ungeduldigen Großpapa zu umarmen. Er tat es flüchtig. Auch sein Hauptinteresse galt der kleinen Fee im rosa Häubchen, von Spitzen umrüscht.
»Sie hebt ja schon den Kopf, und wie!« rief Clemens Weiguny entzückt. Das Kind blieb der Mittelpunkt in den nun folgenden Tagen. Das nahm der peinlichen Situation, in der sich die Bewohner des Hauses Weiguny befanden, alle Schärfe und Brisanz.
Reinhard hatte drei freie Tage. Er war immer in der Nähe der kleinen Fee. Nie hätte Lieselott für möglich gehalten, daß Reinhard ein so zärtlicher Vater sein könnte. Einmal überraschte sie ihn vor dem aufgeschnürten Wickelkissen, Fees stramme Beinchen hochhebend, und an den Windeln hantierend. »Sie ist klatschnaß«, sagte er vorwurfsvoll. »Schau nur!«
»Sie wird noch öfter klatschnaß sein, Reinhard«, lächelte Lieselott beinahe gerührt.
»Ja, natürlich. Aber je öfter du die Windeln wechselst, desto besser für das Kind.« Und nun hielt Reinhard Lie-

selott einen Vortrag, wie sie bei seiner Tochter das Wundwerden verhindern könnte. Sie hörte zu, sagte nachher in bestimmten Ton:

»Jetzt überlassen wir Fee der Franzi. Ich muß mit dir sprechen, Reinhard.«

»Ja, das mußt du, mein Mädchen. Also komm.«

Sie gingen in die Gartenlaube. Der Jasmin duftete wie vor einem Jahr ...

Lieselott wappnete sich mit ärgerlicher Energie: »Was du gemacht hast, Reinhard, das war unverantwortlich. Wie konntest du Papa mit unseren Angelegenheiten behelligen! Er sieht schlechter aus, als zu Weihnachten. Ich –«

»Schiebe nicht Papa vor. Ich merke aus deinem Benehmen, daß du dich nicht scheiden lassen willst. Ist es so?«

»Ja.«

»Du willst also, aus Angst vor einem Skandal, deine Scheinehe aufrechterhalten. Du willst Fee – als Bankert aufwachsen lassen, willst unser Kind in der Lüge großziehen. Lieselott, du enttäuschst mich tief. Du bist feige, mein Mädchen, ein ganz und gar spießbügerliches Frauenzimmer bist du, und ich dachte – na, egal, was ich dachte. Aber glaube nicht, daß ich so schnell aufgebe. Es geht gar nicht um dich, du Schöne, es geht nur um meine kleine, unschuldige Tochter. Sie soll alles Kinderglück auf Erden haben. Das schwöre ich dir, Lieselott, du Rabenmutter!«

Reinhard sagte dies alles, ohne die Stimme auch nur im geringsten zu erheben.

Lieselott war jedweder Wind aus den Segeln genommen. Sie hatte einen bittenden, bettelnden Reinhard erwartet, Worte erwartet, wie er sie ihr schrieb, zärtliche, beschwörende Worte. Und jetzt? Er beschimpfte sie mit kühler Stimme, ohne Leidenschaft, ohne Erregung – das aber schien ihr beleidigender als eine temperamentvolle, wuterfüllte Szene. Sie sagte, während sie aufstand und den Rock glattstrich: »Ein feiges spießbürgerliches Frauenzimmer? Eine Rabenmutter? Du mußt es ja wissen.« Sie ging aus der kühlen Laube hinaus in die frühsommerliche Gartenlandschaft. Er sah ihr aus dem Schatten nach, wie sie umstrahlt von der flirrenden Mittagssonne rasch davonging, und kam sich elend, ausgestoßen und sehr verlassen vor.

Am Abend dieses Tages sagte Clemens Weiguny: »Ihr habt noch nicht ein einziges Mal Klavier gespielt, ihr zwei.«

»Mit Rücksicht auf dich, Papa«, erwiderte Reinhard und hob den Kopf von der Zeitung. »Du bist doch allergisch gegen Klavierspiel.«

»Warum nehmt ihr nur alles so tierisch ernst, was ich so sage? Manches, was ihr spielt, gefällt mir gut, beispielsweise das Mendelssohnstück – wie heißt es?«

»Allegro brillant«, sagte Reinhard. Er mochte die Komposition nicht besonders, er empfand sie als zu oberflächlich, nichts als einen »Ohrenschmaus«, konnte sich aber vorstellen, daß gerade dieses Stück dem Vater gefallen mochte. Und auch Wawra kam aus der Küche und lauschte andächtig, als Lieselott und Reinhard spielten. Lieselott so widerwillig, daß Reinhard zum Schluß seine Hand fest auf die ihre legte, sie hart umfaßte und flüsterte: »Nimm dich zusammen, Lieserl. Es müssen nicht alle merken, wie bös du mir bist.«

»Das können sie ruhig«, zischte sie zurück und entzog ihm ihre Hand. »Du Heuchler!«

»Ich heuchle keine Zuneigung, ich empfinde sie, Lieselott. Nach wie vor natürlich.« Und er intonierte den Liebeslieder-Walzer von Brahms. Doch Lieselott stand auf und setzte sich in den Sessel neben Papa Weiguny.
»Ihr habt euch doch nicht etwa gezankt?« fragte er unbehaglich. Seine leichte Schwerhörigkeit hatte sich verstärkt.
»Ein bißchen, Papa.«
Reinhards Liebeslieder-Walzer klang dünn und unvollständig, weil Lieselotts Hände fehlten, aber er spielte weiter.
Clemens Weiguny sagte: »Das Beste zwischen Liebesleuten ist die Versöhnung nach einem Streit, Lieselott.«
»Noch besser ist es, einfach nicht zu streiten, Papa!«
»Das bringen nur Engel fertig.« Clemens' Stimme klang müde und nachdenklich, und Lieselott erinnerte sich an die vielen Szenen hier im Haus, als Stefanie noch lebte. Heute war der alte Herr fast »ein Engel«, vermied jede Unstimmigkeit, sogar über die leidige Politik erregte er sich nicht mehr wie einst. Er vermißte Lorenz und sagte es auch. »Aber es ist vielleicht besser so. Der Bruderzwist im Haus Weiguny scheint unser Schicksal zu bleiben ...«
Lieselott spürte die unruhige Sorge des Alten um den Bestand der Familie. Aber sie konnte ihm nicht helfen, war selbst ratlos. Der einzige, der genau wußte, was er wollte, war Reinhard. Ob er mit dem Vater über seinen eisernen Willen, Lieselott zur Scheidung zu überreden, wohl gesprochen hatte? Sie fürchtete es, denn der Vater sagte in diesem Augenblick: »Ein Kind sollte in klaren Verhältnissen aufwachsen ...« Lieselott hätte gern erwidert: »Und Lorenz? Zählt er überhaupt nicht mehr für

euch?« Aber sie erwiderte nichts, stand auf und ging ins Nebenzimmer, in dem die kleine Fee schlief.
Auch im Weigunyschen Haus war im Frühjahr elektrisches Licht gelegt worden. Eine Glühbirne unter einem sanftrötlichen Schirm verbreitete mattes Licht. Die Vorhänge an der alten Wiege waren zum Schutz gegen Fliegen zugezogen. Die Kleine schlief tief und ruhig – ein Bild des Friedens ...
Da war Reinhards Stimme neben ihr: »Spürst du nicht, wie sie uns braucht?« Er hatte die Hand an den Baldachin gelegt, besitzergreifend wie es Lieselott schien.
»Sie braucht mich, mich allein«, sagte sie hart.
»Und du? Wen brauchst du? Einen Ehemann wie Lorenz? Der sich mit Ballettratten und kleinen Dienstmädchen trösten und an dir rächen wird? Du brauchst mich, wie ich dich brauche. Warum gibst du das nicht zu?«
»Weil es einfach nicht nur um uns drei, um dich und mich und Fee geht, weil noch jemand da ist, ein Geschädigter.«
»Großer Gott, mir kommen die Tränen vor Rührung. Lorenz ist Soldat und kein zimperliches Frauenzimmer. Bilde dir doch nicht ein, daß er ohne dich nicht leben könnte. Schließlich ist er mein Bruder und ich kenne ihn, meine Liebe, sehr genau kenne ich ihn. Ich möchte nicht wissen, was er jetzt in diesem Augenblick tut. Jedenfalls ist ihm ›Die rote Laterne‹ nicht nur von außen bekannt. Und das weißt auch du. Warum zum Teufel steckst du den Kopf in den Sand? Es könnte doch alles ganz einfach sein. Bleibe hier, Lieselott, bleib einfach hier. Laß mich mit ihm reden. Vielleicht erschießt er mich, dann ist für dich der Fall sowieso klar, hm?«
»Dummkopf! Du kommst dir sehr gescheit vor, gelt?

Lorenz war schon einmal drauf und dran, das zu tun, was du so lächerlich findest, dich zu fordern. Ich –«

»Im Ernst? Flunkerst du auch nicht, Mädchen? Und warum unterließ er es?«

»Weil ich ihm sagte, daß ich dich verführt hätte.«

»Was hast du ihm gesagt? Daß du mich –«

»Verführt habe. Ja.«

»Oh, Lieselott! Jetzt erkenne ich dich wieder.« Reinhard nahm die Hand vom Baldachin, umfaßte Lieselott. »Ich liebe dich. Und ich widerrufe meine Beschimpfung von heute mittag: Du bist kein feiges, spießbürgerliches Frauenzimmer, du bist Lieselott, die ich liebe. Aber bitte, wehr dich doch nicht so. Versuch nicht so eigensinnig, den falschen Weg zu gehen ...«

Lieselott lag die halbe Nacht wach. Die warme Juniluft flutete ins Zimmer und von irgendwoher kam Heuduft, den sie so liebte. Jene Stunde im Heu in der Scheune auf dem Taubenberg ... wie lange her schien das zu sein und lag doch nur ein Jahr zurück. Der falsche Weg, der falsche Weg. War es der falsche, wenn sie bei Lorenz blieb? War es wenigstens der einfachere?

Sie träumte später von einem dunklen Wasser, an dessen Ufer sie stand und einen Kahn heranwinkte. In dem Kahn stand Reinhard, doch als das Boot näherkam, war es Lorenz, der zurückwinkte. Und die Freude erlosch und das Herz tat ihr weh ...

Am nächsten Morgen kam ein Anruf von Lorenz. Er war aufgeregt und bat Lieselott, sofort nach Wien zurückzukommen, er sei versetzt worden.

»Versetzt? Was heißt das? Lorenz, ich verstehe nicht recht.«

»Ich bin nach Lemberg versetzt worden.«
»Nach Galizien? Du lieber Himmel, wieso das?«
»Das kann ich dir am Telefon nicht erklären. Wir sehen uns also heute abend, ja? Elischka ist schon unterwegs, dich abzuholen. Es tut mir leid, aber das ist nun einmal nicht zu ändern, meine Liebe. Ich bin Soldat und Befehl ist Befehl.«
Lieselott packte in großer Hast. Ihr Zug ging um elf. Um zehn würde Elischka da sein.
Reinhard sagte, als er von der Versetzung Lorenz' erfuhr, grimmig: »Das ist echt Lorenz, das sieht ihm ähnlich.«
»Aber er kann doch nichts dafür«, widersprach Lieselott.
»Hast du eine Ahnung! Er hat sich versetzen lassen, in die hinterste, finsterste Provinz, damit du drei Tage brauchst, um hierher zu kommen. Zum Donnerwetter, warum parierst du wie ein Hündchen, dem der Herr pfeift? Laß ihn doch fahren. Kein Mensch kann dich zwingen, nach Galizien zu gehen.«
»Unsinn«, erwiderte Lieselott, »natürlich begleite ich ihn. Und Lemberg ist doch nicht der Balkan. Lemberg soll eine sehr schöne Stadt sein.«
Doch der Keim des Mißtrauens war gelegt. Sie fragte Gerlich nach der Rückkehr, wie es zu dieser Versetzung, »das sieht doch nach Strafversetzung aus«, kommen konnte. Gerlich versicherte ihr, daß Lemberg durchaus annehmbar sei.
»Das Leben dort ist – fast möchte ich sagen familiärer, gemütlicher. Die Offiziersfamilien halten zusammen, es gibt ein Theater, Konzerte, Geselligkeiten – alles natürlich in kleinstem Rahmen, aber eben desto gemütlicher.«

»Und was meinst du, ist der wahre Grund, daß Lorenz versetzt wurde?«
Gerlich zuckte die Achseln. »Ich weiß es nicht. Lorenz ist zwar bei Oberst Schwarzenau nicht sehr beliebt – es könnte sein, daß er hinter der Versetzung steckt. Aber wie gesagt, ich weiß es nicht.«
Der einzige, der es wußte, war Lorenz. Doch der schwieg …

10. Kapitel

Galizien – Noch ist Polen nicht verloren?

Lemberg war eine Garnisonsstadt wie viele andere in der k. u. k. Monarchie auch. Doch war der östliche Einfluß unverkennbarer als anderswo. Die Bevölkerung sprach polnisch, doch jeder verstand auch so viel Deutsch, daß er sich gut verständigen konnte. Die Kasernen waren gut, nur ihre Umgebung wirkte schmutziger und trister als zum Beispiel in Schönberg.

Die Wohnung Hauptmann Weigunys war größer als die in Wien, eine Dienstwohnung mit Fenstern nach dem Süden, zwar kleinen, aber dafür mit der Aussicht ins Grüne.

Es wohnte noch ein Kamerad mit seiner Familie im Haus, Hauptmann Scherauer. Seine Frau war Wienerin, und das verband Lieselott mit ihr. Sie schien lebenslustig, mitteilsam, großzügig.

»Es wird Ihnen bei uns gefallen«, meinte Zissi Scherauer. »Nur politisch muß man sich hier heraushalten.«

»Warum? Ist es hier anders als in Wien?«

Zissi Scherauer dozierte: »Sehen Sie, meine Liebe, hier wohnen nicht nur Polen, es wohnen hier auch Ukrainer und Juden, also vier Volksgruppen. Wir Deutschen, ich meine die einheimischen Deutschen, kamen durch Kaiser Josef II. als Siedler hierher. Die Polen sahen uns als Eindringlinge an und das ist bis heute so geblieben – von Ausnahmen abgesehen. Die Kolonisten waren sehr fleißig, sie wollten ja bald zu Wohlstand und Ansehen kommen – das aber weckte den Neid der Einheimischen. Mit den Ukrainern und Juden kamen die Kolonisten gut aus. Aber beide vertragen sich auch nicht mit den Polen.«

»Das kann ja gut werden«, seufzte Lieselott.

»Ich wollte Sie nicht erschrecken. Aber es ist besser, wenn Sie wissen, daß wir Offiziersfrauen hier nicht gerade beliebt sind. Doch es gibt auch sehr deutschfreundliche Polen. Die meisten sind einfach verhetzt, und manches ist sogar verständlich. Schließlich sind sie österreichische Untertanen, und wenn ihnen das auch nur Vorteile einbringt – durch den blühenden Handel in der großen Monarchie –, so sind sie doch von einem ungeheuren Freiheitsdrang beseelt, der sie in jedem Österreicher einen Feind wittern läßt. Erzherzog Franz Ferdinand müßte mal hier in Garnison liegen, dann würde er vielleicht anders über sein ›Slawenreich‹ reden! Ist Ihr Gatte auch slawophil eingestellt? Es kommen meist nur solche Herren hierher. Sozusagen zum Auskurieren. Am grünen Tisch zu Wien kann man leicht der Polenschwärmerei frönen, glutvolle Gedichte über den Freiheitsdrang der Polen schreiben, so wie Nikolaus Lenau in seinen ›Polenliedern‹, aber die Wirklichkeit ist anders. Warten Sie, ich zeige Ihnen ein Zeitungsblatt.« Zissi erhob sich vom Kaffeetisch und holte eine Zeitung aus der Schublade des Schreibtisches. »Es ist die ›Gazeta Kolomyiska‹ vom 17. September 1910.«

Und Lieselott las den Artikel in der Übersetzung:

Rosegger, der als Dichter ganz unbekannt, aber als alldeutscher Hetzer berühmt ist, fordert die Deutschen auf, eine Sammlung zum Schutz der deutschen Privatschulen an der Sprachgrenze einzuleiten. So wurde wieder eine deutsche Schule hier bei uns eingeweiht. Sie ist eine chinesische Mauer, die die Deutschen zwischen sich und uns bauen – sie wollen nämlich ihre Kinder keine Polen werden lassen …

»Was?« fragte Lieselott, aufs höchste erstaunt. »Will man hier, daß meine Tochter zum Beispiel eine Polin wird?«

»Ja. Und sie ärgern sich, ich meine die Polen hier, daß die deutschen Einwanderer immer noch deutsch reden und ihre Kinder deutsch erziehen. Galizien den Polen, das ist halt ihre Parole. Dabei ist nur knapp die Hälfte der hiesigen Bevölkerung polnisch, vierzig Prozent sind Ukrainer, der Rest Juden und Kolonisten.«

Lieselott wunderte sich über Zissi Scherauers Kenntnisse.

»Ach, wir haben unter den Kolonisten Freunde, es gibt auch ukrainische Familien, die gern mit uns verkehren. Sie werden sehen, es lebt sich hier gut.«

Lieselott unterhielt sich auch mit Lorenz über das Gespräch mit Zissi Scherauer.

»Ich wußte nicht, daß es hier vier Völker gibt, die sich so wenig vertragen. Warum sind die Polen eigentlich so aggresiv? Ich meine, sie streiten sich offenbar nicht nur mit uns Deutschen, mit den ehemaligen Kolonisten, sondern auch mit den Ukrainern und Juden. Sind sie von Natur aus so wenig verträglich?«

Lorenz strich über sein Bärtchen wie immer, wenn er zu dozieren gedachte. Diesen Trieb, andere zu belehren, hatte er wohl vom alten Weiguny geerbt. Auch Reinhard neigte dazu.

»Weißt du, um die Mentalität eines Volkes zu begreifen,

muß man immer in die Tiefe schürfen, in die Herkunft und Geschichte eines Volkes. Tut man das nicht, kommt man eben zu so verallgemeinernden Urteilen, daß die Polen aggressiv, unversöhnlich, nachtragend, überheblich seien. Genau das wirft man auch uns Deutschen vor, zumindest den Preußen. No, und uns Österreichern mit unserer angeblichen Schlamperei, Gleichgültigkeit und dekadenten Faulheit geht's ja in der Beziehung auch nicht besser. Wenn du an die Franzosen denkst –«

»Warum kommt er nur immer vom Hundertsten ins Tausendste?« dachte Lieselott ungeduldig. »Aber du wolltest von den Polen sprechen«, warf sie schnell ein.

»Natürlich. Aber es ist von Vorteil, wenn man Parallelen zieht. Also der Gründer des ersten Polenstaates entstammte den Piasten und lebte um 960 nach Christi. Er wurde deutscher Lehensherr. Sein Sohn, Boleslaw I., eroberte die Lausitz, Mähren, Pommern und einen Teil Rußlands. Ein großes Reich entstand, das aber durch die Teilung unter Boleslaws Söhnen und Enkeln an Macht verlor. Immerhin, um die Jahrtausendwende war das polnische Reich – heute würde man sagen – fast eine Weltmacht. Der preußische Stauferkaiser Friedrich I. gliederte Schlesien in sein Reich, ebenso Pommern. Im Kampf gegen die Preußen rief der polnische Herzog Konrad Masovien den Deutschen Ritterorden ins Land der Polen, der das gesamte preußische Land entlang der Küste eroberte. Du siehst, Lieselott, daß Polen mit dem Deutschtum seit vielen Jahrhunderten verknüpft ist. Den Deutschen Ritterorden, als einstigen Retter vor den Preußen, begann man bald zu hassen und zu bekämpfen. Die Jagellonen kamen auf den polnischen Thron.

Sie waren Litauer. Dadurch kam das Großlitauische Reich zustande mit Galizien, Wolhynien, Weißrußland und der Ukraine. Mit dieser Übermacht wurde der Deutsche Ritterorden, der dem Land einst ein blühendes, abendländisches Gemeinwesen gebracht hatte – alle Städtegründungen waren nach deutschem Muster erfolgt, natürlich mit Billigung der polnischen Landesherren –, bei der Schlacht von Tannenberg besiegt. Das ist der Fluch der Macht. 1561 kam auch Livland an Polen und das deutsche Herzogtum Kurland wurde ein polnisches Lehen. Doch der Abstieg dieser emporgekommenen Macht war unabwendbar. Nach dem Aussterben der Jagellonen kamen schwache Wahlkönige auf den polnischen Thron, so ging es immer mehr bergab mit der einstigen Großmacht Polen. Es kam zu den drei Teilungen des Reiches. Der größte Teil gelangte an Rußland, Galizien und Kleinpolen an Österreich. Napoleon errichtete das Herzogtum Warschau unter dem König von Sachsen. Polen als Staat existierte nicht mehr. Daß die Polen darüber verbittert sind, vor allem der Adel, muß man aus dieser Sicht sehen. Sie erträumen sich wieder ein eigenes Reich. Ihre Hoffnung ist ein Krieg.«
»Warum?«
»Es ist längst bekannt, daß die Polen, wenn wir einen eventuellen Krieg verlieren, wieder ihr Königreich aufrichten wollen. ›Noch ist Polen nicht verloren‹, du kennst ja ihr Trutzlied.«
Ja, Lieselott kannte es inzwischen. Wo immer Polen beisammen waren, wurde es gesungen oder gepfiffen ...

Lieselott und Lorenz traten dem deutschen Verein »Frohsinn« bei, und wurden erfreut willkommen ge-

heißen. Viele Mitglieder waren Angehörige der hier stationierten Offiziersfamilien. Das Programm waren Konzertabende, Theateraufführungen, Vorträge, Lieder- und Tanzkränzchen, Wohltätigkeitsbasare, Ausflüge und Schlittenpartien – kurz, traditionelles Kulturleben wie in allen österreichischen Städten.
Lorenz war wie umgewandelt. Er fühlte sich im Offizierskasino bald so zu Hause wie in Wien. »Es war richtig«, dachte er, »daß ich mich hierher versetzen ließ. Lieselott ist auch verändert, abgelenkt durch all die neuen Eindrücke.« Gerlich freilich vermißte er. Natürlich merkte er, daß fast alle seine Kameraden und Vorgesetzten auf Franz Ferdinand nicht sonderlich gut zu sprechen waren. Auch hier kannte man das böse Wort Franz Ferdinands:

> *Wenn ich Armeeoberkommandierender werde, dann mache ich, was ich will. Wehe, wenn jemand etwas anderes tut. Die lasse ich alle füsilieren.*

Lorenz hielt sich in seinen Äußerungen zurück. Desto öfter politisierte er mit seiner Frau. Lieselott war dem Thronfolgerpaar nicht sehr hold. Sie war der naiven Meinung, daß Franz Ferdinand erst gar nicht die Thronfolge hätte antreten dürfen, wenn er so aus der Reihe zu tanzen gedachte. Er hatte sich mit dem kaiserlichen Onkel noch nie sonderlich gut verstanden. Vielleicht war da auch der Einfluß seiner Stiefmutter, einer Tochter des Königs von Portugal, schuld, die den österreichischen Kaiser Franz Joseph nicht mochte. Doch auch seine Freundschaft mit einem entfernten Vetter, Erzherzog Leopold Ferdinand, dem späteren »Ketzer« Leopold Wölfing, der wenig gute Haare an seiner kaiserlichen Verwandtschaft ließ, mochte eine Rolle spielen.

Jedenfalls wäre es den Wienern lieber gewesen, wenn Franz Ferdinands Bruder Otto Thronfolger geworden wäre. Aber Franz Ferdinand bestand auf seinen Rechten. Auch dann noch, als seine Liebe zu der nicht ebenbürtigen Hofdame Sophie Chotek, die aus altem tschechischem Adel stammte, dem Kaiser schlaflose Nächte und dem Neffen Streitsucht und Rechthaberei einbrachten.
Lieselott war der Meinung, Franz Ferdinand hätte zurücktreten müssen, um seinem Bruder Otto den Vorrang zu lassen. Sie sagte zu Lorenz: »Man kann nicht alles haben, Reichtum, Ruhm und Glück, das ist zu viel. Als ob Franz Ferdinand nicht der immense Reichtum und seine Liebe zu Sophie genügen könnte! Er ist ein Ehrgeizling reinsten Wassers.«
Lorenz konterte: »Er ist ein hervorragender Soldat, ein Offizier ohne Furcht und Tadel, ein kluger Kopf. Wenn einer die Monarchie zu retten vermag, dann er.«
»Was gibt es hier zu retten? Es geht uns allen, es geht dem Volk doch gut. Wir sind seit zwei Generationen vom Krieg verschont geblieben – schon deshalb halte ich Kaiser Franz Joseph für groß – für weit größer als Franz Ferdinand.«
Lorenz ließ sich nicht irre machen. Er erzählte Lieselott von einem Vorfall vor neun Jahren: Franz Ferdinand war in Budweis zu Gast, als ein Gefreiter zu Grabe getragen werden sollte, ohne die übliche Militärmusik, denn die Kapelle hatte anderwärts aufzuspielen. Die Angehörigen empfanden das als Kränkung und der Erzherzog erfuhr davon. Er ritt sofort in den Kasernenhof, teilte die Regimentskapelle, und befahl, daß der eine Teil der Musiker den Toten zur letzten Ruhe zu geleiten habe.

Den Regimentskommandeur aber fuhr er wütend an: »Sehen Sie, so macht man das. Den armen Gefreiten ohne Musik zur letzten Ruhe heimgehen lassen, lediglich um ein paar Bläser mehr zum Bauernball zu schikken! Das ist Infamie!«
Lieselott wußte, daß der Erzherzog leidenschaftliche Anhänger hatte, Leute, die durch ihn eine Neuordnung der angeblich morschen Monarchie erhofften. Aber selbst seine Anhängerschaft war gespalten. Ein Teil der Serben nahm ihm sogar übel, daß er sie unter die an der Regierung beteiligten Herrscherländer einbeziehen wollte. Diese Serben waren nach dem noch selbständigen Königreich Serbien orientiert und lehnten deshalb den sogenannten »Trialismus« (Machteinfluß der Slawen in gleicher Weise wie der der Ungarn in der k. u. k. Monarchie) ab. Sie fürchteten die Spaltung ihres Volkes, wünschten es als Gesamtheit in ihr eigenes Königreich einzubeziehen. Diese Slawen aber waren des »slawophilen« Thronfolgers Erzfeinde …

Lieselott wird durch die neuen Lebensumstände von ihrem eigenen Problem abgelenkt. Die kleine Fee ist fast ständig in ihrer Nähe. Das gesellschaftliche Korsett ist hier lockerer: Lieselott schiebt den Kinderwagen selbst durch die Gassen der Stadt (in Wien hatte das Elischka tun müssen, einen Schritt hinter ihr). Zissi begleitet sie oft. Ihr Mann August sitzt derweil mit Lorenz im Kasino. Lorenz vermißt Gerlich sehr, war er doch sein einziger wirklicher Freund. August Scherauer ist leider kein echter Ersatz für Gerlich. Der schreibt eifrig, was es Neues in Wien gibt, berichtet aus dem politischen Cercle, dem Lorenz angehört hat:

... es ist also beschlossen, daß der Erzherzog nach Bosnien ins Manöver reist. Die Herzogin wird ihn begleiten, wie nicht anders zu erwarten war. Heute ist er abgefahren, zunächst allein. Paul Nikitsch war am Bahnhof zur Entgegennahme verschiedener Befehle. Er hat uns erzählt, daß die elektrische Beleuchtung im Salonwagen ausgefallen sei. Franz Ferndinand mußte sich mit Kerzenlicht begnügen. Er war ungehalten und sagte: »Nikitsch, was sagen Sie zu der Beleuchtung? Zuerst kommt mein Wagen brennend in die Station (in Clumetz waren die Achsen heißgelaufen) und jetzt will dieser fremde Wagen scheinbar auch nicht mitmachen ...« Nikitsch hatte den Eindruck, daß Franz Ferdinand nur ungern ins Manöver fuhr.

Dieser Brief Gerlichs, am 23. Juni 1914 abgeschickt, kam am 27. Juni in Lemberg an. Drei Tage zuvor fand die Premiere von Hermann Sudermanns Schauspiel »Johannisfeuer« durch die Theatergruppe »Frohsinn« statt. Lieselott saß mit Zissi Scherauer in der ersten Reihe im Deutschen Vereinshaus und wartete auf den Beginn des Spieles. Sie kannte das Stück. Auch in Schönberg hatte man jene düster-mystische Geschichte um den jungen Georg, dem die Johannisnacht zum Symbol seiner erotischen Nöte wird, aufgeführt.

Auf der kleinen Bühne agiert nun ein junger Mann als Georg, der Lieselott immer wieder verstohlen mustert. Er ist begabt, das erkennt Lieselott, und spielt die Rolle gar nicht laienhaft. Zissi erklärt: »Er ist der junge Apotheker hier bei uns. Möchten Sie ihn kennenlernen? Wir treffen uns nach der Vorstellung in seinem Elternhaus. Apotheker Schneeweis sitzt dort drüben –

der Herr mit dem weißen Haarkranz ist sein Vater.« Jener Herr ist zweifellos Jude, man sieht es ihm an, seinem blonden Sohn nicht. Von Zissi erfährt Lieselott, daß die Familie zur Hautevolee der Stadt gehöre.

»Es sind alteingesessene deutsche Juden mit viel Nationalbewußtsein. Der älteste Sohn ist Bankier in Wien, die Tochter mit dem hiesigen Direktor des polnischen Gymnasiums verheiratet. Und das ist der Kummer des Vaters – sein Schwiegersohn ist überzeugter Pole.«

Nach der Vorstellung lernt Lieselott die Familie Schneeweis kennen. Der Hauptdarsteller heißt David und macht Lieselott sofort feurig den Hof. Das amüsiert Lieselott. Außer ihrem sanft-freundlichen Gerlich kannte Lieselott in Wien kaum junge Männer, und war also mit Huldbezeugungen nicht verwöhnt worden.

Das Haus der Schneeweis, im Makartstil eingerichtet, pompös, mit viel dunkelrotem Plüsch, wertvollen Spitzengardinen, schweren Samtportieren, künstlichen Palmen, mächtigen geschnitzten und polierten Möbeln gefällt Lieselott, die sich für den neuen »jungen Stil« begeistert, wenig. Da sagt David Schneeweis: »Darf ich Ihnen mein Reich zeigen, gnädige Frau?«

Lieselott weiß nicht recht, wie sie sich verhalten soll. Da sagt Zissi: »Sie müssen sich Davids Zimmer anschauen, Lieselott. Es ist etwas Besonderes.« Also geht Lieselott mit. Im oberen Stockwerk, das sie über eine breite geschwungene Marmortreppe erreichen, läuft rundum eine Galerie mit wuchtigem Eichenholzgeländer. Man blickt von dieser Galerie hinunter in die Halle, in der sich die Besucher drängen.

»Sie warten auf die Abfütterung«, spottet David. »Haben Sie großen Hunger?«

Natürlich hat auch Lieselott Hunger. Die Theateraufführung dauerte mit den Einlagen mindestens drei Stunden.
»Wenn man Ihnen nichts mehr übrig läßt – ich hab' hier oben meine Privatspeisekammer«, grinst David. »Unten gibt es sowieso nur Koscheres. Ich kann Sie mit einer ungarischen Salami füttern.«
Lieselott lacht.
»Wissen Sie, daß Sie besonders hübsch sind, wenn Sie lachen? Tun Sie es noch einmal. Schade, daß Sie erst jetzt nach Lemberg kamen – Sie wären in ›Johannisfeuer‹ eine ideale Partnerin gewesen.«
Wieder lacht Lieselott. »Ich bin eine miserable Schauspielerin, Herr Schneeweis.«
»Bitte nennen Sie mich David. So nennt mich jeder. Darf ich statt gnädige Frau Frau Lieselott sagen? Wir sind hier so etwas wie eine große Familie, wissen Sie.«
»Damit wollen wir noch ein wenig warten, David«, erwidert Lieselott reserviert.
Der junge Mann wird rot, öffnet hastig eine Tür: »Ist's gefällig?«
Lieselott bleibt überrascht auf der Schwelle stehen. Der Raum ist in elektrisches Licht getaucht, helle leichte Möbel, sparsam verziert in den Ecken mit Ornamenten, der Natur nachgebildet, Efeuranken sind es und stilisierte Lilienblätter und Blüten. Das große Fenster zeigt in geschliffenen und Milchglasflächen die gleichen Lilienornamente, umwunden von Efeukränzen. Die Lampe sind vier weiße Kelche von Tulpen aus schimmerndem Porzellan. Auch die hellen Lederbezüge der Sessel zeigen eingepreßte Lilienmotive.
»Wie schön!« entfährt es Lieselott.

»Ausdruck der neuen Zeit«, sagt David feurig. »Dort! Sehen Sie!« Er zeigt auf ein Bild an der Wand. Lieselott räuspert sich, denn die männliche Gestalt, die ihre Arme in den blaßblauen Himmel und der aufgehenden Sonne entgegenstreckt, ist nackt, splitternackt, ohne Hüfttuch, ohne Blattverhüllung.
»Zurück zur Natur, der Sonne entgegen«, sagt David mit heller Stimme, »Das große Leuchten«.
Später wird man diesen Stil »Jugendstil« nennen. Er wird die düstere Plüschpracht ablösen, die verstaubten Fächerpalmen, Ausdruck protzigen Bürgerstolzes um die Jahrhundertwende ...
»Der Sonne entgegen«, wiederholt David. »Sehen Sie, gnädige Frau, das hier ist nur äußerlich. Doch es geht um Wesen und Kern der neuen Zeit. Hindurch und empor, das ist die Parole. Wir leben in einer Welt voll Nationalitätenstreit, besonders wir hier in Galizien. Ich habe in Wien studiert, dort begreift man unser Denken und Fühlen nicht. Aber bitte, setzen Sie sich. Oder möchten Sie lieber unten bei den andern sein?«
Nein, Lieselott interessiert dieser junge Mensch. Er ist mit ihr etwa gleich alt, doch kommt sie sich ihm gegenüber schon uralt vor. Er sitzt nun vor ihr, die Beine angewinkelt, an den Füßen höchst seltsame Schuhe – Sohlen mit Laschen, aus den die Zehen hervorschauen. Lieselott hat Ähnliches aus Eisen im Museum gesehen – die »Eisenpfoten« der Ritterrüstungen. Der Fuß Davids ist von der Sonne gebräunt, also trägt er diese Art Schuhe auch tagsüber und auf der Straße.
David nimmt ein Heft von seinem dünnbeinigen, hellfarbigen Schreibtisch. Es hat ein buntes Titelblatt und die Aufschrift: »Burschen heraus!« Das klingt, so findet

Lieselott, umstürzlerisch, revolutionär. Zögernd nimmt sie das Heft zur Hand, sagt ihre Meinung.
David erwidert: »Ja, das wollen wir auch wirklich sein. Doch nicht auf dem Gebiet der Gesellschaftsordnung, sondern auf dem Gebiet der Selbsterziehung und Lebensauffassung. Unsere Kultur ist Stadtkultur geworden, und wie bleichsüchtig, schmalbrüstig und blasiert sind ihre Vertreter! Wie unfähig sind doch viele, die unsere Hochschule verlassen! Bier, Tabak, durchschwärmte Nächte und Mädchen bilden das Ideal so vieler unserer jungen Studenten. Das wird anders werden. Jetzt lachen sie noch über uns Wandervögel, aber nicht mehr lange, glauben Sie mir, Frau Lieselott! Verzeihung, aber das gnädige Frau will mir nicht über die Lippen. Sie sehen einfach nicht so aus. Eher wie die Idealfigur eines Mädchens, als Gegenstück zu diesem Bild hier. Das habe ich sofort gedacht, als ich Sie in der ersten Reihe sitzen sah. Wären Sie nicht verheiratet, so gehörten Sie zu uns, in unsere weibliche Wandervogelgruppe.«
Lieselott lächelt sanft über den Eifer Davids. Sie erinnert sich an eine Horde lustiger, übermütiger Burschen mit schwarzen Kochkesseln, verbeulten Spitzhüten, langen, losen Fahrtenhemden. Einer trug den flatternden Wimpel, ein anderer spielte Laute. Das waren Schönberger Wandervögel gewesen, Buben aus guten Familien, die sich so lächerlich verkleidet hatten. Jetzt aber merkt sie, an Davids Begeisterung und Missionswillen, daß Ernsteres hinter dieser eigenartigen »Bewegung« stecken könnte. David will mit ihr nicht flirten, wie sie zuerst gemeint hat, er will sie für seine Ideen werben.

So läßt sie sich bereitwillig ein Buch in die Tasche stekken, einen Roman von einem gewissen Popert, *Helmut Harringa*.
»Das müssen Sie lesen! Aus ihm weht der Geist der neuen Zeit, des Wahren, Guten, Edlen!«
Gesang dringt von der Halle her nach oben. Lieselott lauscht.
»Ein neues Lönslied«, sagt David. »Über die Heide geht mein Gedenken ... auch Löns ist einer der unsern.«
Bevor Lieselott geht, wirft sie noch einmal einen Blick auf das Bild mit dem nackten Jüngling, »Das große Leuchten« ...
Den Rest des Abends verbringt Lieselott im Kreis der andern unten in der Halle. Mit Zissi trinkt sie fröhlich Bruderschaft.
Auf dem Heimweg plaudert Zissi in ihrer munteren Art: »Was sagst du zu David, unserem Feuerkopf?«
»Ein netter Junge, ein bißchen versponnen, nicht wahr?«
»Ja, vielleicht. Aber er ist die Triebfeder hier in unserem Lemberger Kulturleben. Sein Vater ist sehr reich, er hat noch ein Gut in Unterwalden. Dr. Schneeweis ist in seinen Sohn vernarrt, wenn er ihm auch Kummer macht. David ließ sich in Wien taufen – das war für den alten Herrn ein arger Schock. Aber David versteht den Vater um den Finger zu wickeln, besonders wenn unser Verein Geld braucht. Vorige Woche hat David mehr als zwanzig junge Leute zur Heuerntehilfe für die deutschen Bauern hier zusammengebracht. Und in vierzehn Tagen geht unsere Theatergruppe mit ›Johannisfeuer‹ auf Kulturfahrt. Papa Schneeweis trägt die Kosten.«
Die beiden jungen Frauen treffen ihre Männer in Lieselotts Salon wie üblich beim Politisieren. Es ist von den

Kossuthanhängern die Rede, die Erzherzog Franz Ferdinand in besonderem Maße haßt. Kossuth, der ›Freiheitsheld‹ der Ungarn verlor zwar seinen Feldzug gegen Österreich, mit dem er Ungarns Unabhängigkeit erstreiten wollte, doch das Ziel blieb bestehen, obgleich es nun eine Regierungsbeteiligung der Ungarn gab. Man spricht von dem ungarischen Grafen Tisza, der sich als Freiheitsheld versteht und der vorige Woche gesagt haben soll: »Wenn mich Franz Ferdinand als Kaiser Franz II. durch seine Ignoranz zwingt, werde ich nicht zögern, gegen ihn die nationale Revolution entfesseln, und das letzte Wort wird mein sein!«
Dazu meint August Scherauer: »Ungarn mit seinem Unabhängigkeitsdrang wird uns noch zu schaffen machen. Franz Ferdinand hat alle Popularität in Ungarn verloren. Wie hat er auch öffentlich sagen können: ›Nach Ungarn muß man einmarschieren.‹ Er redet zu schnell.«
Lorenz gibt Paroli: »Er ist aufrichtig und kein Heuchler wie die andern. Zu Graf Andrassy (Kossuth-Anhänger) hat er gesagt: ›Was heißt schon Popularität? Darum kümmere ich mich nicht. Es ist die Pflicht des Herrschers, das zu tun, was er für gut hält, ohne daran zu denken, ob das gefällt oder nicht.‹ Das imponiert mir.«
»Meinetwegen mag das eine Tugend sein, aber was nützt sie, wenn sie dem Volk schadet, wenn es etwa Krieg mit den Ungarn gibt? Franz Ferdinand macht ständig meist recht unkluge Bemerkungen, die natürlich sofort die Runde machen. Ich –«
»Was Sie unklug nennen, ist nur Offenheit.«
»Warum nennt man ihn dann ›die Sphinx vom Belvedere‹, also eine schillernde Persönlichkeit?«

»Natürlich hat er wie jeder Mensch verschiedene Seiten, in seinem Charakter sind Licht und Schatten – sicher aber weit mehr Licht als Schatten. Das sehen seine Neider und Kritiker natürlich nicht. Für sie ist Franz Ferdinand die rätselhafte Sphinx, der Unsicherheitsfaktor Nummer eins. Warten wir's ab, lieber Scherauer. Wir werden noch erleben, daß der Thronfolger verwirklicht, was er plant. Und dann werden auch seine Gegner verstummen.«

11. Kapitel

Ein Meuchelmord – Krieg

Vier Tage nach diesem Gespräch erschüttert die Nachricht von der Ermordung Franz Ferdinands und seiner Gattin Sophie die Welt. Lorenz ist außer sich – so hat ihn Lieselott noch nie gesehen.

»Krieg!« schreit er, »das bedeutet Krieg, Lieselott. Diese Kanaillen! Diese verfluchten Schweinehunde . . .«

Lieselott steht blaß am Fenster. Ganz versteht sie Lorenz' Erregung nicht, begreift sie erst, als Zissi aufgeregt erklärt: »Wenn es Krieg gibt, sind wir hier in Galizien am meisten gefährdet.« Sie reicht Lieselott ein Extrablatt. Die liest:

. . . Sarajewo, 28. Juni 1914. (Telegramm unseres Korrespondenten) Als der Thronfolger – Erzherzog Franz Ferdinand und seine Gattin, die Herzogin von Hohenberg, sich heute vormittag zum Empfange in das hiesige Rathaus begaben, wurde gegen das erzherzogliche Automobil eine Bombe geschleudert, die jedoch explodierte, als das Automobil des Thronfolgers die Stelle bereits passiert hatte. In den darauffolgenden Wagen wurde der Major Graf Boos-Waldeck und Oberstleutnant Merezzi erheblich verwundet. Sechs Personen aus dem Publikum wurden schwer verletzt.

Die Bombe war von einem Typographen namens Gabrinowitsch geschleudert worden. Der Täter wurde sofort verhaftet.

Nach dem festlichen Empfang im Rathaus setzte das Thornfolgerpaar die Rundfahrt durch die Straßen der Stadt fort. Unweit des Regierungsgebäudes schoß ein Gymnasiast der achten Klasse (Primaner) namens Princip aus Grabow aus einem Browning mehrere Schüsse gegen das Thronfolgerpaar ab. Der Erzherzog wurde im Gesicht, die Herzogin im Unterleib getroffen. Beide verschieden, kurz nachdem sie in den Regierungskonak gebracht worden waren, an den erlittenen Wunden. Auch der zweite Attentäter wurde verhaftet, die erbitterte Menge hat die beiden Attentäter nahezu gelyncht.

Lieselott läßt das Blatt sinken, Lorenz greift danach. Er liest jetzt sehr ruhig und mit Tränen in den Augen: ›Nach dem festlichen Empfang setzte das Thronfolgerpaar die Rundfahrt durch die Straßen der Stadt fort.‹ Seht ihr, das ist – das war Franz Ferdinand! Jeder andere hätte sich verkrochen, wäre eilends abgereist, aber Franz Ferdinand – o Gott, was war er für ein Mensch! Mit seiner barbarischen Ermordung wird alles, alles anders werden.«

Einige Tage später kam ein Brief Gerlichs. Er schrieb:

Es ist das Entsetzlichste, was uns passieren konnte. Ich bin fast irrsinnig und keines vernünftigen Gedankens fähig. Mir ist der Glaube an eine göttliche Macht abhanden gekommen. Wieso er, dieser tief Religiöse? Warum, warum nur? Ich bedaure Feldzeugmeister Potiorek. Wäre ich in seiner Lage, ich hätte mich erschossen, das sagte auch Oberst Brosch …

Lieselott nahm Potiorek, den sie flüchtig kannte, in Schutz: »Wie hätte er das Attentat verhindern können?

Man kann doch nicht an jeden Baum einen Gendarm hinstellen.«
Gerlich schrieb weiter, daß der Obersthofmeister Montenuovo, ein erklärter Feind des Erzherzogs, sich nicht gescheut habe, dem Thronfolger bei der Trauerfeier in Wien die militärische Ehrung zu versagen. Der Kaiser habe gesagt, als er von dem Unglück erfuhr:

»Entsetzlich. Der Allmächtige läßt sich nicht herausfordern. Eine höhere Gewalt hat wieder jene Ordnung hergestellt, die ich leider nicht zu erhalten vermochte.«

Lorenz behielt mit seiner Befürchtung recht. Österreich-Ungarn erklärte dem Königreich Serbien am 28. Juli den Krieg, nachdem Serbien ein Ultimatum der k. u. k. Monarchie, die Hintermänner der serbischen Attentäter auszuliefern, verstreichen ließ.
Rußland, der Nachbar Galiziens, rief die Gesamtmobilmachung aus. Daraufhin erklärte Deutschland als Verbündeter Österreichs Rußland ebenfalls den Krieg. Einer Handvoll junger, fanatischer serbischer Verschwörer war es gelungen, die Welt in Brand zu setzen.

Die Sommerhitze brodelte in den Straßen Lembergs. Finstere Mienen der Polen den Deutschen gegenüber – nirgends der euphorische, patriotische Jubel der jungen Rekruten wie in anderen Städten Österreichs.
David erschien bei Lieselott und Zissi Scherauer.
»Ich bin der erste Freiwillige«, sagte er, baute sich vor den zwei Frauen auf und schnarrte: »Einjährig-Freiwilliger Schneeweis meldet sich gehorsamst zu Stelle«.
Lieselott versuchte zu lachen, es gelang ihr nicht. David ließ sich in einen Sessel fallen.

»Endlich ist es soweit! Wir fürchteten schon, der Kaiser läßt sich sogar diesen Affront tatenlos gefallen. Wir werden sie jagen wie die Hasen, diese Kochlöffelschnitzer.«
Doch sie ließen sich nicht wie Hasen jagen, die fanatisierten serbischen Umstürzler. In Serbien eroberten die Österreicher zwar Belgrad, aber sie mußten das Land infolge der Gegenangriffe wieder räumen ...
Aber noch war es nicht soweit. Lieselott bot David frischen Holundersaft an. Sie wußte, daß David als Wandervogel abstinent war. David trank, betrachtete Lieselott nachdenklich. Dann begann er leise zu singen:

»... sind wir nicht die Grenadiere,
Grenadier' in Schritt und Tritt –
ja, wenn die Grenadiere kommen,
klirren alle Fenster mit.«

August Scherauer, der in den Raum getreten war, sang von der Tür her mit. Er klopfte David auf die Schulter, anerkennend, wohlwollend. »Du kommst in mein Regiment, David. Der Tanz hier wird bald losgehen.«
»Hier?« fragte Lieselott erschreckt.
»Wo sonst? Die Russen jenseits der Grenze brennen schon darauf, uns das Fell über die Ohren zu ziehen.«
Schon am nächsten Tag trafen pausenlos Militärzüge in Lemberg ein. Lorenz kam nicht mehr nach Hause, auch August nicht. Lieselott und Zissi halfen auf dem Bahnhof bei der Verpflegungsverteilung. Hier auf dem Bahnhof war Lachen und begeisterte Zuversicht in den Reihen der Ankommenden.
»Lieb Vaterland magst ruhig sein«, sangen rauhe Kehlen. Man schäkerte mit Lieselott und den anderen freiwilligen Helferinnen – noch waren die grünen Girlanden an den Waggons nicht verwelkt.

»Lieselott!« Jemand rief sie – wer kannte sie denn unter den Soldaten? Aber es war kein Soldat, der auf sie zutrat. Es war Reinhard. Lieselott entfiel der Schöpflöffel. Er schwappte in die Suppe zurück.

»Reinhard! Hat man dich auch eingezogen?« Sie fragte das in Sorge und Angst um ihn.

»Gott bewahre«, sagte er, trat auf sie zu und umarmte sie. »Ich bin ganz privat hier. Grüß Gott, Lieselott!« Er hielt sie von sich ab, musterte sie aufmerksam. »Wollen wir uns wieder ganz und gar vertragen, mein Mädchen? Ich war jetzt acht Wochen lang der Beleidigte, nun will ich nicht mehr. Hast du denn überhaupt nicht mehr an mich gedacht?«

Er stand vor ihr, groß, mager, mit dem warmen Blick seiner brauen Augen, in den Mundwinkeln eine Spur von freundlichem Spott. Seine Hand lag auf ihrer Schulter, sie war heiß.

»Ach, Reini«, sagte Lieselott schwach. »Was bist du für ein schrecklicher Mensch! Haben wir alle jetzt nicht andere Sorgen?«

»Weiche nicht aus, Lieselott. Hast du all die Zeit über noch an mich gedacht? An mich ein bißchen mehr als an die andern zwei?«

»An dich ein bißchen mehr, du hartnäckiger Quälgeist. Aber jetzt laß mich los. Man schaut schon zu uns her.« Es war Zissi, die Lieselott neugierig musterte.

»Na, Fräulein, wann geht's weiter mit der Menage?« fragte ein bärtiger Soldat gemütlich. Und Lieselott senkte den Schöpfer in die dicke Suppe und schwappte den Inhalt in die Menageschale des Hungrigen.

»Warte auf mich vor dem Bahnhof, Reini. In einer halben Stunde bin ich frei.«

»Schön wäre es«, seufzte Reinhard zweideutig und grinste trübe. »Aber ich warte bei meiner Tochter auf dich. Oder glaubst du, daß Lorenz mich hinauswirft?«
»Lorenz ist nicht zu Hause. Es ist ständig unterwegs. Besprechungen und so. Hier ist es ein bißchen brenzlig, weißt du.«
»Ein bißchen ist gut! No, dann in Kürze, Lieselott.«
Sie sah ihm nach, wie er in seiner typischen, ein wenig steifen Haltung davonschritt. Er trug Kniebundhosen wie daheim, wenn er ins Altvatergebirge ging, und auf dem Rücken den alten grünen Rucksack, den sie kannte noch aus der Zeit, da sie beide zusammen wanderten. An einer Schleife am Rucksack baumelte jene alte graue Jacke, die er so manches Mal für sie im Gras ausgebreitet hatte ...

Reinhard zögerte am Gartentor, dann durchschritt er es und erkannte Elischka, die mit einer Handarbeit in einem Liegestuhl saß, neben ihr stand der Kinderwagen, aus dem zwei spielende Hände in die Luft langten. Mit ein paar schnellen Schritten war Reinhard bei der Idylle: Eine schlankästige Weide breitete lichten Schatten über das Kind und das Mädchen, frühe Astern waren die bunten Farbtupfen auf dem Beet neben dem kiesbestreuten Rondell, aus einem der Fenster der Hausfassade drangen die Töne einer Geige. Sie schwebten zart und dünn in der Luft. Auch das Kind, über das sich Reinhard nun beugte, schien dem Klang zu lauschen. Jetzt sah es verständig und aufmerksam in das fremde Gesicht des Mannes.
Er hatte Elischka lächelnd zugenickt, und sie war aufgestanden um zu knicksen. Jetzt verhielt sie sich abwar-

tend, sagte dann aber zögernd: »Soll ich gnädigen Herrn was zu trinken bringen, oder vielleicht zu essen? Sein noch Buchteln übrig von Mittag.«

»Ja, Elischka, bring mir etwas.«

Reinhard hob Fee aus dem Wagen – sie war nicht mehr so zerbrechlich wie er sie in Erinnerung hatte. Sie faßte nach seinem hellbraunen Haarschopf, hielt ihn mit ernster Miene fest.

»Du hast aber einen Griff«, flüsterte Reinhard. »Halt mich nur, meine Kleine, laß mich nicht los, ich bitte dich.«

Er wiegte sie sacht hin und her und hatte das Gefühl, nie im Leben so zufrieden gewesen zu sein, wie in diesem Augenblick.

Dann wanderte er mit ihr auf und ab, der Kies knirschte unter seinem Tritt. Die Geige war verstummt, man hörte ferne Rufe, ein nachmittägliches Glockenläuten, Räderrollen. All dies aber drang nicht in Reinhards Bewußtsein. Er hatte nur einen Gedanken – es möge niemand kommen, ihn und seine Tochter zu stören.

Doch Elischka kam und deckte flink den Gartentisch. Ihr Blick ruhte freundlich auf Reinhard, bevor sie sagte: »Wenn geben Sie mir das Kind? Damit können Sie in Ruhe essen.«

Aber Reinhard behielt Fee auf dem Schoß, aß hastig eines der flaumigen, gelben Gebäckstücke. »Ich hab einen Mordshunger, Elischka.«

»No, das is gut, kann ich noch bringen welche, Herr Doktor«, versicherte das Mädchen diensteifrig.

»Hat Fee nicht auch Hunger?« fragte Reinhard.

»No, aber kann sie doch nicht. Hat sie erst vorhin ganze Teller Spinat gefuttert. Brav hat sie aufgegessen, unsere

klane Fee«, versicherte Elischka und wollte sie tätscheln. Aber Fee wehrte ab, wohl in der Sorge, von ihrer Betreuerin wieder in die Kissen gelegt zu werden.
»Mechte klaner Fratz, daß wir immer sie rumtragen, aber hat gnädige Frau verboten. Viel Rumtragen macht krumme Rücken.«
»Da hast du recht, Elischka. Aber heute machen wir eine Ausnahme, gelt, Felizitas?« Reinhard schwenkte die Kleine hoch, daß sie aufjauchzte.
Als er sie zurück in den Wagen legte, um mit ihm Lieselott entgegenzufahren, erhob sich ihr kräftiges Protestgeschrei. »Ich fahre der gnädigen Frau entgegen«, sagte Reinhard zu Elischka, die sich sofort anschickte, den Wagen zu schieben. »Mache ich selbst, Elischka.«
»Aber Herr Doktor kennen doch nicht Kinderwagen fahren!«
»Aber ja, Elischka. Ich fahr' ja auch ein Automobil, wie du weißt. Dann wirst du mir doch zutrauen, daß ich dies hier auch kutschieren kann.«
Elischka sah dem Herrn Doktor mit recht törichtem Gesichtsausdruck nach, wie er den Kinderwagen schiebend aus dem Tor und an der Sträucherhecke entlang ging. Er traf Lieselott an der Kreuzung. Doch sie war nicht allein. Eine hübsche junge Frau war in ihrer Begleitung, Zissi Scherauer, wie sie ihm vorgestellt wurde. Er war enttäuscht, er hatte gehofft, mit Lieselott, sozusagen auf neutralem Gelände, noch eine Weile allein zu sein. Er war es dann wenig später im Salon, denn Lieselott schickte Elischka zum Kaufmann.
»Danke«, sagte er hastig, umarmte Lieselott und suchte ihren Mund mit den Lippen. »Bitte!« beschwor er sie. »Wenn ich mich weiter wohlverhalten soll, darfst du mir

nicht alles verwehren. Ich habe so lange auf diese Stunde gewartet.«
So ließ sie es zu, daß er sie küßte. Die Fensterläden waren geschlossen – es war im Gegensatz zu der brodelnden Hitze draußen hier drinnen frisch und kühl. Es roch herb nach dem Duft der Studentenblumen, die in einer Vase auf dem Tisch standen. Wieder war die Geige zu hören und nebenan die kleinen Laute des Kindes – sonst war es überaus still in dem Raum.
»Ich wollte dir so viel sagen und erklären«, sagte Reinhard und zog Lieselott zum Diwan an der Wand. »Aber es ist alles weg. Nur du bist noch da, nur du ...«

Lieselott richtete ihr Haar, als sie die Korridortür öffnen hörte. Sie erhob sich. Doch nicht Elischka stand an der Garderobe, sondern Lorenz. Er sagte, während er Koppel und Mütze ablegte: »Ich hab es schon von Zissi Scherauer gehört – du hast Besuch. Was zum Teufel verschlug Reinhard in diese Ecke?«
Reinhard antwortete von der Tür des Salons her: »Grüß dich, Bruderherz. Ich komm' von einem Ärztesymposium in Krakau. Da ist es ja klar, daß ich bei euch hereinschaue.« Lorenz schnarrte: »Ärztesymposium? In diesem Aufzug?«
»Was stört dich an meiner Adjustierung? Der vortragende Professor kam im Lodengewand, wie der Kaiser in Ischl zur Audienz in seinem Jägerrock. Außerdem kommt man sich in Bundhose und Janker unter all den Soldaten halt nicht gar so sehr als Zivilist vor.«
»Auch du wirst nicht allzulang Zivilist bleiben, lieber Bruder.«
»Eben. Und deshalb nütze ich die Gelegenheit, Lieselott

und dir meine Aufwartung zu machen. Und natürlich meiner Tochter.«
Zorniges Schweigen von seiten Lorenz', ärgerliches von seiten Lieselotts und erwartungsvolles von seiten Reinhards. Aber er wartete vergeblich darauf, daß sein Bruder den Fehdehandschuh aufgriff. Lorenz wandte sich auf dem Absatz um und verließ des Salon.
»Warum gehst du ihm nicht nach?« fragte Reinhard Lieselott.
»Wozu? Ich flehe dich an, Reinhard, gib Ruhe! Lorenz kommt in den nächsten Tagen an die Front – wir haben bei Gott jetzt andere Sorgen.«
Wieder das Schweigen zwischen diesen beiden Menschen, die sich so viel zu sagen hätten. Reinhard trat ans Fenster, stieß die Läden zurück und atmete die schwülheiße Sommerluft ein. Er dachte: »Sie hat recht. Lorenz ist Offizier, ist gefährdet. Es ist möglich, daß er nicht mehr zurückkehrt ...« Zugleich schämte er sich dieser kalten Überlegung, haßte seinen Bruder dafür, daß er seinen Tod in Betracht zog ...

Lorenz lag neben Lieselott. Die Nacht brachte kaum Kühlung. Das Fenster stand offen und die Geräusche, Schritte, Gesprächsfetzen, der grölende Gesang Betrunkener drangen ins Zimmer. Beide hatten die Zudecke zurückgeschlagen, Lorenz spürte den Duft von Lieselotts Parfüm.
Er tastete mit der Hand nach ihr, erreichte ihre Hüfte – die Arme hielt sie unter dem Kopf verschränkt – und rückte näher. Er wartete einen Augenblick lang auf ihre Abwehr. Als sie nicht erfolgte, umfaßte er sie und liebte sie auf eine Weise, die Lieselott abstieß und zugleich

erschütterte. Sie spürte seine namenlose Angst. Angst vor der Zukunft, vor dem möglichen Tod, vor der Gefahr, Angst, sie zu verlieren, wenn er sie nun verlassen mußte.
»Was wirst du tun, wenn ich fort bin?« fragte er heiser an ihrem Ohr.
»Auf dich warten, was sonst?«
»Wirst du es wirklich?«
»Glaubst du, ich würde dich in dieser Situation im Stich lassen?«
»Aber du möchtest es doch. Du opferst dich nur, ich spür' das. Insgeheim – insgeheim wartet ihr beide doch nur –«
Lieselott löste sich aus seiner harten Umarmung, setzte sich aufrecht. Der Mond, der ins Zimmer schien, ließ die Umrisse ihrer weißen Gestalt genau erkennen. Sie antwortet in das Mondlicht hinein: »Wenn ich Reinhard heiraten wollte, würde ich das tun, niemand könnte mich daran hindern, auch du nicht. Dazu müßtest du nicht erst sterben, Lorenz. Ich wünsche mir, daß du wiederkommst. Erst dann wird die Entscheidung fallen. Solange du aber in Gefahr bist –«
»Versprichst du mir, dich nicht mit Reinhard zu treffen?«
»Nein.«
Lorenz wartete darauf, daß sie weiterspreche. Aber das helle, rasche »Nein« blieb das letzte Wort in dieser Nacht.
Tags darauf reiste Reinhard ab. Da Lieselott zum Dienst auf den Bahnhof mußte, begleitete sie ihn. Er nahm ihren Arm.
»Ich nehme an, du hast dich mit Lorenz ausgesprochen.

Willst du mich über der Stand der Dinge nicht unterrichten?«
»Ja, natürlich. Was willst du wissen?«
»Wird er dich freigeben?«
»Nein, ich glaube nicht. Ich habe ihn aber auch noch nicht darum gebeten.«
»Zum Donnerwetter, warum nicht?«
»Das weißt du doch.«
»Weil er ins Feld muß? Das ist doch sein Beruf. Er hätte nicht Soldat werden dürfen, wenn er sich nun fürchtet. Gerade jetzt wäre es seine verdammte Pflicht und Schuldigkeit gewesen, dich frei entscheiden zu lassen.«
»Aber ich habe mich doch längst entschieden. Dazu brauchte es nicht erst den Krieg. Ich bleibe bei Lorenz, weil er mich braucht.«
»Das habe ich schon einmal gehört, meine Liebe. Schon einmal hast du mich aus deinem Herzen gestoßen. Hättest du es nicht getan, wären wir heute Mann und Frau! Und wenn ich dir nun sage, daß auch ich dich brauche – mehr als Lorenz, aus dem doch nur die Wut auf mich und seine verletzte Eitelkeit sprechen – was dann?«
Lieselott hakte sich bei Reinhard unter und schwieg. Diese zaghafte Gebärde der Zuneigung rührte ihn. Er preßte stumm ihren Arm unter dem seinen, tastete nach ihrer Hand, verschlang ihre Finger mit den seinen. So gingen sie stumm durch die belebte Straße.
Erst als der Zug abfuhr, er am Abteilfenster stand und blaß auf sie herunterstarrte, sagte sie mit fester Stimme: »Ich werde in Freundschaft immer für dich da sein, Reinhard, immer.«
Und Reinhard dachte: »Vielleicht liebe ich sie auch deshalb so sehr, wegen dieser ihrer Haltung.«

In den folgenden Wochen überstürzten sich die Ereignisse. Das an der russisch-galizischen Grenze aufmarschierte österreichische Heer mußte nach Anfangserfolgen Rückschläge hinnehmen. Der Rückzug näherte sich Lemberg, von den Russen verfolgt.

Noch blühten die Astern in voller Pracht auf dem Rondellbeet, als die Aufforderung eintraf, die Familien der Offiziere hätten schleunigst Lemberg zu verlassen.

Zissi rannte wie ein aufgescheuchtes Huhn hin und her. »Sollen wir wirklich fort? Wer paßt auf unsere Sachen auf, man wird unsere Wohnungen plündern.«

»Nimm das Wertvollste mit. Man hat uns ja genug Gepäckwaggons angeboten.«

»Willst du wirklich gehen?«

»Natürlich. Es ist doch ein Befehl.«

»Aber wir sind keine Soldaten«, jammerte Zissi. »Ich könnte bei Schneeweis unterkommen – du auch. Dort wären wir geschützt.«

»Unsinn. Lemberg ist eine offene Stadt. Sie wird umkämpft werden. Beeile dich und packe.«

Auf dem Bahnhof wimmelte es bereits von Flüchtlingen, doch waren viele von ihnen zuversichtlich. »In vier Woche, spätestens bis Weihnachten, sind wir wieder zurück ...«

Auch die Familie Schneeweis hatte alle Läden an ihrem schönen Haus vernagelt, die Apotheke verrammelt und fand sich im Flüchtlingszug wieder.

»Wir sind deutsche Juden, jeder weiß das. Wir sind bei den Polen deshalb verhaßt«, sagte Isidor Schneeweis leise. Im Gegensatz zu den vielen anderen war er keineswegs optimistisch. Lieselott hörte, wie er zu einem jüdischen Freund, dem Textilkaufmann Bandler sagte:

»Rechne nicht mit einer Rückkehr, Moritz, richte dich ein auf Nimmerwiedersehn.«
»Wie soll ich mich einrichten?« erwiderte Bandler düster. »Soll ich mit einem Bauchladen durch die Fremde gehen? Hab ich doch meine Ware im Magazin. Kann ich nicht wie du mitnehmen im Kopf die Rezepte. Kannst du überall dir wieder eine Existenz aufbauen, ich nicht.«
»Das kannst du auch, Moritz. Mit einem Bauchladen und deinem Kopf.«
Lieselott war unterwegs nach Schönberg. Das lag auf der Strecke nach Wien, wo Gerlich ihre Wohnung verwaltete. Er war noch in Wien, wartete aber auch stündlich auf seine Abberufung.
Im überfüllten Zug kam Lieselott neben Bandler zu sitzen. Er sprach sie an: »Wissen Sie schon, meine Gnädigste, Ihr Ziel?«
»Ja. Eine kleine Provinzstadt in Nordmähren, Schönberg. Ich stamme von dort.«
Der kleine rundliche Mann wurde lebendig. »Sie kennen sich aus in der Gegend? Hab ich erst wollen in Krakau bleiben, aber ist das ja auch nicht sicher. Meinen Sie, könnte man in – wie heißt der Ort?«
»Schönberg.«
»Könnte man in Schönberg sich aufbauen eine neue Existenz? Könnte ich dort vielleicht ein Geschäft aufmachen?«
Lieselott wollte dem Mann nicht die Hoffnung nehmen. »Ich bin sicher, Herr Bandler, das Sie das bei uns können. Schönberg ist eine aufstrebende Stadt, viele Beamte lassen sich dort im Ruhestand nieder. Und es ist eine sehr schöne Stadt, am Gebirgsrand ...«

»Oh, schickt Sie mir der Himmel, gnädige Frau! Möchten Sie ein gutes Wort einlegen für mich in Ihrer Heimatstadt?«
»Natürlich. Was ich für Sie tun kann, werde ich tun.«
Bandler fand später tatsächlich einen kleinen Laden in der Hauptgeschäftsstraße Schönbergs, in der Nähe des Weigunyschen Hauses. Er wurde ein von größter, herzlichster Dankbarkeit erfüllter Freund der Familie Weiguny, brachte es zu Reichtum, Einfluß und Ansehen.

Es nieselte herbstlich aus den Wolken, als Lieselott übernächtigt und todmüde in Schönberg ankam. Der Hauptteil des Gepäcks würde wohl später kommen – sie war froh, Fee und Elischka wohlbehalten bis hierher gebracht zu haben. Man war drei Tage unterwegs gewesen, hatte stundenlang auf Bahnhöfen herumgestanden, bis der Waggon endlich auf dem Zielbahnhof Olmütz eingetroffen war. Dort hatte man die ersten Flüchtlinge dieses Krieges überaus herzlich empfangen und versorgt. Noch vor wenigen Wochen war Lieselott so wie diese Frau, die ihr Milch und Bisquit für die kleine Fee reichte, auf dem Lemberger Bahnhof gestanden, um die ausrükkenden Soldaten zu betreuen. Wie viele von ihnen mochten schon gefallen sein …
Von Olmütz war Lieselott mit den Ihren in wenigen Stunden in Schönberg. Sie hatte nach langem Warten und vielen kriegsbedingten Umständen Wawra telefonisch erreichen können, um ihre Ankunft zu melden.
»Ach, Wawra!« Lieselott fiel dem Getreuen nun um den Hals und weinte.
Er räusperte sich gerührt und verlegen.
»No, hab' ich der gnä' Frau schon ein Bad gerichtet. Und

für das Feechen auch. Und Pflaumenknödel warten im Reindl auf Sie, und für das Feechen ein Grieskascherl. Alles ist schon bereit, gnä' Frau.«

»Wo ist denn eigentlich Papa?«

Wawras betrübte Nase wurde gleichsam länger. Er senkte sie und sagte beklommen: »Ist der gnädige Herr noch im Bett, weil es geht ihm halt nicht besonders. Hat er sich vielleicht aufgeregt, weil ist auch der Herr Doktor vorgestern eingerückt. Es ist halt ein Elend in der Welt...«

Lieselott fand den Alten zwar in seinem Bett, aber er wirkte munter und sagte: »Ja, grüß dich Gott, Lieselott! So eine Überraschung! Da haben's erst einen Krieg anfangen müssen und die Russen haben dich jagen müssen, daß du wieder heimgefunden hast!«

Er verlangte Fee zu sehen. Die schlief zwar, aber Lieselott brachte sie ihm dennoch ans Bett.

»Leg sie neben mich! Ach, Lieselott, was für eine Freude! Sie schaut hübsch aus, das Feechen! Wawra, haben Sie schon einmal ein schöneres Mäderl gesehen? Sie hat ja Locken, braune Locken wie die Mama. Hat sie auch deine blauen Augen, oder die von-« Der Alte stockte, aber Lieselott erwiderte unbekümmert: »Sie hat so blaue Augen wie du, Papa.«

»Lieb von dir«, murmelte Clemens Weiguny vage, »sehr lieb von dir...« Er lehnte sich zurück. Seine Nasenflügel waren eingefallen wie die blassen, bläulich durchpulsten Schläfen. Seine Hände lagen leicht auf der wollenen Zudecke des Kindes, das neben ihm ruhig weiterschlief.

»Schlaf auch du noch ein Weilchen«, sagte Lieselott. »Ich lasse Fee bei dir.« Sie legte das Kind in das Ehebett Stefanies. »So hast du deine Bequemlichkeit, Papa.«

Als Lieselott nach zwei Stunden, in denen sie sich gebadet, gekämmt, und frisch angezogen hatte, wieder zu dem Alten ins Zimmer trat, lag Fee still mit offenen Augen im breiten Bett. Clemens' Augen waren auch weit offen, aber gebrochen …

12. Kapitel

Ein Trauerzug – Wieder die Fantasie f-Moll

Der unübersehbare Trauerzug des Begräbnisses bewegte sich jene Straßen entlang, die sich in Lieselotts Erinnerung unlöschbar eingeprägt hatten. Wie damals, als man ihren Vater, den Weber Tichy, durch diese Straßen zur letzten Ruhe geleitete, diesen langen, langen Weg über die Landstraße bis hinaus vor die Stadt – wie damals regnete es auch heute. Unzählige Regenschirme bewegten sich wie schwarze, große Pilze durch diesen eintönigen Regen. Von den Zylindern tropfte es, die dunklen Gamaschen wurden naß.

An der Weigunyschen Gruft stand einsam eine fremde Frau, als der Trauerzug ankam. Sie war tief verschleiert und trat als erste auf Lieselott zu, um ihr die Hand zu reichen. Es war eine weiße Hand, ohne Ringe, von bräunlichen Fleckchen bedeckt. Die Frau schlug den Schleier zurück und Wawra erkannte sie: Es war Klara, älter, viel älter geworden, aber unverwechselbar jene Frau, die Clemens Weiguny geliebt hatte – vor langer Zeit. Die Dame murmelte einige Worte, aber Wawra sagte mit tränenerstickter, doch deutlicher Stimme: »Wenn möchte die gnädige Frau, bitte, auf einen kleinen Imbiß in unser Haus kommen. Es möchte im Sinne des teuren Verstorbenen sein.«

Die Fremde nickte unmerklich und zog den Schleier wieder über die Krempe des Hutes . . .

Weder Lorenz noch Reinhard hatten zum Begräbnis des Vaters kommen können. Lieselott und Wawra und einige Verwandte von auswärts nahmen die Beileidsbezeugungen entgegen.
Es fiel Lieselott sehr schwer, Haltung zu bewahren – sie hatte den Toten wie einen Vater lieb gehabt, er sie wie eine Tochter.

Auf der Heimfahrt im Fiaker erzählte Wawra, wer die schwarzgekleidete Fremde an der Gruft gewesen war.
»Diese Dame hat der gnädige Herr, glaube ich, einmal geliebt. Ich hab auch eine Photographie von ihr gesehen, in der Schatulle im Sekretär. Möchte die gnä' Frau sie sich vielleicht anschauen? Wenn ich könnte den Schlüssel zum Sekretär haben, so würde ich das Bild gleich suchen.«
Die Trauergäste saßen bei Tisch, als Wawra das Bild brachte. Lieselott nahm es zur Hand. Es war in einem silbernen Rahmen gerahmt, zeigte eine junge, schöne Frau mit stolzem Gesichtsausdruck. Nur ein Wort stand als Widmung in klarer, regelmäßiger Schrift: »Dir!«
Lieselott stellte das Bild auf die Kirschbaumkommode zu den anderen Familienbildern. Die Fremde schien nicht kommen zu wollen. Doch als die letzten Gäste das Haus verließen, um rechtzeitig ihre Züge zu erreichen, löste sich von der gegenüberliegenden Seite ein Schatten, Frau Klara überquerte die Straße und trat in das Haus.
Wawra begrüßte sie ehrerbietig und komplimentierte sie in den Salon.
»Daß Sie mich wiedererkannt haben, lieber Herr Wawratil, das hätte ich nicht erwartet.«

»Haben sich gnädige Frau ja überhaupt nicht verändert«, murmelte Wawra galant. »Das waren halt noch Zeiten, schöne Zeiten, wenn ich zurückdenke. Wie Sie dann von Schönberg weggezogen sind, ist alles anders geworden. Warum haben Sie uns denn gar nie mehr besucht?«
Klara lächelte: »Wäre ich denn willkommen gewesen?«
»No, das wären Sie aber bestimmt. Ist doch der alte gnädige Herr nach dem Tod von der gnädigen Frau so viel allein gewesen. Hat er wenig Glück mehr gehabt im Leben, wenig Glück ...«
»Lassen wir die Vergangenheit, erzählen Sie, wie es heute hier in diesem Haus ist. Kinder sind da, wie ich sehe, und eine sympathische junge Frau. Kenne ich sie?«
Eifrig berichtete Wawra von den Geschehnissen der letzten fünfzehn Jahre und noch weiter zurück. Als Lieselott mit Fee auf dem Arm den Salon betrat, erhob sich Klara und umarmte impulsiv die junge Mutter und das Kind.
»Sie haben beide Herrn Weiguny glücklich gemacht. Darf ich Ihnen dafür danken? Wissen Sie, ich habe den Verstorbenen ein Leben lang geliebt. Verzeihen Sie mir, wenn ich das so offen sage. Aber es ist leider meine Schwäche, aufrichtig zu sein. Ich habe deshalb in meinem Leben manche Feindschaft hervorgerufen und bedauere das. Vielleicht wäre alles anders gekommen – ohne diese meine Schwäche. Man darf nicht immer an andere den gleichen Maßstab anlegen, mit dem man sich selber mißt. Jeder Mensch lebt nach seinem eigenen Maß ...«

Zwischen Lieselott und Klara Rau entwickelte sich eine Freundschaft, die viele Jahre dauern sollte. Klara wohnte nun wieder in Schönberg, bei jener Wirtin, bei er sie als junge Lehrerin gewohnt hatte. Alltäglich ging sie mit kurzen elastischen Schritten durch den Schillerpark, vorbei am Barometerhäuschen, vorbei an der steinernen Bank neben dem Schiller-Denkmal, in jenen Teil der Stadt, den sie in ihren Jugendtagen am liebsten gehabt hatte. Hier war die städtische Bücherei, hier suchte sie Zerstreuung und Ablenkung. Auf dem Heimweg lenkte sie des öfteren auch ihre Schritte zum Weigunyschen Haus, scherzte mit Fee, unterhielt sich mit Wawra und Lieselott und ging nach einer Stunde wieder ihres Weges. Zu Wawra sagte sie einmal: »Wer hätte das gedacht, daß ich hier in diesem Haus doch noch einmal so etwas wie eine Heimat finden würde.« Sie sagte das mit einem Blick zur Kirschbaumkommode, auf der ihr Jugendbild neben dem von Clemens Weiguny stand, ihrer großen Jugendliebe.

Der Krieg war in der kleinen Provinzstadt zunächst nicht so hart zu spüren wie anderswo. Wawra hatte seine Beziehungen. Insbesondere zu einem Pferdefleischhauer, der ihn stets mit allem versorgte, was die Küche brauchte. Er sammelte Kriegsrezepte von freundlichen Köchinnen, die sich freilich wunderten, daß er, der alte Mann, im Weigunyschen Haus immer noch den Kochlöffel schwang. Lieselott arbeitete beim Roten Kreuz, und kam dort auch täglich mit Minka Drösel zusammen, der Schwester ihrer Freundin Anna, die jetzt in Wien im Salon Fleur Uniformmützen nähte. Anna schrieb öfter. Sie wäre gern wieder heimgekommen, denn statt schicker Hutmodelle formten ihre Finger steife Schildkappen für die Armee – dazu brauchte man we-

der Geschick noch Geschmack. Aber etwas hielt sie fern.
Das Heimatregiment der Mährisch-Schönberger war nach Radom in Polen verlegt worden. Lieselott war unter denen, die es mit Trommeln und Pfeifengetön zum Bahnhof begleiteten. Die »Dreiundneunziger« dankten den Schönberger Frauen mit einem eigens für sie komponierten Marsch »Die Schönberger Mädel«. Witzbolde dichteten dazu einen recht frivolen Text: »Ja, die Schönberger Madeln, die sind ja so fein, die drehn sich die Haar' mit der Mistgabel ein . . .« Noch war man im Volk zuversichtlich und bereit zu Opfern.

Statt der »Dreiundneunziger« kommt ein galizisches Regiment nach Schönberg, aus Stanislau. Und Lorenz ist dabei. Plötzlich steht er in der Tür, zwar nicht gerade abgerissen, aber bärtig und müde, mit tiefliegenden Augen. »Vorsicht«, sagt er nach der knappen Begrüßung, »ich muß erst in die Entlausungsstation.«
Das müssen alle Soldaten. Und die biederen Schönberger schütteln den Kopf und es graust ihnen vor »ihren Soldaten«, von denen nur die wenigsten deutsch sprechen.
Einige Tage nach dem Einzug des neuen Regiments trauen die Städter ihren Augen nicht – vor den Kasernen wimmelt es von fremden Frauen und Kindern, Angehörigen der ukrainischen Galizier. Durch die lange Anreise sehen sie verwahrlost aus. Man betrachtet sie wie Zigeuner, gibt ihnen nur widerwillig Quartier, macht einen Bogen um sie.
Lorenz ruft mit dem Bürgermeister eine Bürgerversammlung ein. Er erklärt: »Diese Leute tragen für uns

ihre Haut zu Markte. Sie sind bereit, das Beste, was ein Mensch besitzt, Gesundheit und Leben für Österreich hinzugeben. Ich bitte meine Schönberger Landsleute, dem Rechnung zu tragen ...«

Nun wird für die Fremden gesammelt. Man gibt von dem wenigen ab, was jeder an Lebensmittteln und sonstigem besitzt, man nimmt die Frauen in den Familien auf und erkennt, daß sie nicht anders sind als die Einheimischen ...

Lorenz hat sich sehr verändert. Seine nervöse Härte, die Art, wie er mit Lieselott und dem Kind umgeht, bringt Unruhe ins Haus. Klara Rau kann er nicht ausstehen, nimmt ihr Bild von der Kommode und legt es in die Schublade.

»Warum tust du das?« fragt Lieselott unglücklich.

»Sie hat mit Vater Mama betrogen, was soll das also, daß ihr Bild hier steht, daß sie hier im Haus verkehrt?«

»Vielleicht solltest du dann auch gleich mein Bild in die Schublade legen«, fährt Lieselott auf. Er sieht sie kalt an: »Vielleicht.«

Sein ehemals so zwiespältiges Wesen tritt wieder offen zutage. In der Nacht drängt er sich an Lieselott, begehrt ihre Liebe, bittet um Verzeihung – um am nächsten Tag wieder voll zitternder Nervosität die Tür zum Kinderzimmer zuzuschlagen, weil Fee, die Zähne bekommt, jämmerlich schreit. Lieselott hat schließlich den Eindruck, daß Lorenz nicht gesund ist. Sie bittet ihn, sich untersuchen zu lassen, aber er wehrt heftig ab. Sie klagt Dr. Bodansky, der Fee betreut, ihren Kummer. Er richtet es so ein, daß er Lorenz wenigstens zu Gesicht bekommt. Ungerührt fragt er beim nächsten Besuch, ob sich der Herr Hauptmann nicht auskleiden möchte, er

hätte einen bestimmten Verdacht in bezug auf seine Gesundheit: »Müssen Sie nicht meinen, daß ich mich will aufdrängen. Aber es könnte sein, daß ich Ihnen einen Dienst erweisen kann ...«
Widerwillig zieht Lorenz sein Hemd über den Kopf. Der Arzt setzt das Hörrohr auf seine magere Brust, an der man die Rippen zählen kann, untersucht Hals, Augen, Ohren.
»Nichts Ernsthaftes«, gibt er Lieselott später Bescheid. »Mit der Schilddrüse hat er Schwierigkeiten. Ich verschreibe ihm etwas.«
»Er wird es nicht nehmen.«
»Geben Sie es ihm in die Suppe.«
Zunächst versucht Lieselott Lorenz zum Einnehmen der Medizin zu bewegen.
»Er ist ein Quacksalber, dein Jud«, erklärt Lorenz schroff. »Geh mir mit dem Zeug vom Leibe. Was mir fehlt, ist das Soldatenleben im Feld.«
Lieselott glaubt es ihm nicht.
Doch das Medikament in der Suppe scheint zu wirken. Lorenz wird ruhiger man atmet auf.

Von Reinhard kommt regelmäßig Post. Er arbeitet in einem Feldlazarett. Gerlich schreibt immer noch aus Wien. Der alte Kaiser ist am 21. November 1916 gestorben:

> Seine Uhr war abgelaufen. Es war erschütternd zu hören, mit welcher Disziplin der alte Herr gestorben ist. Noch wenige Stunden vor seinem Tod saß er auf seinem Sessel am Schreibtisch. Dr. Kerzl und Dr. Ortner wußten, daß sich die Lungenentzündung ausgebreitet hatte, sie wollten, daß sich

der Kaiser niederlege. Aber er sagte: »Ich kann doch eine Dame nicht sitzend empfangen«, und wollte sich mit größter Anstrengung erheben, um den Thronfolger Karl und seine Frau Zita stehend zu empfangen. Endlich ließ er sich dazu bewegen, sich wieder zu setzen, weil Zita sagen ließ, daß sie dann zu einem anderen Zeitpunkt kommen wolle. Später ließ er sich zu Bett bringen. Das Sterbezimmer war voll Menschen – so verlangte es das Protokoll –, die zusahen, wie der Friedenskaiser Franz Joseph den letzten Kampf kämpfte. Sie bestätigten später, daß er »wahrhaftig königlich« gestorben sei ...

Auch über das Leichenbegängnis schreibt Gerlich:

> Es war kaltes sonniges Spätherbstwetter. Ganz Wien erwies dem Kaiser die letzte Ehre, als er am 30. November 1916 zur letzten Ruhe geleitet wurde. Er sollte sie, wie seine Vorfahren, in der Kapuzinergruft finden. Nach uraltem Zeremoniell pochte Fürst Montenuovo an die Pforte des Kapuzinerklosters und heischte Einlaß für seinen toten Herrn. Die Pforte wurde geöffnet, und was sterblich war an ihm wurde von treuen Händen empfangen ...

Lieselott hat Tränen in den Augen, als sie Gerlichs Brief aus der Hand legt.

Lorenz erklärt Lieselott, daß er als Patriot Kriegsanleihen zu zeichnen gedenke.

»Papas Vermögen war größer als ich annahm. Es ist dir doch recht, Lieselott?«

Natürlich ist es ihr recht. Sie hat den Eindruck, daß Lorenz mit der hohen Anleihenzeichnung etwas bezweckt, etwas erreichen will. Vielleicht seine Standortbeibehaltung hier in Schönberg? Er war monatelang an der galizischen Front eingesetzt gewesen, bis die sich an den Karpatenrand zurückziehen mußte, es war verständlich, wenn Lorenz eine Zeitlang Ruhe wünschte.

Lieselott trifft sich mit Klara Rau in deren kleiner Wohnung. Sie sitzen dann beide am Klavier und »üben«, wie Lieselott diese stillen Stunden bezeichnet, in denen das Elend des Krieges, die Sorgen um die ungewisse Zukunft, in einer Brahmsvariation oder in seinen ungarischen Tänzen versickern. Sie spielen auch stets Lieselotts Lieblingsstück, die Schubert-Fantasie f-Moll. Wenn Lieselott die Augen schließt, meint sie Reinhard neben sich zu spüren und wartet auf sein »Gut gemacht, Lieserl« ...

An einem dieser stillen Winterabende vertraut sich Lieselott der Älteren an. Klara sitzt ihr gegenüber, schmal im dunklen Kleid. Ihr weißes Haar umrahmt ihr ruhiges, auch im Alter noch schönes Gesicht, mit dem gut gezeichneten, welken Mund, der nie lacht und selten lächelt. Längst sagen sich die Frauen du.

Nach Lieselotts Beichte faßt Klara nach ihrer Hand. »Ich danke dir für dein Vertrauen. Ich verstehe deine Haltung Lorenz gegenüber nun besser.«

»Was meinst du damit?«

»Ich wunderte mich über deine – sagen wir Geduld – ihm gegenüber. Er ist ein in sich zwiespältiger, unruhiger Mensch, der auch Unruhe verbreitet und heftig aufbrausend ist. Ich bewunderte deine Gelassenheit, mit der du seinen Unhöflichkeiten begegnest.« Lieselott staunt über Klaras sicheres Urteil, war sie doch nur zwei-, drei-

mal mit Lorenz zusammengetroffen, um später mit kleinen Ausreden weitere Einladungen abzuwehren.
Sie fährt fort: »Ich weiß natürlich, daß er mich nicht mag. Du siehst, das beruht auf Gegenseitigkeit, nicht erst seit heute. Kannte ich ihn doch schon als Bub und hatte Gelegenheit, seinen Charakter zu studieren. Er hat sich kaum verändert seit damals.«
»Dann hast du auch mich gekannt?«
»Nein, ich war zu kurze Zeit hier.«
»Aber Reinhard – ich meine, an Reinhard erinnerst du dich doch noch?«
»Ja, natürlich. Er war ein hübscher, lieber und anhänglicher Bub – zu meiner Zeit. Ich sah ihn manchmal schaukeln, auf der Schaukel im Garten, höher und höher, bis ich ihn anrief und warnte. Er guckte verblüfft zum Gartenzaun, schaukelte weiter, aber tatsächlich maßvoller. Lorenz hätte mir eine patzige Bemerkung hingeworfen und erst recht wild geschaukelt. Kinder ändern sich natürlich, Lorenz hat sich wenig geändert ...«
»Was würdest du mir in meiner Situation raten, Klara?«
»Willst du wirklich meinen Rat? Ich hab' den Eindruck, du hast dich schon entschieden. Du willst bei Lorenz bleiben, aus einem Schuldgefühl heraus. Dabei liebst du Reinhard, und es kommen dir immer wieder Zweifel. Du schiebst die Entscheidung vor dir her – aus welchem Grund auch immer. Hast du noch nicht daran gedacht, daß Reinhard einer anderen Frau begegnen könnte, die er ebenso anziehend findet wie dich? Das wäre das absolut Normale.«
Zum ersten Mal in ihrer Beziehung zu Reinhard kommt Lieselott dieser Gedanke und sie erschrickt. Reinhard war seit länger als einem Jahr nicht mehr auf Urlaub. Sei-

ne Briefe sind neutral, enthalten kaum mehr eine kleine, versteckte Anspielung, und sie war froh darum gewesen ...
Einmal hatte Reinhard gesagt: »Du spielst mit dem Feuer.« Begann es sie nun zu verbrennen?

Lorenz merkte die Veränderung in Lieselotts Wesen. »Daran ist die alte Hexe schuld«, sagte er sich und sagte es auch Lieselott, als sie ihm seine Launen vorwarf. »Die hetzt dich gegen mich auf. Sie hat damals schon Unglück genug in unser Haus gebracht, jetzt tut sie es wieder.«
»Ich bitte dich, laß Klara Rau aus dem Spiel. Sie ist hier meine einzige Freundin.«
»Schaff dir doch eine junge an. Diese alte Jungfer ist verbittert und verschroben, und man hat sie damals bestimmt nicht umsonst strafversetzt.«
»Was weißt denn du von früher! Reinhard jedenfalls hatte keine Ahnung, daß sie überhaupt existierte – ich hab' ihn brieflich gefragt. Und du? Du hast doch erst durch mich von ihr erfahren. Und Mama? Ich war mit deiner Mama mehr zusammen als du – Mama hatte auch keine Ahnung von – von dieser Sache. Sie hätte bestimmt eine Erwähnung gemacht. Niemand außer Klara selbst trug also den Schaden, als sie verbittert und unglücklich Schönberg verließ.«
»Es blieb ihr ja nichts anderes übrig, als Papa sie sitzen ließ.«
»Das wissen wir nicht. Aber wenn es dich interessiert, werde ich sie fragen.«
»Es interessiert mich nicht. Laß mich mit ihr in Ruhe.«
In der stillen Zeit vor Weihnachten lud Lorenz seinen

Freund Gerlich ein. Sie hatten sich in der Zwischenzeit nur zweimal kurz gesehen. Lorenz vermißte den Freund mehr und mehr.
Gerlich kam. Er sah gut und frisch aus. Als Lieselott ihm das sagte, erwiderte er trübe: »Der Schein trügt, meine Liebe. Nach einer Influenza im Vorjahr hat es mich an der Lunge erwischt. Es ist keine offene Tb, da wäre ich nicht zu euch gekommen, aber ich bin auch nicht gesund. Sonst wäre ich ja längst an der Front.« Lieselott hatte während dieses Gesprächs Fee auf dem Schoß. Jetzt gab sie ihr einen kleinen Klaps und die Kleine lief hinüber zu Wawra und Elischka in die Küche.
»Wie stramm sie auf den Beinchen ist«, lobte Gerlich. »Du bist sicher sehr stolz auf sie.«
»Sie ist gesund und entwickelt einen guten Charakter, das ist die Hauptsache.« Das Gespräch nahm einen anderen Verlauf. Doch Lieselott kam von Gerlichs Eröffnung nicht los. Wieder und immer wieder die Tuberkulose, die Schwindsucht, diese Volksseuche Nummer eins! Keiner war sicher vor ihr – man mochte sich vorsehen wie auch immer. Besonders jetzt in den Kriegsjahren forderte sie ihre Opfer. Auch Erzherzog Franz Ferdinand war lange Jahre krank gewesen. Vielleicht hatte auch diese Krankheit seinen Charakter geprägt, seine fast bigotte Frömmigkeit verursacht. Eine Frömmigkeit, die ihn häufig genug überaus unduldsam werden ließ.

Wie nicht anders zu erwarten, brennt Lorenz auf politische Gespräche mit dem Freund, sitzt er doch an der Quelle, hat Einblick wie wenig andere, und einen ausgeprägt klaren Verstand.

Man spricht über Kaiser Karl, den Nachfolger Kaiser Franz Josephs, und Gerlich zitiert das Manifest, das der junge Kaiser nach dem Tod seines Onkels erließ. (Karl ist der Sohn jenes Otto, den die Wiener so gern statt Franz Ferdinand als Thronfolger gesehen hätten.)

»Kaiser Karl erklärte: ›In sturmbewegter Zeit besteige ich den ehrwürdigen Thron meiner Vorfahren, den mein erlauchter Oheim mir in unverändertem Glanz hinterläßt. Ich weiß mich eins mit meinen Völkern in dem unbeugsamen Entschluß, den Kampf durchzukämpfen, bis der Friede errungen ist‹. Der junge Kaiser ist übrigens ein vorzüglicher Mann. Ich verehre ihn«, sagte Gerlich.

»Du bist sehr schnell von Franz Ferdinand zu ihm übergeschwenkt«, schnarrt Lorenz.

»Sei nicht sonderbar, Lorenz. Meine Sympathien für Franz Ferdinand – der sich übrigens mit Karl immer ausgezeichnet verstanden hat, wie du weißt – schließen doch nicht aus, daß ich seinen Nachfolger schätze. Was man über ihn auch hört, es ist kaum etwas Nachteiliges. Sogar die Sozialisten und Liberalen scheinen ihm nichts anhängen zu können. Mit dem Sozialistenführer Viktor Adler unterhält er sich wie mit seinesgleichen. Stell dir das vor! Und denke dabei an Franz Joseph, der in diesen Leuten nur Kanaillen sah. Bei uns Offizieren ist er außerordentlich beliebt. Julius Deutsch hat mir von einer Begegnung mit ihm erzählt, als Karl noch Erzherzog war. Julius hat Karl offen erklärt, daß er Sozialdemokrat sei. Das hatte Karl aber nur veranlaßt, ihn weiter lebhaft zu fragen, wie er sich eine bessere Politik für sein Land vorstelle. Zu Julius Deutschs Ausführungen habe er einige Male mit dem Kopf genickt.«

»Noja, wenn schon! Sie sind trotzdem seine Totengräber. Mich stört, daß Karls Frau Zita keine Deutsche ist. Und sie soll starken Einfluß auf den Kaiser haben«, erwidert Lorenz.
»Nicht mehr als die Hohenberg auf Franz Ferdinand. Ich hab die Kaiserin zweimal gesehen – ein sympathisches, freundliches und harmloses Geschöpf. Wenn man den Ehemann treffen will, tut man es zunächst, indem man seine Frau angreift. Das ist eine bekannte Tatsache. Karl ist im Volk zu beliebt, an ihn wagt man sich noch nicht heran, also muß es Zita sein. Ich finde das unfair.«
Lieselott war dem Gespräch gefolgt. Jetzt sagt sie: »Ich bin sogar der Überzeugung, daß Kaiserin Zita unbedingt mitsprechen sollte. Wenn man in den feindlichen Herrscherhäusern Verwandte hat, sollte man wirklich alles tun, um den Krieg zu beenden. Das ist doch so, wie wenn zwei Brüder miteinander streiten, dann versucht der Vater doch wohl auch, den Streit zu schlichten. Und ihm wird es dann vielleicht auch gelingen, weil er die Streitenden besser kennt.«
»Du sprichst aus Erfahrung«, knurrt Lorenz unbeherrscht. Er läßt keine Gelegenheit aus, Lieselott mit kleinen, bissigen Bemerkungen zu attackieren. Gerlich ist dies peinlich, man sieht es ihm an. Er sagt schnell: »Natürlich hat Lieselott nicht recht. Zita muß sich mehr aus allem heraushalten als eine andere, eine Deutsche zum Beispiel.«
»Aber sie ist doch eine Deutsche.«
»Weil sie deutsch spricht? Sie ist ja französisch erzogen worden. Und wie weit sich das heute noch auswirkt, weiß man eben nicht genau.«

Einige Monate später erinnert sich Lieselott an dieses Gespräch mit Gerlich. Es ging um den Vorwurf, daß die Kaiserin durch Beziehungen mit ihren Verwandten versucht habe, der Monarchie in den Rücken zu fallen. Manche nennen sie eine Verräterin. Es handelt sich um die sogenannte »Sixtusaffäre«.

Gerlich reist von Schönberg wieder ab. Lorenz begleitet ihn zum Bahnhof. Gerlich sagt: »Lieselott hat sich überhaupt nicht verändert. Sie ist sogar noch hübscher geworden. Und das trotz ihres strengen Dienstes beim Roten Kreuz. Hast du nicht Sorge, sie könnte sich im Lazarett anstecken?«
»Es zwingt sie niemand zu ihrem Dienst. Aber ihr geht es offenbar um die Abwechslung. Vielleicht gefällt ihr auch Dr. Wohlgemut. Aber das ist ihre Sache.«
»Wer ist Dr. Wohlgemut?«
»Ein junger Arzt im Lazarett.«
»Bist du auf ihn eifersüchtig?«
»Gott bewahre! Lieselott ist doch ein gebranntes Kind.«
»Was willst du damit sagen, Lorenz?«
»Ach, nichts.« Dieses »Ach nichts« kommt so zögernd, daß Gerlich den Eindruck hat, Lorenz möchte sich ihm mitteilen. »Schieß los«, sagt er deshalb schnell.« Erzähl, Lorenz.«
»Da gibt es nicht viel zu erzählen. Felizitas ist nicht mein Kind.«
»Bist du verrückt?«
»Manchmal meine ich es zu sein. Aber es stimmt, Gerlich. Lieselott hat mich mit Reinhard betrogen.«
Die beiden Männer gehen durch die Allee der Bahnhofsstraße. Die kahlen Äste der alten Bäume recken sich

zum Himmel, der mit schweren Schneewolken über ihnen hängt. Gerlich antwortet nicht. Die Ungeheuerlichkeit von Lorenz' Beschuldigung hat ihm die Rede verschlagen. Schließlich räuspert er sich: »Bist du deiner Sache sicher? Ich finde, daß Fee dir doch ähnlich sieht.«
»Wie mein Bruder mir. Ist das verwunderlich?«
»Du lieber Himmel, seit wann weißt du das denn, Lorenz?«
»Seit unserer Murmeljagd. Erinnerst du dich?«
»Natürlich. Aber das ist doch schon ewig her. Warum hast du mir da nie etwas davon gesagt? Und warum tust du es jetzt?«
»Ich weiß es nicht. Vielleicht mußte ich mit jemandem darüber sprechen.«
»Es tut mir leid«, sagt Gerlich. »Das hätt ich nicht gedacht. Ich habe Lieselott sehr gern, das weißt du. Wie konnte sie nur!«
»Ja, wie konnte sie nur! Das frage ich mich auch unentwegt. Sie hatte doch alles, was sich eine Frau nur wünschen konnte. Es ist doch so, Gerlich?«
»Vielleicht hat sie von deinen Amouren mehr gewußt als du glaubst?«
Plötzlich empfindet Gerlich Widerwillen gegen beide, gegen Lieselott, mehr noch aber gegen Lorenz, dessen Selbstmitleid ihm auf die Nerven geht. Schließlich hatte auch Lorenz »alles«, eine hübsche, junge Frau, Geld, Gesundheit, Freunde. Und trotzdem brauchte er das »Venedig in Wien« und andere Etablissements.
»Schließlich hat Lieselott, wenn man es so sieht, nichts anderes getan als du damals mit der kleinen Mitzi. Die vorher dran war, hieß Adele, nicht wahr?«
Lorenz fährt so heftig auf, daß sich ein Passant umdreht:

»Das ist tausend und eins! Was fällt dir ein, Gerlich?«
»Beruhige dich. Es ist alles schon so lange her. Liebt sie Reinhard denn noch?« lenkt Gerlich ab.
»Weiß ich es? Er war schon länger als ein Jahr nicht mehr auf Urlaub. Aber ich weiß gar nichts. Lieselott ist eine Sphinx. Immerhin hab' ich sie vorige Woche mit Dr. Wohlgemut flirten sehen, während eines Wohltätigkeitsbasars für das Rote Kreuz. Lieselott spielte Klavier und er sang dazu, recht und schlecht übrigens. Lehre uns die Weiber kennen! Ich jedenfalls kenn' mich bei meinem eigenen nicht aus.«
Der Bahnhof kommt in Sicht. Sie gehen langsamer, bis zur Abfahrt des Zuges ist noch Zeit.
»Vielleicht wäre es besser, Lorenz, wenn du dich ins Feld melden würdest. Die Zeit wird manches klären. Und die Sehnsucht während einer räumlichen Trennung hat schon manche Liebe wieder gekittet.«
»Oder restlos zerstört. Wie man's macht, macht man's sowieso falsch.«
»Wäre dir nun eine Trennung lieber oder nicht? Jetzt da Franz Ferdinand nicht mehr lebt, kann sich auch ein Offizier scheiden lassen, ohne daß ihm das in der Beförderung schadet. Kaiser Karl ist da toleranter.«
»Scheidung? Ich hab manchmal daran gedacht.«
»Na und?«
Wieder braust Lorenz auf: »Und Reinhard den Triumph lassen? Kommt nicht in Frage. Lieber schieße ich ihn über den Haufen.«
Gerlich bleibt stehen, schaut Lorenz an: »Teufel, das ist eine verdammt üble Sache – alles zusammen, Lorenz! Ich wollte, ich könnte dir und Lieselott helfen. Schick Lieselott eine Zeitlang zu mir. Eure Wohnung ist sowie-

so schon bestimmten Leuten ein Dorn im Auge, weil sie niemand bewohnt. Ehe wir es uns versehen, haben wir galizische Flüchtlinge drinnen.«

Nach ein paar Tagen besonders übler Laune fährt Lorenz Lieselott an: »Warum packst du dich nicht zusammen und fährst nach Wien?«
»Warum eigentlich nicht?« denkt Lieselott. Im Lazarett sind genug freiwillige Helferinnen aus der Bürgerschaft, man wird sie dort nicht vermissen.
Und so nützt Lieselott die Gelegenheit. Schon am nächsten Tag fährt sie nach Wien. Fee ist schon verständig genug, sich auf die Reise zu freuen.
Gerlich holt Lieselott, wie schon so oft in ihrem Leben, vom Hauptbahnhof ab.
Wie hat sich Wien verändert! Die Stadt wirkt grau und schäbig, die einst glänzenden Fassaden und Schaufenster in der Mariahilfer Straße sind öde und fremd in ihrer Leere, die Straßen schmutzig. Frauen kehren sie zwar, aber mit müden Bewegungen und Gesichtern, in denen die Lebensfreude erloschen ist. Man sieht wenig elegante Gestalten, und wenn man welche sieht, begegnen ihnen finstere, neidische Mienen.
In diesem veränderten Wien erst kommt Lieselott der Jammer des Krieges richtig zu Bewußtsein.
»Wo kommen nur die vielen Bettler her?« fragte sie sich. Es sind Kriegsinvaliden darunter, mit fehlenden Gliedmaßen, auf Krücken humpelnd. Kinder mit hohlen Wangen warten in einer Schlange auf die Ausspeisung ...
Lieselott findet die Wohnung in Lainz sauber aufgeräumt. Im Ofen glüht ein Feuer – durchaus keine Selbst-

verständlichkeit, denn die Kohlenzuteilung ist knapp. Der Bursche Gerlichs serviert ein fast friedensmäßiges Essen. Gerlich bezieht von seinem elterlichen Gutshof in der Steiermark allmonatlich »Freßpakete«, deren Inhalt er mit Lieselott brüderlich teilt. Die Lebensmittelrationen sind im dritten Kriegsjahr knapper geworden. Das Volk hungert.

Am nächsten Tag besucht Lieselott ihre Freundin Anna im Hutsalon Fleur. Anna ist blaß, mit Ringen unter den dunklen Augen.

»Warum gehst du nicht heim, Anna?«

»Du weißt es doch«, erwidert sie.

Ja, Lieselott glaubt es zu wissen. Anna hängt also immer noch an Josef Buresch, ihrem verheirateten Verehrer, der sie hier in Wien ziemlich oft besucht. In Schönberg würde dieses Verhältnis schnell Stadtklatsch werden, hier in der Anonymität der Großstadt ist es anders.

»Wenn Josef da ist«, sagte Anna leise, »so entschädigt das für alles.«

»Aber es ist doch eine so hoffnungslose Sache, Anna. Du bist so hübsch, du könntest an jedem Finger einen Verehrer haben und du verbohrst dich so in diese Liebe. Glaubst du nicht, daß es dir einmal leid tun wird, deine Jugend so – so vergeudet zu haben?«

»Vergeudet? Ach Lieselott! Meine Stunden mit Josef sind ja der Sinn, mein Lebenssinn überhaupt.«

»So sehr liebt ihr euch?«

»So sehr lieben wir uns.«

Stumm geht nun Lieselott neben Anna her. Anna tut ihr leid und zugleich beneidet sie die Freundin. Für Anna gibt es keinen Zweifel, bedingungslos steht sie zu ihrer Liebe, ist bereit jedes Opfer zu bringen.

Auch im dritten Kriegsjahr zog der Frühling mit Schneeglöckchen im Vorgarten, mit stürmischen Winden, die sich von Tag zu Tag mehr erwärmten, in Wien ein.

Fee lief zwischen Gerlich und Lieselott durch die Anlagen des Tiergartenparks, und als sie sich von der Hand Gerlichs losriß und ihm ihre nicht mehr geben wollte, sagte Lieselott: »Das ist halt Lorenz' Dickköpfigkeit. Lassen wir sie.«

Gerlich räusperte sich. Er rang mit sich – sollte er Lieselotts mühsamen Versuchen, Lorenz als Vater ihrer Tochter herauszustreichen, was ihr und auch ihm Peinlichkeiten bereitete, nicht ein Ende setzen, um ihr aufrichtig zu sagen, daß er die Wahrheit wußte? War nicht jetzt der geeignete Zeitpunkt?

Er räusperte sich ein zweites Mal und sagte schließlich in seiner ein wenig umständlichen Art: »Liebe Lieselott, du weißt, daß ich mich dir sehr verbunden fühle, daß du in mir einen aufrichtigen Freund hast. Du weißt das doch, nicht wahr?«

Lieselott zog die Hand aus ihrem Muff und streichelte Gerlichs Uniformärmel.

»Ja, mein Lieber, ich weiß das. Warum bist du so feierlich? Hab' ich was angestellt?«

Gerlich schmunzelte. Er mochte Lieselotts mädchenhaften Charme. Er faßte nach ihrer bloßen Hand.

»Ja, ich glaube, du hast etwas angestellt. Du verdrehst zu vielen Leuten den Kopf. Ich –«

»Aber doch nicht dir, lieber, lieber Emil? Ich bitte dich, das wäre ja schrecklich! Sag, daß es nicht stimmt!« Sie wollte ihre Hand der seinen entziehen, aber er hielt sie fest.

»Also, besonders schmeichelhaft ist es ja nicht, daß du so einen Horror davor hast, daß ich mich in dich verlieben könnte. Aber fasse Mut, es ist nicht so. Ich liebe dich wie meine Schwester Eugenie, nicht mehr, nicht weniger. Zufrieden?«

Lieselott atmete auf. Das hätte gerade noch gefehlt – Schwierigkeiten dieser Art mit Lorenz' einzigem Freund! Doch da kam schon Gerlichs Stimme, gepreßter als sonst: »Es ist etwas anderes, Lieselott. Lorenz hat mir in Schönberg erzählt –«, wieder ein verlegenes Räuspern, »daß nicht er Fees Vater ist, sondern Reinhard. Ich wollte dir das nur sagen, liebe Lieselott. Es ist mir wirklich peinlich und ich hoffe, du bist mir nicht bös. Vielleicht hätte ich es nicht sagen sollen, vielleicht nimmst du es Lorenz übel –«

Lieselotts erstem Erschrecken folgte Erleichterung. Gut, erst Reinhard, nun Lorenz, beide hatten ihr »Geheimnis« verraten.

»Warum sollte ich die Wahrheit übelnehmen?« fragte sie mit spröder Stimme. »Es ist, wie es ist. Was denkst du nun von mir?«

»Liebst du Reinhard?« fragte Gerlich zurück. »Wenn ja, so ist alles sehr kompliziert. Wenn nein, so verstehe ich deine Handlungsweise nicht.«

»Warum nicht? Du selbst hast mir von dieser Mitzi erzählt, mit der Lorenz zusammen war – manche Nächte. Warum sollte ich nicht dasselbe tun dürfen?«

»Weil es nicht zu dir, zu deinem Charakter paßt. Also bleibt nur, daß du deinen Schwager liebst. Dann gehört es sich aber, um der Wahrheit und um deiner Würde willen, daß du dich zu ihm bekennst.«

»Und wie, meinst du, soll ich das bewerkstelligen? Lo-

renz vorschlagen, daß er mich freigibt? Er würde es nie tun. Ihm also davonlaufen?«
»Ich glaube nicht, daß man mit Lorenz über diese Sache nicht doch sprechen könnte. Soll ich es versuchen, Lieselott? Ich könnte am Dienstag zu ihm fahren. Bis zum Mittwoch hätte ich frei.«

Gerlich fuhr zu Lorenz und kam unverrichteter Dinge wieder zurück.
»Ich weiß nicht, was mit ihm los ist – so hab ich ihn noch nie erlebt. Er will, daß du sofort zurückkommst. Es tut mir leid, Lieselott, sehr leid.«
Lieselott schüttelte abwehrend den Kopf. »Ich hab' es gewußt. Laß gut sein, Emil.«

In Schönberg erwartete Lieselott ein eisiger Empfang. Lorenz sprach nur das Notwendigste. War er daheim, so zog er sich sofort ins Kontor zurück. Es mußte für ihn extra geheizt werden. Er schlief dort auch auf einem eisernen Bettgestell, das er mit Wawra eigenhändig vom Dachboden geholt hatte – es war sein Jugendbett. Die Situation wurde verschärft, als eines Nachmittags plötzlich Reinhard auftauchte.

13. Kapitel

Liebeserfüllung – Ein Schloß in der Champagne

Reinhard kehrte in sein Eigentum zurück, Lorenz war, durch die Erbteilung, hier nur Gast.

Die Brüder standen sich im Salon gegenüber: Lorenz verbissen, mit rotem Kopf, Reinhard gleichmütig, äußerlich kaum verändert.

»Wie geht es dir?« fragte Reinhard. »Du siehst angegriffen aus. Fühlst du dich nicht wohl?«

»Durchaus, Herr Doktor, wie kommst du auf diese Idee?«

»No, wie ich dich kenne, wärst du bei völliger Gesundheit wohl an der Front.«

Lieslott mischte sich ein.

»Lorenz fühlt sich tatsächlich zeitweise nicht ganz wohl. Bitte, möchtet ihr zu Tisch kommen? Wawra hat dir deine Leibspeise gekocht, Reinhard, Leberknödelsuppe. Nachher gibt's Faschiertes.«

Bei Tisch plauderte Lieselott nervös. Die kleine Fee aß mit Elischka im Nebenzimmer, was Reinhard beanstandete.

»Kleine Kinder können nicht früh genug an den Tisch der Erwachsenen gewöhnt werden.«

»Sie ißt wie ein Ferkel«, widersprach Lorenz mürrisch.

»Sie läßt sich nicht füttern«, ergänzte Lieselott.

Reinhard erhob sich, ging ins Nebenzimmer und kam mit seiner spinatverschmierten kleinen Tochter zurück.

»Es ist wahr«, sagte er, »du ißt ja wie ein Ferkel, Fee. Schau mich an, bin ich vielleicht auch so grün wie du?«
Fee musterte den fremden Onkel aufmerksam. »Hast du ja kein' S-pinat geeßt«, erklärte sie.
»Sie hat logischen Verstand«, sagte Reinhard. »Elischka, bringen Sie einen Stuhl. Die kleine Dame ißt jetzt neben mir. Und manierlich, wenn ich bitten darf.«
Fee setzte sich in Positur und gab sich sichtlich Mühe, weniger unappetitlich zu essen. Die frisch vorgebundene Serviette zeigte nur noch wenige grüne Spritzer.
Die Leber in den Leberknödeln stammte von einem Pferd, das Faschierte ebenso. Doch wahrte Wawra sein Geheimnis. Reinhard wunderte sich über das vorkriegsmäßige Menü. Lieselott sagte: »Ich glaube, unser Wawra ist ein Zauberer. Ich weiß nicht, wie er das macht.«
Lorenz stand auf und verabschiedete sich. Immer während er im Dienst war, atmete man im Haus auf. Lieselott war grenzenlos erleichtert, als Lorenz gegangen war.
»Was ist los mit ihm?« fragte Reinhard, »Schilddrüse, nicht wahr? Es knistert ja förmlich in seiner Nähe von Nervosität und seinem Bemühen, sie zu unterdrücken. Läßt er sich denn nicht behandeln?«
Lieselott berichtete von der Diagnose Dr. Bodanskys und von dem Trick mit der Medizin in der Suppe.
»Er wird immer schwieriger, nicht wahr? Wie soll nun alles weitergehen?« Reinhard wirkte irgendwie gleichgültiger oder gleichmütiger als früher. Sein Elan hatte in den vergangenen Jahren gelitten – so schien es Lieselott, die ihm gegenüber saß. Immerhin war er noch so weit der alte, daß er gleich in den ersten Stunden ihres Wiedersehens ihr Problem anschnitt.
»Ich will aufrichtig sein, Lieselott. Ich bin heimgekom-

men, um dich ein letztes Mal zu fragen, ob du dich für mich entscheidest. Ich habe meine Gründe, endgültig klaren Tisch zu machen.«

»Ist es eine andere Frau?« fragte Lieselott schnell.

»Vielleicht. Schließlich bin ich nicht aus Holz. Und ein ziemlich normal veranlagtes Mannsbild.«

Reinhard sah mit Genugtuung, wie Lieselott langsam rot wurde – rot bis unter die Haarwurzeln. Sie spürte es, fuhr mit beiden Händen über ihr glühendes Gesicht. »Es ist heiß hier. Wawra brauchte nicht mehr zu schüren.«

Reinhard stand auf, ging um den Tisch herum und nahm ihre Hände in seine. »Laß gut sein. Lieselott, gib deinen Widerstand auf. Ich spreche noch heute abend mit Lorenz. Er ist doch kein Narr, und ein Blinder sieht doch, wie es um eure Ehe steht.«

Lieselott ließ sich in die Arme nehmen und streicheln.

»Du weinst ja, Lieserl. Hör auf, das ist die Sache nicht wert.«

»Ich heule nicht deshalb.«

»Weshalb denn?«

»Weil – weil du das mit der anderen Frau gesagt hast. Stimmt es, daß du –?«

»Natürlich nicht. Ich war in der vergangenen Zeit kein Heiliger – ein paar kleine Geschichten hab' ich schon zu beichten, aber es war nie etwas Ernsthaftes darunter. Ich hab' doch dich – ich hatte dich immer. Ist nun alles zwischen uns klar?«

»Ja.«

»Viktoria!« Er hob sie hoch und schwenkte sie herum. Eine dünne Stimme kam von der Tür her: »Ich auch, Mama!« Fee stand im Türrahmen, auf stämmigen geraden Beinchen, und lief auf die Mutter zu. Reinhard lachte und wirbelte auch sie durch die Luft. »Viktoria!« schrie Fee und strampelte mit Armen und Beinen.

Reinhard holte Lorenz an der Kaserne ab. Die Unterredung vollzog sich in dem um diese kühle Jahres- und Tageszeit einsamen Schillerpark unter den Kastanienbäumen einer Allee. Die beiden Männer schritten auf und ab, Lorenz' schnarrende Stimme dominierte. Reinhard redete ihm wie einem Kranken zu, ruhig ohne Schärfe. Argumente und Gegenargumente wechselten mit wütenden Ausfällen von Lorenz' Seite.
»Gut. Ich nehme alle Schuld auf mich, Lorenz.«
»Wie kannst du denn erwarten, daß ich dir meine Frau abtrete? Es gibt sogar ein Gesetz, daß Ehebrecher nicht heiraten dürfen, daß sie bestraft werden.«
»Du bist gut informiert. Aber wir müssen nicht heiraten, Lieselott und ich. Doch wird sie dich verlassen und bei mir sein. Versteh das endlich!«
»Ich kann sie zwingen zurückzukehren!«
»Ist sie deine Sklavin? Du liebst sie doch nicht mehr. Du willst sie doch nur demütigen, uns deine Macht zeigen. Tu was du willst.«
»Das werde ich auch.«
In eisigem Schweigen legten die Brüder den Rest des Weges zurück. Reinhard verschwand im Portal seines Hauses, Lorenz ging daran vorbei.
»Laß mich in dieser Nacht nicht allein«, bat Reinhard Lieselott, die im Salon auf ihn gewartet hatte. Sie saß am Klavier, die Hände auf den Tasten.
Er zog den Schemel heran. Dann spielten beide die Schubert-Fantasie und anschließend Brahms' Ungarische Tänze. Wawra in seiner Kammer hörte die Töne,

faltete die Hände und betete für die jungen Herrschaften.

Während Reinhards restlichen Urlaubstagen saßen er und Lieselott oft am Klavier.
»Ich hab' einen so großen Nachholbedarf«, sagte er und lächelte Lieselott zweideutig zu.
Neben Schubert, Carl Maria von Weber und Brahms hatte Reinhard Noten von Max Reger besorgt, der im Vorjahr gestorben war.
»Reger mußt du noch üben, mein Schatz«, brummte Reinhard und tätschelte väterlich wohlwollend ihre Hand.
»Und wo hast du im vergangenen Jahr geübt?« fragte Lieselott kampflustig. »Du hast noch verdächtig viel Fingerfertigkeit.«
»Schlaues Lieserl! Ich hatte tatsächlich die Möglichkeit zum Spielen, in einem Schloß in Elsaß-Lothringen. Wir haben dort ein Lazarett eingerichtet, aber in einem der Zimmer steht noch ein Steinway-Flügel. Ich hab' ihn gestimmt, einen Strohsack vor die Tür gelehnt, daß nur noch Sphärenmusik in die Lazaretträume drang und hab' gespielt. Gespielt und dich dabei vermißt, mein Mädchen. Beim Spiel und bei der Liebe.«
Diese Nächte und Tage mit Reinhard! Lieselott war so randvoll von Glück, daß alles um sie herum versank: Da war am Rand ihres Daseins ein Mann, der sich unten im Kontor einschloß, nicht mehr die Treppe zum ersten Stock betrat, nur mehr Wawra um sich duldete, da war ein süßes, kleines Mädchen, das von Elischka geherzt und versorgt wurde, das manchmal plappernd am Klavier stand und verlangte, daß Mama aufhören sollte – da

war Klara, die von Lieselott geistesabwesend begrüßt wurde – so geistesabwesend, daß Klara bald wieder nach ihrem eleganten Hut griff, ihn auf ihr weißes Haar setzte und mit einer goldenen Nadel feststeckte, da war noch der alte getreue Wawra, der den Liebenden Pferdefleischgulasch in Steckrübengemüse vorsetzte, und mit verschmitzter Miene Selleriesalat. Sonst war niemand mehr da – nur sie und der Geliebte ...

Lieselott lag heiß und müde in Reinhards Armen. Er wollte die Decke um ihre Nacktheit hüllen, aber sie wehrte ab: »Sonst ersticke ich, Reini.« Nach einer Weile sagte sie: »Wie soll es nun weitergehen?«

Er antwortete: »Ich war heute bei Advokat Kantor. Wir haben das Nötigste wegen deiner Scheidung besprochen. Es ist möglich, daß du sie nicht erreichst, aber der Anfang muß gemacht werden. Du bist bei Dr. Kantor in guten Händen. Ich kann dir ja leider nicht beistehen. Wir haben nur noch vier Tage, Lieselott.«

Aus den vier Tagen wurden vierundzwanzig, denn Lieselott begleitete Reinhard in die Champagne. Das war nicht schwierig. Dr. Hager gab ihr die nötigen Papiere als Rotkreuzschwester, wünschte ihr Glück und sagte: »Wir werden Sie vermissen, Schwester Lieselott.«

Im Schloßlazarett in der Champagne meldete sich Lieselott bei Oberschwester Irmtrudis.

»Ah, Dr. Weigunys Gattin! Wie schön, Sie kennenzulernen. Hier im Schloß haben wir auch für das Pflegepersonal mehr Platz. Sie können Ihr Zimmer mit dem Herrn Doktor teilen, oder auch eines im Schwesternflügel bekommen. Genießen Sie die Zeit hier – sie wird nur von kurzer Dauer sein. Wir rechnen jeden Tag mit einem neuen Angriff.«

Da Lieselott gleich zu Beginn Schwester Irmtrudis' Irrtum nicht richtigstellte, blieb es dabei, daß sie als Reinhards Frau galt. Das ermöglichte den Liebenden ein unbeschwertes, offenes Beisammensein.
»Laß nur, Lieselott«, beschwichtigte Reinhard ihre Skrupel. »Die wenigen Tage gehören nur uns. Alles andere ist so unwichtig.«
Der alliierte Großangriff kam, wurde aber abgewehrt. Der Dienst im Lazarett wurde beschwerlich, weil viele Verwundete eingeliefert wurden. Lieselott erlebte das Elend eines Frontlazaretts, das Sterben, die Todesängste der Verwundeten, erlebte einen Reinhard, wie sie ihn bisher nicht gekannt hatte: einen wortkargen, verbissen und bis zur völligen Erschöpfung arbeitenden Feldarzt, den die Schwestern anhimmelten, ausschließlich der Oberschwester, die ihm kühl, korrekt und gewissenhaft assistierte ...

Es ist unerträglich heiß. Lieselott wehrt die Fliegen ab, die die Verwundeten umkreisen, fächelt ihnen Luft zu. Die hohen Fenster sind offen. Es strömt Mailuft herein. In der Ferne donnern Geschütze. Das kaiserliche Heer hat sich in die Siegfriedstellung zurückgezogen, wehrt die vielen Angriffe in beweglicher Verteidigung geschickt ab.
»Schwester Lieselott, der Herr Oberarzt erwartet Sie.«
Reinhard lehnt am Fenster, als Lieselott eintritt.
»Ein Brief von Dr. Kantor«, sagt er. »Erschrick bitte nicht, das ist halt Advokatenstil.«
Lieselott liest, daß Lorenz die Klage zurückgewiesen habe und Lieselott auffordere, sofort in die eheliche Gemeinschaft zurückzukehren. Eine Klage wegen Ver-

nachlässigung ihrer beider Tochter Felizitas sei bereits eingereicht worden.
Lieselott hebt den Kopf. Ruhig sagt sie: »Ich fahre morgen zurück, Reinhard. Es ist besser so.«
»Ja, mein Mädchen, es ist besser so. Da ich dich kenne, weiß ich es. Aber vergiß es nicht: Du bist meine Frau. Nichts in der Welt kann daran etwas ändern.«
Er hält sie umfaßt, bis es an der Tür klopft. Oberschwester Irmtrudis bittet Oberarzt Weiguny in den Operationsraum ...

Für diese Tage in der Champagne hat Lieselott ein Wort, das sie normalerweise nie gebraucht: »zauberhaft«, trotz des Elends, das sie am Rand ihrer Liebe zu Reinhard erleben muß. Lag sie in seinen Armen, so war nichts Gegenwärtiges mehr da, war sie nur eins mit ihm. Sie ist selbst überrascht über die Ausschließlichkeit und die Stärke ihres Gefühls ...
Mit Herzklopfen steigt sie die Marmorstufen im Weigunyschen Haus hoch, steckt den Schlüssel ins Schloß und öffnet die Tür. Stille. Ist niemand da? Wo ist Elischka, wo Fee und Wawra? Wawra ist im Garten. Er steht mühsam vom Erdbeerbeet auf, wischt die Hand an der Schürze ab und reicht sie Lieselott.
»O gnä' Frau, es ist gut, daß Sie wieder da sind. Unser Mäderl hat der Herr Hauptmann ins Kinderheim gegeben und die Elischka hat er entlassen. Er kommt nicht mehr zum Essen, weil ihm mein Essen schadet, hat er gesagt.«
»Wann kommt mein Mann nach Hause?«
»Man kann das überhaupt nicht genau sagen. Er geht ja nur noch ins Kontor und er will sich von mir nicht mehr

bedienen lassen. Es kommt jeden Tag sein Bursche. Ich weiß nicht, wann er heute wird kommen.«
Ohne sich umzuziehen geht Lieselott in die Kaserne. Die Ordonnanz meldet ihr: »Herr Hauptmann sind leider nicht zu sprechen.« Er mustert sie neugierig. »Wenn Sie vielleicht morgen –«
»Ja, es ist gut.«
Wawra weiß, wo Lorenz Fee hingebracht hat. Lieselott fährt mit dem Fiaker hinaus ins Sanatorium am Waldrand. Dort ist eine Kinderabteilung untergebracht. Auf dem Weg dahin überlegt sie fieberhaft, wie sie sich verhalten soll.
Die Kinderschwester begegnet ihr freundlich. »Ah, sind Sie schon zurück, gnädige Frau? Da wird sich Feechen aber freun. Kommen Sie nur.«
Fee spielt mit anderen Kindern im Garten. Sie sieht frisch aus, doch die Schwester sagt: »Sie ißt so schlecht. Vielleicht schmeckt es ihr nicht bei uns.«
Als Fee die Mutter sieht, stürzt sie auf sie zu. »Mama! Bist du nicht mehr böse?«
»Ich war nie böse, mein Schatz. Du warst doch auch brav, nicht wahr?« Fees zögernder Blick trifft die Schwester.
»Freilich war sie brav«, sagt sie lächelnd.
»So, und jetzt brauchen wir deine Sachen, mein Herzchen, nun geht es wieder heim.«
»Zu Elischka?«
»Hm. Schwester, können wir Fees Sachen haben?«
»Ich weiß nicht«, antwortet das junge Mädchen zögernd. »Frau Oberin sagte, daß Fee für länger – ich glaube bis Juli –«
»Ach, das hat sich inzwischen geändert, liebe Schwester.

Wenn Sie mir also Fees Sachen nun einpacken wollen?«
Lieselotts selbstsichere Anweisungen bewirken, daß die Schwester eilig Fees kleinen Koffer holt. Ein reichliches Trinkgeld läßt sie in einen tiefen Knicks versinken.
Lieselott preßt im Wagen das Kind an sich. Es spürt die Erregung der Mutter und hält still. »Es war gar nicht hübsch im Kindergarten. Gar keine S-saukel zum S-saukeln und kein Puppenwagen für mich ...« beklagt sie sich.

Lieselott traf Lorenz um elf Uhr nachts, als er endlich heimkam. Sie erwartete ihn vor dem Kontor.
»Was willst du?« schnarrte er.
»Mit dir sprechen.«
»Du hast die Adresse meines Anwalts.«
»Lorenz, sei doch vernünftig, ich bitte dich!«
»Kommst du zu mir zurück?«
»Nein, dazu ist es einfach zu spät. Wir würden beide kreuzunglücklich. Bitte, Lorenz, laß uns über alles in Ruhe sprechen.«
Im Dämmern der Flurlampe war sein Gesichtsausdruck nicht zu erkennen.
»Also gut, komm.«
Im Kontor roch es nach abgestandenem Rauch, Staub, ungelüftetem Bettzeug.
»Entschuldige«, murmelte Lorenz und deckte eine Dekke über das Bettzeug. »Setz dich.«
Sie sah nun sein Gesicht im Lichtkegel. Es war hager, gelblich blaß, die Augen lagen in dunklen Höhlen.
»Also, was hast du mir zu sagen?«
»Ich bitte dich in die Scheidung einzuwilligen. Sieh, Lo-

renz, du würdest mich doch gar nicht mehr haben wollen. Ich bin seit vier Wochen Reinhards Frau.«
»Seine Geliebte, ich weiß. Ich möchte dich trotzdem zurückhaben.«
Plötzlich, bevor Lieselott es verhindern konnte, lag Lorenz vor ihr auf den Knien, seine heisere Stimme war kaum verständlich: »Lieselott, ich flehe dich an, mach uns nicht unglücklich! Wie kannst du mit Reinhard glücklich sein, wenn du mich auf dem Gewissen hast?«
Lieselott war wie gelähmt, keiner Regung fähig. »Ich bitte dich, Lorenz, ich bitte dich«, wiederholte sie immer wieder, versuchte die Umklammerung ihrer Knie zu lösen. Er stammelte: »Es kann noch alles gut werden, alles gut – ich verspreche es dir. Ich kann ohne dich nicht leben, glaube mir doch!«
Endlich gelang es Lieselott, sich zu befreien. Sie lief zur Tür. »Lieselott!« schallte es ihr heiser nach.

Nach einer schlaflosen Nacht weckte Lieselott ihr Kind. Im Morgengrauen, mit dem nötigsten Handgepäck versehen, war sie unterwegs zum Bahnhof. Ihr Ziel war Wien, Gerlich.

14. Kapitel

Konkubinat – Die Sixtusaffäre – Ein Anfang

»Was für eine nette Überraschung«, sagte Gerlich, als sie ihm am Abend nach dem Dienst gegenüber stand. »Hat dich Lorenz also doch fahren lassen.«
Lieselott erfuhr, was sie nicht wußte, daß Gerlich Lorenz nahegelegt hatte, Lieselott zurückkommen zu lassen. Es wäre seiner Meinung nach das Beste für sie beide.
»Ich bin geflohen«, sagte Lieselott. »Es steht alles schlimmer denn je.« Nach ihrem stockenden Bericht fügte sie hinzu: »Du bist jetzt meine einzige Rettung, Emil. Zu Reinhard kann ich nicht.«
»Teufel«, murmelte Gerlich, »der Karren steckt ganz schön im Dreck. Wenn ich nur wüßte, wie ich euch beiden helfen könnte.«
»Es genügt schon, daß ich hier deinen Schutz hab'. Danke, Emil.«
Auf Gerlichs Rat schrieb Lieselott an Lorenz, teilte ihm mit, daß sie hier in der alten Wohnung zu bleiben gedenke, bis sich eine andere Lösung anbiete.
Die Antwort kam vier Wochen später vom Rechtsanwalt, in der er mitteilte, daß sein Mandant eine Klage wegen erwiesenen Ehebruchs eingereicht habe.

Zur Verhandlung mußte Lieselott wieder nach Schönberg fahren. Gerlich begleitete sie. Es war ein sonniger, freundlicher Septembertag. Auf der Zeugenbank saßen

Wawra, Lieselotts Freundinnen Anna und Klara Rau, und einer, an den Lieselott nie mehr gedacht hatte – Suchy.
Lieselotts Blässe war beängstigend, aber sie hielt sich sehr aufrecht, streifte Lorenz mit keinem Blick, nickte nur den Zeuginnen zu, mit einem verlorenen Lächeln ...
Die Verhandlung begann. In dürrem Amtsdeutsch wurden Lieselotts Verfehlungen aufgezählt, Lieselotts Ehebruch, der zur Geburt Fees geführt hatte, das Verhältnis zu ihrem Verwandten Dr. Reinhard Weiguny, fortlaufender Ehebruch mit ihm in der Zeit, da sie in seinem Haus gelebt hatte, ihre Flucht nach S. in der Champagne, wo sie mit Reinhard als dessen Ehefrau zusammengelebt hatte ...
»Leugnen Sie den Tatbestand, Angeklagte? Leider war Dr. Reinhard Weiguny zu einer Gegenüberstellung nicht erreichbar.«
»Was bedeutet das?« fragte sich Lieselott. Sie selbst hatte vor vier Wochen die letzte Nachricht von ihm erhalten. Unbestimmte Angst stieg in ihr auf. Wenn ihm etwas zugestoßen war? »Lieber Gott, laß es nicht so sein«, betete sie. Plötzlich schien ihr die Verhandlung hier völlig nebensächlich, lächerlich geradezu. Wie konnte dieser fremde Mensch da vorn über ihre Liebe richten? Wer gab ihm das Recht? Was war das für ein Recht, das etwas bestrafen wollte, was rein und gut, was das Höchste im Leben, eben Liebe war?
»Leugnen Sie den Tatbestand, Angeklagte?« fragte der Richter ein zweites Mal.
Lieselott sah ihn ruhig an: »Wenn Sie die Dinge so sehen wollen, wie Sie es dargelegt haben – nein, ich bestreite sie

nicht. Ich bin mit Doktor Weiguny wie Mann und Frau in Liebe verbunden.«
Die Zeugen brauchten nicht gehört zu werden. Sie drückten Lieselott nach der Verhandlung an sich.
Lieselott war zu vier Monaten Haft mit Bewährung verurteilt worden, »wegen erwiesenen Konkubinats, in Tateinheit mit Ehebruch«.

Das Urteil bewegte sie wenig. Sie fuhr mit Gerlich zurück nach Wien, erhielt jedoch wenige Wochen später von Lorenz die Aufforderung, seine Wohnung zu verlassen. Lorenz selbst war nicht mehr in Schönberg, er war zu einer anderen Einheit versetzt worden. Klara Rau schrieb dazu, daß der öffentliche Skandal sich in Grenzen halte, daß Lorenz jedoch wohl aus diesem Grund versetzt worden war.
Gerlich überließ Lieselott zwei Zimmer in seiner Wohnung oberhalb der weigunyschen.
»Hoffentlich bekommst du deswegen nicht auch wieder Ärger«, lachte er und übergab die Wohnungsschlüssel einem Beauftragten von Lorenz, der sie wichtigtuerisch verstaute.
Gerlich gab sich alle Mühe, Lieselott abzulenken. Elischka kam wieder nach Wien, Gerlich »führte ein Haus«, lud Freunde ein, Bekannte aus seinem Club. Wenn diese Leute etwas von Lieselotts Affäre wußten, so verbargen sie ihr Wissen geschickt.
Wien war in diesen Wochen erfüllt von einer anderen, der sogenannten »Sixtusaffäre«.
Kaiserin Zita sollte versucht haben, Kontakt mit ihren prinzlichen Brüdern Sixtus und Xavier aufzunehmen, die beide in der belgischen, feindlichen Armee dienten.

Man überbrachte Sixtus einen Brief seiner Schwester Zita, in dem sie ihn bat, ihrem Mann, dem Kaiser, in seinem Friedenswillen beizustehen. Der Prinz antwortete seiner Schwester, daß bestimmte Bedingungen seiner Meinung nach zu einem Friedensschluß nötig wären: »Rückgabe von Elsaß-Lothringen an Frankreich, Wiederherstellung von Belgien, Wiederherstellung von Serbien, um Albanien vergrößert, Übergabe von Konstantinopel an die Russen.« Am 10. Feber dieses Jahres 1917 setzte sich Sixtus mit Poincaré, dem Präsidenten der französischen Republik in Verbindung.
Er übergab Poincaré einen Brief Kaiser Karls, seines Schwagers, in dem der Kaiser schrieb, daß er Sixtus' Verhandlungsgrundlage annähme – nur Serbien könne nicht wiederhergestellt werden. Es solle ein autonomes jugoslawisches Königreich gegründet werden, mit den Provinzen Bosnien, Herzegowina, Serbien, Albanien und Montenegro, mit einem österreichischen Erzherzog an der Spitze.
Poincaré hatte manche Einwände, war aber grundsätzlich bereit, mit seinen Verbündeten, der Entente, über den Wunsch des Kaisers zu verhandeln.
Und Kaiser Karl war bereit, dem preußischen Kaiser Wilhelm II. auf jede erdenkliche Weise zuzureden, auf Elsaß-Lothringen zu verzichten und Frieden zu schließen.
Alle diese Unternehmungen waren streng geheim.
Kaiser Karl mußte jedoch einsehen, daß seine Friedenssehnsucht von seiten seiner Verbündeten wenig Gegenliebe fand. Aber er und sein Schwager Sixtus gaben nicht auf. Beide sahen die Kriegslage nicht so rosig, wie Kaiser Wilhelm II. Es stimmte zwar, daß Rußland be-

siegt war. Die Monarchie hatte seit drei Jahren erfolgreich Widerstand geleistet, und der U-Boot-Krieg brachte Erfolge, doch das Volk selbst war müde geworden ... Die Bemühungen Kaiser Karls wurden von seinen Verbündeten bald als Verrat an der gemeinsamen Sache angesehen, und die Spannung zwischen den beiden Herrschern wuchs. Doch auch Sixtus' Bestrebungen auf der Gegenseite war wenig Erfolg beschert. Engländer und Franzosen rechneten sich Siegeschancen aus, und Zitas Friedensbemühungen wurden im eigenen Lager aufs schwerste kritisiert. Kaiser Karls letzter Satz in seinem denkwürdigen Brief an Sixtus lautete:

In der Hoffnung, daß wir so beiderseits baldigst den Leiden so vieler Millionen Menschen und so vieler in Trauer und Angst lebenden Familien ein Ende bereiten können, bitte ich Dich, an meine brüderliche Zuneigung zu glauben. Karl.

Der erbarmungslose Krieg nahm also seinen Fortgang, als hätte nie ein ritterlicher Kaiser all seinen Einfluß geltend gemacht, den Völkern den ersehnten Frieden zu bringen ... Auch Lieselott brachte er die dunkelste Stunde ihres Lebens: die Nachricht, daß Dr. Reinhard Weiguny seit einem Generalangriff der Feinde vermißt sei.

Von Lorenz wußte sie nichts, doch erhielt sie eines Tages von Wawra die Nachricht, »... daß ist der Herr Hauptmann, welcher ist zum Herrn Major befördert worden, hier gewesen und hat gesagt, daß er solange bis Herr Doktor ist für tot erklärt, hier wird die Geschäfte führen ...«

Lieselott lachte, es war ein schrilles, bitteres Lachen. Und als lege es das Schicksal darauf an, jede Spur eines Lichtblickes in ihrem Leben zu löschen, kam von ihrer Freundin Klara Rau die Nachricht, daß sie schwer erkrankt sei. Lieselott fuhr nach Schönberg und pflegte sie bis zu ihrem Tod im Feber 1918.

Um diese Zeit wurde es Lieselott bewußt, daß sie völlig mittellos war. Lorenz hatte schon im Vorjahr jedwede Unterhaltungszahlungen gestrichen. Bisher hatte Lieselott von ihren persönlichen Ersparnissen gelebt. Nun mußte sie Gerlich sagen, daß sie Elischka entlassen habe.

»Ich kann das bißchen Arbeit wirklich allein tun, Emil. Ich habe solche Langeweile, weißt du. Deshalb möchte ich auch Klavierstunden geben. Könntest du mir mit deinen Beziehungen behilflich sein?«

Gerlich sah dies als eine Laune an und verhalf ihr zu einigen Schülern. Lieselott atmete auf. Sie hatte nun, wenn auch nur ein geringes, so immerhin ein Einkommen. Es werden immer mehr Schüler. Sie ist nun von morgens bis abends ausgelastet. Der Unterricht macht ihr sogar Freude – jedenfalls lenkt er sie von der eigenen Misere ab. Fee ist ein folgsames kleines Mädchen geworden, das in den Kindergarten geht und sich dort wohl fühlt.

Der Herbst des Jahres 1918 bringt den Zusammenbruch der k. u. k. Monarchie. Gerlich geht zurück auf das elterliche Gut, überläßt Lieselott die Wohnung, die bis Ende 1919 von ihm bezahlt worden ist. Es ist eine Veränderung in sein Leben getreten, er hat sich mit einer jungen Witwe verlobt und will bald heiraten.

Lieselotts Heimat in Nordmähren wird für sie Ausland. Das alte, reiche k. u. k. Kronland Mähren wird der neuen Tschechoslowakei einverleibt. Mit Anna, die Wien endgültig verläßt, um heimzufahren, verliert Lieselott ihre letzte Freundin. Auch Anna heiratet – nicht Josef Buresch, ihre große, heimliche Liebe, sondern ihren Jugendfreund, den fröhlichen, unbeschwerten Gustl.
»Leider kann ich nicht zu Deiner Hochzeit kommen, liebe Anna, aber alle meine guten Wünsche, alle meine Gedanken sind an diesem Tag bei Dir!«
Doch das ist gar nicht möglich. An Annas Hochzeitstag hat sie sieben Unterrichtsstunden zu halten. Und sie ist froh darum.
Nur nachts hat sie Zeit, an Reinhard zu denken. Sie wehrt sich mit allen Fasern ihres Wesens, ihn aufzugeben. So weit es ihre Zeit zuläßt, forscht sie nach ähnlichen Vermißtenschicksalen. Einige der Verlorengeglaubten tauchen tatsächlich wieder auf. »Er könnte in amerikanische Kriegsgefangenschaft geraten sein«, meint ein alter Mann. »Ein Neffe von mir hat sich von Amerika gemeldet. Die halten unsere Burschen zurück, sperren sie in große Camps. Sie müssen sich an das Internationale Rote Kreuz wenden.« Lieselott tat es – aber Antwort bekam sie nicht.

Auch Lorenz ist heimgekehrt. Er bewohnt das Weigunysche Haus, als wäre es sein Eigentum. Sein eigenes Vermögen hat er verloren. Die von ihm gezeichneten Kriegsanleihen sind nur noch wertlose, dicke, graphisch üppig verzierte Papiere, die mancher Besitzer voll Galgenhumor einrahmt und über den Spiegel hängt.
Das tut Lorenz nicht. Er zerknüllt sie in ohnmächtigem

Zorn. Nach Wochen des Nichtstuns sieht Lorenz ein, daß er sich eine neue Existenz aufbauen muß. Das ist nicht einfach. In Schönberg ist sein Name skandalumwittert, also versucht er es in Olmütz, der nächstgrößeren Stadt. Und er hat Glück, er bekommt eine Stellung in einer Bank. Und er hat noch mehr Glück. Bankier Wanke hat eine heiratsfähige Tochter. Sie ist zwar schon ein wenig zu heiratsfähig mit ihren zweiunddreißig Jahren, schon ein wenig vertrocknet, aber schließlich ist er auch nicht mehr der Jüngste, und muß froh sein, daß Ernestine Wanke überhaupt gewillt ist, einen Geschiedenen zu heiraten.
Geschieden? »No, ja, da sind noch ein paar Formalitäten zu erledigen, aber in drei, vier Wochen ist das erledigt«, sagt er seiner Ernestine.
Ernestine Wanke ist sehr klein, hat eine besonders schlanke Taille, ein rundes Gesicht, das ihre Magerkeit weniger deutlich werden läßt, sie ist stets elegant gekleidet und stolz darauf, einen wenn auch ausgedienten Major aus reichem Haus zum Mann zu bekommen.
»Mein Bruder wurde in einem umkämpften Frontabschnitt vermißt. Man muß leider annehmen, daß er gefallen ist. Die Formalitäten der Todeserklärung kann ich natürlich erst später einleiten, meine Liebe. Aber wir haben es doch nicht eilig, nicht wahr? Das Haus werde ich inzwischen vermieten.«

An einem sonnigen Junitag des Jahres 1919 steht ein dunkel gekleideter Mann in Gehrock und mit steifem Hut vor der Wohnungstür Lieselotts.
Sie erkennt Lorenz erst, als er sagt: »Guten Tag. Ich möchte dich sprechen, Lieselott.«

Sie ist so erschrocken, daß sie einen kleinen spitzen Schrei ausstößt. Hinter ihr taucht Fee auf, sieht neugierig dem Besucher entgegen. Er beugt sich zu ihr.
»Kennst du mich nicht mehr, Felizitas?«
Sie sagt zögernd: »Papa?«
»Ja, komm gib mir die Hand.« Gehorsam reicht das Kind ihm die kleine Hand. »Bist du aber gewachsen! Ich hätte dich ja kaum wiedererkannt.«
Lieselott nimmt Fee an sich und sagt: »Ich bringe sie zu einer Nachbarin. Geh inzwischen weiter, Lorenz.«
Ihre Stimme ist zu hell, wie immer, wenn sie erregt ist. Er sieht sich in der ihm bekannten Wohnung Gerlichs um. Nachdem er jede Verbindung mit dem Freund abgebrochen hat, weiß er nichts von ihm – fuhr aufs Geratewohl hierher, in der Hoffnung, Gerlich und Lieselott hier anzutreffen. Aber der Freund scheint nicht mehr hier zu wohnen. Natürlich, was sollte er auch hier? Er ist einer der wenigen Offiziere die nach der Entlassung aus dem geschlagenen Heer, in ein intaktes Elternhaus heimkehren können. Der Rest verdingt sich wo immer es möglich ist: Als Beamter, Nachtportier, Kellner . . .
Und in dieser Zeit der großen Arbeitslosigkeit ist mancher ehemalige Major froh, wenn er an den Nachtzügen als Kofferträger ein paar Groschen verdienen kann, heimlich, mit tief ins Gesicht gezogener Schildmütze.
Lorenz steht am Fenster und sieht mit blassem Gesicht auf die Straße. Von der Tür her sagt Lieselott: »Was also willst du von mir, Lorenz?«
»Nicht diesen Ton, liebe Lieselott. Wir haben beide Fehler gemacht, das wirst du doch zugeben. Doch die Zeit heilt bekanntlich alles. Ich –«
»Meinst du?«

»Mach es mir nicht so schwer, meine Liebe. Du bist – du bist immer noch fesch – ich meine sehr fesch, Lieselott. Es geht dir also gut, nicht wahr? Es freut mich das zu hören – ich meine zu sehen –«
Er verhaspelt sich und ärgert sich darüber. Was steht sie auch so da, so steif, so kalt, so abweisend, als wäre er ein Bittsteller, ein höchst unerwünschter Bittsteller. Zum Teufel, sie ist doch schuld an allem, doch nicht er.
»Ich nehme an, daß ich Platz nehmen soll. Oder wollen wir ewig so stehen bleiben? Schließlich haben wir etwas auch für dich Wichtiges zu besprechen.«
Er setzt sich, sie bleibt am Flügel stehen und blättert in einem goldrandbedruckten Notenband. Ihre Hand zittert dabei – er sieht es und wird selbst ruhig.
»Lieselott, wollen wir beide nicht miteinander Frieden schließen?« Sie stellt den Notenband hart auf den Ständer zurück. »Dazu ist es zu spät. Ich habe mich mit Felizitas eingerichtet. Wir wünschen keine Veränderung. Ein Zusammenleben mit dir – das wäre für mich –«
Er fährt gekränkt auf: »Wer spricht davon? Ich denke ja gar nicht daran, nach all dem, was du mir angetan hast.«
Plötzlich löst sich Lieselotts Steifheit. Sie tut vier Schritte und läßt sich ihm gegenüber im Fauteuil nieder. Hier sitzt sie nun, blaß, schmal, das dunkle Haar streng gescheitelt, mit schmalen Lippen, von deren Mundwinkeln zwei dünne Striche zu den Nasenwurzeln führen – als einziges Zeichen der vergangenen trüben Jahre, in denen sie sich nur mühsam mit Klavierstunden über Wasser halten konnte. Sie sitzt da in ihrem silbergrauen Kleid, das Lorenz noch kennt. Verschiedene Stellen sind gestopft – ein altmodisches Kleid, aber es steht ihr immer noch gut.

Irgendwie hat Lorenz gehofft, sie in schlechter Verfassung zu finden. Als Strafe, als Sühne für ihre Schuld. Er findet, daß sich das so gehört hätte. Ihre Selbstsicherheit stört ihn, ebenso die Gelassenheit, mit der sie nun sagt: »Ich fürchtete schon, daß nun alles wieder von vorn losgehen sollte.«
Er kontert nervös: »Hast du dir wirklich eingebildet, ich würde dich wieder zurückholen? Im Gegenteil, ich möchte die Scheidung. Ich nehme an, das kommt auch dir gelegen.«
Sie sieht ihn mit großen Augen erwartungsvoll an. Was hat er vor? Weshalb diese Sinnesänderung?
Da sie nichts sagt, fährt er rasch fort: »Die Kosten für die Scheidung übernehme ich. Selbstverständlich bin ich jedoch nicht gewillt, dir eine Apanage zu zahlen. Auch deiner Tochter nicht. Ich werde wieder heiraten ...«
»Ich gratuliere.«
»Du bist also mit meinem Vorschlag einverstanden?«
»Warum sollte ich es nicht sein?«
Er räuspert sich, steht auf, reicht ihr die Hand. Sie übersieht die Geste, geht die wenigen Schritte zur Tür und öffnet sie. »Ich höre dann wohl noch von deinem Anwalt.«
»Das wirst du. Sei nicht überrascht, wenn du die Schuld übernehmen mußt. Das ist ja nur noch eine Formsache – nach dem Schönberger Urteil.«
Diese beschämende Gerichtsverhandlung ist ihr tatsächlich schon so weit entrückt, daß sie einige Augenblicke lang nicht weiß, wovon er spricht. Dann sagt sie: »Ja ja, natürlich«. Und sie weiß, daß es, wenn er jetzt nicht augenblicklich geht, mit ihrer Fassung vorbei ist. Sie läßt ihn also im Treppenhaus stehen, läuft die Stiege

hoch, ins nächste Stockwerk, lehnt sich ans Treppengeländer und weint.
»Sei nicht hysterisch«, schilt sie sich selbst, tupft die Tränen ab und holt Fee.
»Warum hast du mich fortgeschickt, Mama?« fragt das Kind aufmerksam, Lieselott antwortet nicht. Sie drückt Fees kleine Hand und sagt schnell: »Wir werden immer ganz fest zusammenhalten, nicht wahr?«
Später sitzen beide, Mutter und Tochter am Klavier. Lieselott hat zum »Fröhlichen Landmann« die Noten für zwei Kinderhände hinzu geschrieben. Fee spielt geschickt und fehlerlos.
Wenig später kommt ein Schüler. Fee sitzt nebenan in der Küche und lauscht auf das stümperhafte Spiel. »Ich bin erst fünf Jahre und kann es schon viel besser«, denkt sie befriedigt. »Und wenn ich größer bin, spiele ich bestimmt so gut wie Mama.«

15. Kapitel

Nachklang

Die Morgenfrühe ist herb und klar. Die Sonne wirft lange Schatten von den blühenden Büschen am Wegrand. Fee schnuppert in die Maienluft.

»Hier riecht's so gut, Mama.« Sie sind beide durch den Lainzer Tierpark unterwegs zum Kindergarten.

»Es ist Jasmin«, erwidert die Mutter, bleibt an einem der Büsche stehen und zieht einen Zweig zu Fees kleiner Nase herunter. »Daheim, im Garten deines Großvaters, gab es auch einen solchen Strauch.«

»Könnten wir nicht hinfahren? Ich möchte ihn so gerne riechen.«

In Lieselott steigt eine Erinnerung auf. Sie hört Reinhards Stimme: »Hast du den Jasmin hierher gestellt?« Und hört sich antworten: »Wer sonst? Oder glaubst du, daß Wawra es war?«

Fees Worte kommen wie von weit her: »Fahren wir also einmal zu Großvaters Garten?«

»Vielleicht«, denkt Lieselott und spricht es aus. Warum eigentlich nicht? Wawra lebt noch im alten Weigunyhaus. Er schreibt hin und wieder. Er hält Haus und Hof in Ordnung und zahlt Lorenz Miete.

Die letzten zwanzig Meter vor dem Kindergarten verabschiedet sich Lieselott. Fee wünscht sie allein zurückzulegen. Sie ist eine kleine selbständige Person.

Langsam geht Lieselott zurück, wieder an den Jasmin-

sträuchern vorbei, durchschreitet die breite Kastanienallee, deren alte Bäume weiß- und rosafarbene flockige Blütenkerzen aufgesteckt haben. Lieselott sieht sie und freut sich darüber, daß sie sich freuen kann – an Jasminduft und Kastanienkerzen ...
Die Straßen sind inzwischen belebt, die Schatten der Morgensonne kürzer. An der Haustür begegnet sie dem Briefträger. Er winkt ihr zu und reicht ihr einen Brief, einen blauen Geschäftsbrief. Sie liest den Absender: Internationales Rotes Kreuz. Ihre Hand beginnt zu zittern – eine dunkle Welle überrollt sie, wird wieder hell, schmerzhaft hell.
»Ist Ihnen nicht gut, Frau Weiguny?« hört sie die Stimme des Briefträgers.
»Nein, nein, es ist alles in Ordnung.«
Droben im Flur läßt sie sich in den Korbsessel fallen, öffnet den Brief. Man teilt ihr mit, daß Dr. Reinhard Weiguny in einem Camp in West-Virginia lebt. Lebt!

Knaur®

Der Schloßherr
Eine Geschichte voller Intrigen, Verdächtigungen, Liebe und Eifersucht.
192 S. [776]

Die Lady und der Dämon
Kate, Tochter eines Miniaturmalers, hat das Talent des Vaters geerbt und feiert künstlerische Erfolge. Als ihr Förderer, ein französischer Baron, ihre Liebesheirat verhindert, lernt Kate die rauhen Seiten des Lebens kennen.
384 S. [1455]

Meine Feindin, die Königin
Ein farbenprächtiges Sittengemälde vom Hofe Elisabeths I. von England.
384 S. [790]

Verlorene Spur
Zwei unzertrennliche Schwestern werden vom Schicksal auseinandergerissen, doch das Glück beider entscheidet sich – freilich auf sehr unterschiedliche Weise – an einem deutschen Fürstenhof. 384 S. [1403]

Die Ashington-Perlen
Eine junge Frau wird Erbin einer Teeplantage auf Ceylon. Sie gerät in den Bann eines faszinierend-herrischen Mannes und kommt in den Besitz der sagenumwobenen Perlen der Ashingtons, die ihr jedoch kein Glück verheißen...
368 S. [1087]

Der Teufel zu Pferde
Waghalsige Liebesabenteuer in einer Welt aus Samt und Seide.
320 S. [679]

Tanz der Masken
Ein spannender Roman menschlicher Irrungen; die Geschichte eines unseligen Erbes und der alles überwindenden Kraft der Liebe. 384 S. [1328]

Unter dem Herbstmond
»Wenn ein Mädchen sich zur Zeit des Herbstmondes unter die große Eiche setzt, kann sie den Mann sehen, den sie einmal heiraten wird.« Das verkündet eine alte Sage, die der jungen Cordelia nicht mehr aus dem Kopf geht, nachdem sie in der Schweiz einem geheimnisvollen Fremden begegnet ist... 432 S. [1510]

Victoria Holt

Palmer, Lilli
Nachtmusik
Das Leben eines bisher unbescholtenen Universitätsprofessors gerät aus den Fugen. Eine turbulente und amüsante Geschichte. 384 S. [1090]
Eine Frau bleibt eine Frau
Millionen haben Lilli Palmer seinerzeit in ihrer gleichnamigen Fernsehserie bewundert. Daraus hat sie verschiedene Beiträge ausgesucht, sie in Erzählungen verwandelt und in diesem Sammelband veröffentlicht.
224 S., 16 Abb. [1320]
Umarmen hat seine Zeit
»Man muß auch mal ein Risiko eingehen, sonst lebt man nicht.« Diesen Rat ihrer geliebten Schwiegermutter wird Sophie nie vergessen. Sie will leben und sie lebt riskant, denn sie weiß: Alles auf Erden hat seine Zeit. 304 S. [789]
Wenn der Nachtvogel schreit
Die überraschende Entdeckung eines höchst ungelegenen Passagiers auf der Yacht »Gudrun« im Hafen von Portofino stürzt nicht nur deren Besitzer in Unannehmlichkeiten, sie verändert auch schlagartig das Leben seiner Freunde und Freundinnen inmitten der vorsommerlichen Ferienidylle…
320 S. [1576]

Buck, Pearl S.
Fremd in fernem Land
Das Schicksal der Familie Liang und ihrer weitverstreuten Mitglieder in New York und in China.
224 S. [1065]
Geschöpfe Gottes
Zwei erfolgreiche Männer im ewigwährenden Konflikt zwischen Machtgier und Nächstenliebe.
216 S. [1033]
Die chinesische Heirat
160 S. [493]
Eine Liebesehe
In Pennsylvania findet der Maler William Barton die Motive für seine Kunst und eine Frau, die ihm Ergänzung und Erfüllung ist.
175 S. [755]
Wo die Sonne aufgeht
173 S. [310]
Am Teich der Lotosblüten
Märchen aus dem Nahen und Fernen Osten.
192 S. [786]
Zuflucht im Herzen
Die weltberühmte Autorin berichtet über ihre Bewältigung der Einsamkeit. Ein Buch der Weisheit, des Trostes. 153 S. [1010]
Das Mädchen von Kwangtung
China im Bürgerkrieg. Eine Handvoll grundverschiedener Menschen findet zueinander und bewährt sich im Augenblick höchster Gefahr.
160 S. [812]
Das Gelöbnis
Die Geschichte einer unbeirrbaren Liebe zweier Menschen in China.
224 S. [733]

Colette
Chéri
Colette schildert die Liebe zwischen einer reifen Frau und einem jungen Mann, der halb so alt ist wie sie selbst – eine Beziehung ohne Zukunft – denn eines Tages wird er sie verlassen und sich einer Jüngeren zuwenden… 224 S. [1345]

Romane

Nin, Anaïs
Das Delta der Venus
Das schönste und direkteste Buch der geheimnisvoll-berühmten Autorin. 327 S. [742]
Djuna oder Das Herz mit den vier Kammern
Dies ist die Charakterstudie einer Leidenschaft, geschrieben in einer Sprache, die analytische Klarheit und poetische Bilder in unnachahmlicher Weise vereint. 208 S. [1270]
Die verborgenen Früchte
128 S. mit 15 Abb. [806]

Susann, Jacqueline
Diese eine Liebe
Das Schicksal einer Frau, der das Leben alles gewährt und die doch das Glück nicht halten kann. 128 S. [575]
Die Liebesmaschine
Der erfolgreich verfilmte Weltbestseller. 426 S. [815]
Das Tal der Puppen
Ein hochdramatischer Roman über die gnadenlose Welt des Showgeschäfts. Erfolgreich verfilmt. 368 S. [238]

Nicolson, Catherine
Unter dem Pfirsichmond
Jung, attraktiv und ehrgeizig, will Corrie es mit der Welt aufnehmen, will ihr Talent entwickeln und als Sängerin berühmt werden. Mutig geht sie ihren Weg, mit Phantasie, aber auch mit beharrlichem Eigensinn, um ihr Leben zu meistern, um Erfüllung zu finden. 352 S. [1356]

Rogers, Rosemary
Die Sinnliche
Der Roman von Liebe und Leidenschaft unter Napoleon. 416 S. [1212]
Letzte Liebe, Letzte Liebe
Virginia und Steve – schön, reich, jung und verliebt – sind der glanzvolle Mittelpunkt des gesellschaftlichen Lebens in New Orleans. Doch das Schicksal reißt die Glücklichen auseinander. 320 S. [1271]
Die Blonde
»Blondinen bevorzugt« – unter diesem Gebot steht das Leben der reichen und schönen, aber glücklosen Anne. Als Männerfalle verschrien und als Seelchen verschlissen, kämpft sie verzweifelt darum, Mensch zu sein. 384 S. [1157]
Die Unbesiegbare
Ein weiblicher, von Leidenschaft geprägter Roman – vor dem historischen Hintergrund der gesellschaftlichen Entwicklung des jungen amerikanischen Kontinents. 576 S. [784]
Wildnis der Liebe
Eine titanische Familienfehde, Liebe, Haß und Leidenschaften von nicht alltäglichen Menschen. 377 S. [1008]

Cunningham, E.V.
Club der Geschiedenen
Eine knallharte, packende Story, die Einblick gewährt in aufschlußreiche, nicht immer erfreuliche, amerikanische Ehe- und Scheidungspraktiken. 192 S. [1398]

García, Consuelo
Auf der Suche nach Liebe
Consuelo García hat in ihren persönlichen Erzählungen die Suche des Menschen nach Liebe eingefangen: die Liebe der Frau zum Mann, die Liebe einer Mutter zu ihrem Kind, die Liebe, die sich in der beglückenden Erfahrung der Sexualität äußert, aber auch eine allumfassendere Liebe zu den Mitmenschen und zum eigenen Körper... 192 S. [1417]

Romane

Knaur®

Der Drohbrief
Ein Traum scheint für Julia Wirklichkeit zu werden. Nach drei Jahren der Trennung hält endlich der Schafzüchter Paul um ihre Hand an. Doch auf seiner Farm leben merkwürdige Menschen. Ein anonymer Drohbrief macht Julia mißtrauisch … 192 S. [1445]

Die entführte Braut
Kriminalfall oder Liebesgeschichte? Man liest diese atemberaubende Geschichte in einem Zuge. 160 S. [1004]

Ein Clan von Bedeutung
»Bei weitem der beste Roman, den Dorothy Eden je geschrieben hat …«
(Publishers Weekly)
320 S. [1192]

Die seltsame Hochzeit
Als die 26jährige Luise einen reifen Witwer heiratet, ist die Welt noch in Ordnung. Doch bald kann sich niemand mehr an die Hochzeit erinnern … 160 S. [1050]

Heißer Mittag
Ella Simpson ist fasziniert von einem verfallenen Haus, das sie auf einem Spaziergang entdeckt. Ein Schrei und Stimmen deuten auf geheimnisvolle Vorgänge hin, in die – wie sie feststellt – offensichtlich auch ihr Mann verwikkelt sein muß … 224 S. [1444]

Die Spur führt durch die Wälder
Willa Bedford, Sekretärin der britischen Botschaft, ist verschwunden. Grace, ihre Cousine, macht sich auf die Suche nach Willa. Eine Spur führt in die unendlichen Wälder Nordschwedens … 208 S. [1161]

Yarrabee
Zu Beginn des 19. Jahrhunderts ist Australien ein noch unberührtes Land. Dorthin holt sich der reiche englische Weinbauer Gilbert die zarte Eugenia als Herrin auf sein Gut »Yarrabee« … 320 S. [1294]

Sing mir das Lied noch einmal
Die reiche Beatrice hat nur einen Traum: das Geschäft ihres Vaters groß und berühmt zu machen. Sie verliebt sich in den charmanten Habenichts William und heiratet ihn. Dies hält Beatrice jedoch nicht davon ab, eine der erfolgreichsten Frauen Londons zu werden … 352 S. [1443]

Dorothy Eden